日本近现代文史探微

RI BEN JIN XIAN DAI WEN SHI TAN WEI

刘家鑫　刘彩霞　编著

天津出版传媒集团

天津古籍出版社

图书在版编目（CIP）数据

日本近现代文史探微 / 刘家鑫，刘彩霞编著． — 天津：天津古籍出版社，2015.12
ISBN 978-7-5528-0359-4

Ⅰ．①日… Ⅱ．①刘… ②刘… Ⅲ．①日本文学－文学史－研究－近现代②日本－近代史－研究③日本－现代史－研究 Ⅳ．①I313.09②K313.407

中国版本图书馆CIP数据核字（2015）第281446号

日本近现代文史探微

刘家鑫　刘彩霞/编著

出版人/张玮

天津古籍出版社出版

（天津市西康路35号　邮编300051）

http://www.tjabc.net

三河市中晟雅豪印务有限公司印刷
全国新华书店发行
开本 710×1000 毫米 1/16　印张 19.75　字数 252 千字
2015 年 12 月 第 1 版　2015 年 12 月 第 1 次印刷
ISBN 978-7-5528-0359-4　　定价：59.00元

代 序

（一）

当代日本社会,物质文明日趋进步,城市规模持续扩张,网络等新型文化不断翻新。新的事物给人们带来方便,同时也造成巨大的精神压力。支撑人们多年的理想和精神逐渐淡化,年轻一代丧失了信仰和自我,正挣扎在迷惘和试图重建自我的苦恼之中。这些状况,在日本的文学作品中均有所体现。特别是日本的小说作品,恰似一扇观察日本社会的窗口。

深入解读日本的文学作品,可以使我们更加了解日本作家的社会语境和人们思想意识的现实状况,认识日本社会的特殊性和普遍性,了解人类的普遍境遇,从而实现对自我追寻的人文关照。通过分析研究日本的小说作品,开启认识探讨日本的历史文化和社会生活的大门。因而,有关日本近现代文学方面的研究具有重要的理论意义。

日本是我国的重要邻国,我们很有必要客观地认识日本,深入细致地了解日本人,准确地把握日本的社会状况。通过日本小说了解日本的种种社会问题,无疑是一个便捷有效的手段。尤其是我国自改革开放之后,经济社会迅猛发展,社会生活发生了天翻地覆的变化,同时也出现了与日本相似的社会环境,也遇到了与日本类似的社会问题。

解释日本的文学作品,研究其间的人物关系,深挖作品的主题思想,探究其中的社会问题。在此基础上,认真思考我国目前所遇到的社会问题,努力探索我国应该如何应对新的挑战。笔者认为,日本许多小说作品中所揭示出来的社会问题,对我国的社会发展有着很大的启示作用。因而,此类研究也具有很重要的现实意义。

我国自古有"纸以载文,文以载道"之说,而今又有学者强调指出"文学即是人学、社会学"。对于一个社会来说,文学作品既要具备高超的艺术性,又要具有深刻的思想意义。作家和评论家都要以人为本,与时俱进,服务于社会,起到积极的教化疏导作用。我国在建立和谐社会,推动国家经济发展,谋求人民幸福的过程中,需要发达国家的发展成果作为参照模式,近邻日本尤其可以作为我们研究探讨的一个重要参考值。

古人云,"他山之石,可以攻玉",认真吸取日本在现代化建设中失败的教训,有效利用其取得成功的经验,服务于我国的社会经济建设。笔者觉得,很有必要尝试利用日本文学作品中所反映出来的诸多社会问题,平行考察一下其对我国社会发展的启示意义。通过日本小说作品研究这一途径,尝试寻找对我国社会发展进步有益的答案。

(二)

从一千多年前开始,日本就吸收中国的思想文化,以求充实发展自己。同时,日本也在深入研究中国的过程中,不断地图谋进取和扩张。日本幕末维新时期,出现了脱亚论和兴亚论这两股思潮,对日本国内形势乃至国际政治走向均产生了巨大的影响,同时在思想文化界还影响了一大批文人。自明治维新那一段时期开始,在如何对待中国这一问题上,日本社会上出现了几种不同的思想意识。在日本知识分子中,既有温存稳健派,又有积极侵略扩张派,还有占大多数的中间犹豫派。日本思想界的这种状况一直持续到侵华战争结束。

近代以来,我国不断遭受日本的侵略和压迫,曾被其毁掉了半壁河山。造成这种历史事实的原因有多种。究其根源,其中的一个原因就是中国人往往轻蔑地把日本称为"小日本",而不屑一顾。中国人既不想了解日本民族骨子里的习性,也看不透日本人的深层心理意识。岂不知,正是它给泱泱中华带来过灭顶之灾,险些陷中国于亡国灭种的危机之中。因此,我们必须慎重、客观、准确地看待日本,深入细致地了解日本人,尤其是要重视日本人对华观的发展与演变,时刻警惕日本的政治走向。

通过分析近代以来日本知识分子的对华观,有助于全面认识那一特定历史时期日本人的对华认识。深入细致地解释其普通知识分子的中日关系论,在一定程度上,可以让我们比较准确地把握其普通民众在对华认识上的精神脉搏。史海钩沉,澄清真相,可以掌握日本民族的特性,摸清日本人对中国既敬畏又蔑视的矛盾心理;以史为鉴,知己知彼,才能有效地防范来自日本的威胁,严阵以待地应对日本发起的各种挑战。有关近代以来的日本历史人物思想与其影响的研究,也是日本近现代史研究的学术意义和现实意义之一。

(三)

如前所述,近代以来日本帝国主义不断地蚕食我国,尤其是在侵华战争以及后来的太平洋战争期间,更是侵占我河山,屠戮我人民。七十年前的那一段历史,是中华民族有史以来苦难最深重的历史,也是中国人民为抗日救亡而英勇战斗的历史。虽然现在已经进入和平发展时期,但作为中国人的子孙,我们不能忘记祖辈父辈们所遭受的苦难。因此,抗日战争史研究和太平洋战争史研究,也必须长期持续、深入细致地进行下去。

开启风尘已久的历史事件的真相,揭开鲜为人知的历史人物的神秘面纱,是一项很有意义的工作。有关抗日战争时期的重大战役问题,前辈学者们已有许多重大发现,也做出了不少的学术贡献。笔者认为,研究抗日战争的历史,不单要从宏观上进行研究,还有必要从微观上进行探讨解析。就目前来讲,我们还应该多方挖掘日方的资料,进一步从微观上分析研究抗日战争的历史,特别是专门集中探讨日军战败的具体原因问题。

战后日本政界的右翼势力,一直不肯正视那段不光彩的历史,不愿接受惨败的历史教训,对被害国人民没有任何愧疚之心,且毫无悔改之意。从细微处研究日本侵华的历史,将有助于批驳日本右翼政客和反动文人的侵略有理论及自由主义史观,对警惕日本再次走上军国主义道路具有重要的现实意义。研究抗日战争史的目的并不是为了呼唤战争,更不是为了呼唤复仇,而是为了谋求世界的永久和平,更是为了伸张人类社会的天理、正义和公道。

(四)

笔者在本书中,以日文原版著作为第一手资料,具体分析小说作品中的人物形象、艺术特点、历史背景或主题思想。其次,以日本历史人物的著作为依据,深入探讨某些人物的深层思想意识。再者,以抗日战争的历史为背景,分析论述了某些历史现象或历史事件。总之,无论是日本近、现、当代的文学,还是日本近现代史上的人物思想,以及与抗日战争有关的历史事件,笔者都在一定程度上做了一些尝试,也相应地取得了一些思考成果。

目 录

前 言 ·· 1

第一篇 作品述评

宫本辉小说《萤火河》解析 ·· 3
霜多正次小说《冲绳岛》中的祖国情结 ··· 12
超越沉重现实的情怀：漫评日本作家三浦哲郎与文学 ···························· 19
叛逆的青春告白：金原瞳小说《裂舌》解析 ·· 27
宫本辉《泥水河》潜在背景分析 ··· 33
宫本辉《泥水河》象征艺术手法探究 ··· 42
幽默的青春序曲：评村上春树《且听风吟》的语言艺术风格 ·················· 49
探寻心灵的栖息之所：吉本芭娜娜小说《厨房》解读 ····························· 57
从小说《门》看夏目漱石的思想观念 ··· 64
盈盈月色沁人心：吉本芭娜娜小说《满月》赏析 ···································· 72
从《伊豆的舞女》看川端康成的美意识：
   外在的形式美与内在的情感美 ·· 79

第二篇 人物论析

中国通长野朗的"满洲占有论"辨析 ·· 93
关于抗日战争时期的中国通长野朗 ·· 104
中国通长野朗的"反对抵制日货论"辨析 ··· 116
中国通长野朗的"中日合作联盟论"辨析 ··· 125

中国通长野朗的"英美离间论"辨析 …………………………… 135
日本明治时期的汉学复兴思想研究:以田冈岭云为中心议题 …… 145
吉田松阴教育思想的双重性质论析 …………………………… 155
简论幸德秋水的社会主义思想 ………………………………… 163

第三篇　史海钩沉

日语中"支那"一词蔑视中国之意的历史成因 ………………… 173
试论明治政府地税制度改革的近代性问题 …………………… 188
浅析明治政府地税制度改革的策略措施 ……………………… 200
简析日军在太平洋战争中战败的武器因素 …………………… 213
日军步兵第四联队与中国远征军交战始末 …………………… 221
关于美军首次空袭东京后日本采取的"措施" ………………… 233
蚍蜉撼树谈何易——从日方资料再看诺门坎事件 …………… 240
"日本浪人"历史成因述略 ……………………………………… 249
日本近代"中国通"历史成因考辨 ……………………………… 258

第四篇　影视寻踪

刍议抗战题材影视剧中的日语语言问题 ……………………… 269
简析抗战题材影视剧中的若干问题 …………………………… 276
探析宫崎骏动画电影中的自然生态观 ………………………… 283
从日本的校园剧看其学校教育状况 …………………………… 291

附录一　论文合作者一览 ………………………………………… 298

附录二　近现代日本年号与公元对照表 ………………………… 300

后　　记 …………………………………………………………… 304

前 言

笔者到天津理工大学任教伊始,迄今为止,总共发表了近40篇中文论文。这数十篇论文,均刊登在国内的各个刊物上。有些论文是笔者独立完成的,也有些是自己与研究生一起合作撰写的。其中,还分为第一作者和第二作者。再过两年,笔者就要离开工作岗位,正式退休,进入老年人的生活了。在此之前,非常希望将这些论文收集在一起,编成一本日本文史问题研究的论文集。因此,就有了现在的《日本近现代文史探微》这本书。

经过仔细筛选,笔者从40余篇论文中,选取了32篇论文,编成了本书。本书由四大部分组成,第一部分称为"作品述评",由11篇构成;第二部分叫作"人物论析",由8篇组成;第三部分称为"史海钩沉",共有9篇;第四部分是为"影视寻踪",有4篇的分量。因选取的论文数有多有少,各大部分相应地出现了分量不一的现象。

本书中的各篇论文,均针对与日本有关的具体课题进行了深入细致的分析、探讨和论述。在作品述评部分,剖析了宫本辉、三浦哲郎、村上春树和吉本芭娜娜等日本现当代作家的作品,就作品中的人物、情节、艺术性,以及作品的思想性和社会意义等作出了论断;在人物论析部分,评判了抗战时期的中国通长野朗,还有之前的田冈岭云、吉田松阴和幸德秋水等历史人物的思想内涵;在史海钩沉部分,除明治新政府的农业税收政策变迁研究外,还以日本学者的研究成果为基础,考察了日语中"支那"一词蔑视中国之意的历史成因,揭示了"日本浪人""中国通"等历史现象,对比了抗战期间日美陆战武器的优劣问题,分析了日本陆军中王牌联队与中国远征军交战的情况;在影视寻踪部分,以历史事实为依据考察了中日双方的几部影视剧作品,等等。

此次再录的论文,都保留了原文时的观点,均做不同程度的修改、调整、补充和添加。列入本书各篇中的论文,均以发表的时间先后为顺序进行排列。本书每章后的"附记"中,均标有本书著者及合作者的姓名,其名次也与原文发表时相一致。书后的"附录一"中,罗列出合作者的学历和身份。

本书非一般性的专著,也非在一个大的主题之下所进行的系统性研究,而是一本从细微处着手的日本文史研究论文集。编辑本书的方针有两条:一是专业性,二是细微性。专业性,就是日本近、现、当代的文学和历史;细微性,就是具体分析解释日本的小说作品、历史人物或历史事件。本书虽然不具备一个明显统一的主旨,但对研究生和青年学者学习论文的写作方法,特别是学习写作投稿发表论文,具有积极的启发性意义。

前面说过,本书中有不少文章是与我的研究生联合发表的。说句实话,与年轻人合作并不是一件轻松愉快的事情。我的研究生们,有些人的文笔很差,中日文论文写得都不太好。有的汉语文章,从头到尾几乎没有一个语法完全正确的句子。他们起草的那些稿子,大都是在我一遍又一遍的修改润色下才得以成篇的。有时,给他们连续修改两三篇稿之后,我就病倒了。必须赶紧吃药,躺下休息几天后,才能缓过劲儿来。每次遇到这种情况,我就常想,还不如我自己写一篇好啦!这,就是我们合作发表论文的实际情况。

编辑此类书籍,只是笔者的一个尝试。是否符合青年读者的要求,毫无把握。限于笔者的阅历、能力和水平,本书中必有许多缺点错误,希望读者方家多多批评指正。

编著者记

第一篇

作品述评

宫本辉小说《萤火河》解析

本篇提要:小说《萤火河》,是日本作家宫本辉"河川三部曲"中的第二部作品,也是其重要代表作之一。十五岁的中学生水岛龙夫,在父亲死后毅然肩负起了家庭生活的重担。来自初恋女友的爱情,感受母亲和"伯母"的亲情,友情深厚的发小兄弟的意外死亡等等。这些,都促使龙夫从一个懵懂少年快速地向成熟青年过渡。这种成熟不仅仅是体现在其身体上,更主要的是显现在了其心理素质上。作者描述了主人公少年时期的终结和向青年时期的过渡,并反映出少年主人公在这一人生成长时期的焦躁与不安。

关键词:宫本辉;《萤火河》;人物与情节;成长之路;生命的闪光

宫本辉,日本当代著名小说家。他的第一部小说,也是他的成名作《泥水河》,1977年7月发表在《文艺展望》杂志上,获得了当年的太宰治奖。其第二部小说《萤火河》,也于同年10月发表在同一杂志上。该作品,于翌年又获得了第78届芥川奖。这两部作品与其后的第三部小说《道顿堀河》(长篇),被称为宫本辉的"河川三部曲"。

作者大学毕业后,曾在产经广告社的下属公司工作。1975年,患病辞职。之后,便开始进行专业写作。作者获奖时年届30岁,作为新作家登上文坛,在当时实为凤毛麟角。有专家认为,小说《萤火河》描写了生与死的碰撞,色调灰暗,气氛有压抑之感。日本学者二瓶浩明和作家水上勉等人,都从不同的视角对《萤火河》做过分析和解说。在此基础上,笔者拟从"人物与情节、成长之路、生命的闪光"等方面再度解析该作品。

一 人物与情节

宫本辉的小说《萤火河》,写的是昭和三十七年,即1962年的事情。作品舞台是在日本海沿岸的北陆地区。作品背景中的鼬鼠①河,原本是一条流过富山市内的毫无生气和色彩的河川。这条河是发源于立山里面的常愿寺河的一个支流,每年从初春积雪融化到五月中旬,河水流量十分充足。然而,平时它却是一条既无变数、又貌不惊人的河川。只是偶然的机会,才能看到这条河流锦绣般的景色,但其闪光时刻也是瞬间即逝的。

小说的主人公,是一名正值青春期的初三学生水岛龙夫,他的妈妈叫水岛千代。龙夫正要升学进入三年级的三月末,爸爸水岛重龙得了脑出血倒下。曾几何时,重龙是北陆地区屈指可数的企业家,曾被人称做"仁王龙"②。重龙是个野心勃勃的投资家,但他不是一个谨慎精明的企业家。许多项目连续失败,一年之前公司再次倒闭,现今背负着不少债务,而重龙每天只能百无聊赖地打发日子。上了年纪的重龙这一病卧床不起,半年之后离开了人世。作品在细致的构思下,运用纤细的手法,巧妙地描写了在这半年期间龙夫与千代性格上的犹豫踌躇和心理上的摇摆不定。

在这几年中,千代一直不能确定自己要走的道路。她的思绪整日徘徊在来日与去日之间。第一次婚姻的失败,与重龙的邂逅。时间的流逝停滞了,她在河边沉思默想、漠然发愣。而龙夫却一天天地长大,快要长成男子汉了。他春心萌动略知爱情,也懂得了友情的可贵。装修工银藏爷爷,怜惜自己那人生衰老的落日余晖,带领他们去捉萤火虫③。带上龙夫初恋的女同学英子,大家一起奔向鼬鼠河的上游,去看那如同飘落着的雪花一样的萤火。

一路上,千代的心很乱,是听娘家哥哥喜三郎的话,答应他去大阪呢,还是拒绝他。她进退维谷,反复思索也拿不定主意。她带着踌躇与不安,走在去捉萤火虫的路上。她下定了决心,再走一千五百步,要是再看不到萤火虫的影子,那就留在这块土地上不走了。她不知道能否会遇到萤火虫飘舞的场景,人生的前途也难以判断。她想用平生第一次看到的自然景观,来赌定自己今后的人生和前途。

他们默默地走着,看到了托着一轮明月的河面。那一瞬间,忽然被牢牢地"钉"在了那里。有几万、几十万只萤火虫,在河川的深渊处静静地蜿蜒着。"大批的萤火虫,如同寂寞地起伏于瀑布底部的微生物的尸骸一样,孕育着神秘莫测的沉寂与死臭,化为发光的沉渣。然后,它们一边撒下冰冷的粉状火花,一边冲淡着光彩,向着遥远的空中飘舞起来"。

那不是华丽的儿童画,一定是生与死相互交织的幻想世界。银藏老头儿在这种光景面前,巴不得就这样睡过去才好。他已风烛残年,预感到自己来日不多,叹息地说"看来就要到此为止啦"。千代也感到,"的确有某种事情就要完结了"。两个年轻人下到河滩,在成群的萤火虫当中展开着一幕恋爱剧。"不知道从哪儿云集来那么多的萤火虫。龙夫在想,那几万、几十万只萤火虫们,似乎这会儿正从英子身体的深处不断地生发出来"。

千代是否真的按照她自己"抽签赌博"式的方法,看到了萤火虫们放光的场面,就决定去大阪,开始另外一种生活?主人公龙夫是否也随同妈妈一起去大阪,奔向一种全新的生活?在情感生活上,他与英子最终有没有一个圆满的结局。今后的成长之路,他是在父辈、尤其是伯母春枝的协助下顺利发展,抑或与妈妈一样成为舅舅喜三郎的雇工?对这些问题,作者未做任何交代,这乃是其为读者留下的一个令人深思的作品余韵。

二　成长之路

小说《萤火河》的主人公水岛龙夫，向爸爸的老朋友大森龟太郎借款，偿还债务办理丧事。大森是爸爸青少年时代一道走来的知心好友，他至今还珍藏着半个世纪前与爸爸的合影。他在老友四面楚歌的情况下，慷慨地伸出了援手。他名义上是借钱给龙夫，实际上条件很宽容，甚至还明确地写上"债权人死亡时、借债人不必还款"的约定。然而，龙夫，这个十五岁的中学生，毕竟作为一个成年人在"借款契约"上签字画押，从而开始履行法律义务，向社会和家庭负责。龙夫迫不得已地与爸爸的老朋友订立合同，过早地担负起了如同成年人一般的家庭重担。此举虽为被动接受，但它是龙夫走向青年的一个重要标志。

龙夫的知心朋友关根圭太，自己去钓鱼，掉进深水渠里不幸淹死了。圭太的爸爸因而受到刺激精神错乱，嘴里念叨着儿子生前经常顶撞自己的一句话："好没教养啊"。这件事传到学校，一时间，同学们都把这句话当做笑话来使用，但龙夫却没有那么做。他认为是因为自己那天没陪圭太去钓鱼，才导致了圭太的死，他感到非常内疚和自责。他与圭太交情深厚，好友的死令他悲哀心痛，无限遗憾与惆怅。龙夫重视这种同学朋友之间的感情，他不忍心拿好友的爸爸取笑，更不能亵渎与朋友生前的那份纯真的友谊。龙夫表现得很成熟，他不再是一个十五岁的少年，他的心理素质已经成功地过渡到了青年阶段。

圭太生前很喜欢女同学英子，他在做卫生的时候，偶然偷了英子的照片。他知道龙夫比自己更喜欢英子，他就把英子的照片转赠给了龙夫。圭太死后，龙夫把实情告诉了英子。英子只是吃惊，并没有责怪他们。龙夫约英子与银藏爷爷、还有妈妈千代一起去看鼬鼠河源头萤火虫乱舞的景色。英子仿佛又回到了少女模样，爽快地答应了龙夫的邀请。

龙夫时常偷看英子的脸，甚至于在英子上楼的时候还偷看过她的腿部。这回一起去看萤火,在夜色朦胧之中,龙夫与英子近距离地接触,他更愿意嗅着英子身体散发出的女人气息。在龙夫的身心里,萌发着青春的躁动,滚动着爱恋的热流。这些针对同龄异性的微妙变化和举动,更进一步地预示了龙夫正由少年时期向青年时期的过渡。

少年时代的龙夫,是在资本家爸爸重龙的呵护下长大的。现在爸爸事业未捷身先死,这要求十五岁的他必须树立一个意识:从此刻起,正视现实,靠个人的力量去奋斗,才能生存下去。爸爸过世半年以来,龙夫与千代经历了许多磨难。虽然步履维艰,但他们还是一步一步地坚持走了过来。虽经苦闷犹豫彷徨踌蹰,但总会找到一种让内心世界平静下来,灵魂得到升华的途径。终有一日,定会抛却亲友死亡带来的阴影,奔向充满希望的新生。他们每个人都在努力地完成自己的使命,在平凡的人生中找到个人命运的归宿。而在朝着这一目标前进的路途中,各种各样的艰难困苦曲折经历,将使他们揣摩思量,使心灵得到磨练。

迄今为止,龙夫以一个少年的眼睛来看大人们的世界,只是一个社会生活的旁观者。以爸爸重龙的死为契机,他有些过早地成为社会生活的参与者。以好友圭太的死为起点,他的理性和良知开始走向成熟。以这一时期身体成长带来的青春躁动为象征,他产生了情感生活方面的欲望。总之,此时在龙夫的身上,有某些东西将要离他而去。他不得已要向前一步、迈向大人的世界,在这个青春期的顶峰时期,龙夫身上的少年成分行将"死"去。同时,它还意味着宫本辉出世之作《泥水河》中的少年主人公板仓信雄的"死"。

三 生命的闪光

小说《萤火河》主要涉及了三个问题,一是"生"与"死",二是"性"与"宿命",三是"生命的亮点"。作品中的"河川"这一重要"角色",好似一面镜子,映照出了"生与死的交织、性的消长、人生的空虚行为、向往新生"等等。

爸爸重龙在十三年前就瞒着千代，把两岁的龙夫抱到金泽车站给前妻春枝看，还像傻瓜一样地笑着说"这是我的一粒种子"。重龙晚年在家赋闲时，还曾一边用手摸着爱子龙夫的脸，一边笑问："小雀子（阴茎）长毛了没有？""没事别总摆弄它呀！"龙夫被老爸说得脸色发红，不好意思地低下头去。在古代日本，有崇拜生殖器的习俗。到了近现代，在一些乡村里还保留着这种古老的仪式。他们认为人的繁衍生息离不开两性，这是大自然的造化，也是上天所赋予的使命。没有什么神秘莫测，更不需要隐瞒保密。在重龙的心底意识里，儿子就是自己生命的延续，自己的死意味着儿子的生。

重龙临死前，在病床上回忆自己年少时候的事情。有他的朋友大森龟太郎说的话，还有前妻春枝对龙夫说的"长得跟你阿爸一模一样"。在作品中，父亲的死与儿子的生，两相重叠交相辉映。死与生的对比，被勾画得轮廓清晰黑白分明。龙夫的朋友圭太之死以及圭太的爸爸精神错乱，等等。可以说是，生死轮回丧失了去处，悲哀被固定在了静止的时间里。在四季变化的美丽自然的时光流逝中，只有龙夫和英子获得了长久的生。

文学评论家二瓶浩明曾经说过，在该作品的背景里，不仅仅只有"河川"的依托，还以"女人"作为媒介。龙夫的初恋情人、女同学英子，妈妈千代，还有爸爸的前妻春枝。周围几个"女人"的角色，都作为"河川"的化身，向少年主人公传达着危险的信号，即"性"与"宿命"的信息。她们都对龙夫的生命，起到了造就、牵引和支撑的作用。

在龙夫的眼里，司空见惯的女中学生英子充满了异性的魅力，留有神话般的残影，让龙夫感到人生是那么的美好。妈妈千代，是爸爸重龙这面重叠镜子中的一个映像，对龙夫来说，她是一个再生式的女神。"伯母"春枝，是个婚姻的失败者，她事业有成，但年老无夫又无子。在她看来，龙夫犹如前夫重龙的再生，她要将终生奋斗的一切都传给这个毫无血缘关系的"儿子"。妈妈千代也好，伯母春枝也好，都意味着一种人力所无法改变的天意和宿命。

作品的出场人物不多,但他们都各自占据着一个重要的位置。在作品的末尾部分,不光各种各样的死者和将要逝去的人,其灵魂化作萤火,就连各类生者的灵魂也被描绘成了萤火出现在河面上。"千代摇摇晃晃地站了起来,走在草丛里。此时,早已错过了回家的时间。她抓住身边的树枝,探出身子出神地窥视着河滩。从她的喉咙里流露出微弱的惊叫声。风停了,四周再次回到了静寂。在坑洼地的底部,萤火虫那绚丽多彩的妖光,像人的形状一样站立着"。昏暗的帐幕张开一个大口子,萤火虫牵着眼看不见的丝线在飞舞。作者要将读者引向一个虚幻的世界中去。然后,他猝然搁笔。在笔者看来,这样一幅神奇玄妙的图景,好比人之生命与自然之生命的有机结合。

作家水上勉认为,"宫本辉所描绘的作品世界,好似一幅奇妙灰暗的画卷。而这幅画卷,并不是用浓厚的油彩反复涂抹一般的心理主义的手法,而是在仔细渲染的浅墨色基底上,蠕动着的人与自然的交融"。"《萤火河》的末尾,也让我感到色调灰暗、阴森可怖"。"与其说宫本辉的创作意识被人的'生'所吸引,倒不如说他时常被'死'所强烈地吸引住了。但也不尽然,他只不过是在描写'活'的世界时,往往用'死'来当做底衬"。

笔者认为,小说《萤火河》,虽然显得色调灰暗气氛压抑,但它在平易的故事情节中多有感人肺腑之处,让昏暗的夜空中时常有夺目的亮点儿闪烁,于压抑的气氛中有丝缕般的清新空气吹进。好比一幅日本画,作者在灰暗的基调上点缀几许耀眼的色彩,在通俗的描绘中不乏惊人之笔触。再有,作为永远的背景的"河川",无声无息地见证着社会与人生,倾听着人们心灵深处的窃窃私语。它既让人看到了旧事物的终结,又使人觉察出新事物的萌动,让多难的生命留下些许闪光,承载着人们对新一代生命的希冀。

结　语

小说《萤火河》由〈雪花〉〈樱花〉〈萤火〉三章所构成。该作品揭示的是时间流逝过程中所积淀的人生的苦恼，其主题是少年时期的终结和向青年时期的过渡，以及在此时期所表现出来的成长的焦躁和不安。作品将舞台设计在河岸边，描绘出住在这里的人们的生态和心态。"河川"起到了镜子的作用，它折射出了人生的许多故事。少年主人公们承受着成长过程中时空的负荷，背负着人生的苦恼。并且，还得跟一些浮游于世上的人们相互关联，在苦恼中体验和醒悟，步履蹒跚地走向成熟。

宫本辉擅长描写社会上小人物们的人生故事，常以这些无名小辈的境遇、言行和心理活动为故事的情节。小说《萤火河》的龙夫，仅仅是一个涉世未深的半大小子，千代也只不过是个非常普通的家庭妇女。宫本辉选择龙夫及其家人朋友这些普通人当做小说的主人公，他是在深层探测贫穷的无名百姓们的心理活动，揭示这些人生活的世界到底是怎样的一种状态。他的这种表现方法既有传统性的一面，又有极具现代性的一面。在这种意义上讲，他的文学风格，既包含了日本文学的传统美，又凝聚了战后复兴期的艺术精神。

注：本书每篇文章后圆括号注码为作者对部分内容的补充或说明，方括号注码为参考文献的说明。

注　释

①鼬鼠：俗称黄鼠狼，鼬鼠科的一种食肉动物，雄性体长30—37cm，雌性20—23cm。分布于西伯利亚、中国、日本。喜欢栖息于水边，善于游泳、潜水，也时常出现在人家附近。捕食昆虫、老鼠等。逃跑时，从肛门腺散发出恶臭，俗称"黄鼠狼的马后屁"。其皮毛可为水貂皮的代用品。小说《萤火河》中的"鼬鼠河"，乃是人们对这条河"其貌不扬"的一种蔑视的说法。

②仁王龙：指其像佛教寺院里的金刚力士，意为"人中蛟龙"。

③萤火虫：萤火虫科甲虫的总称。栖息于河流、池塘边，包括卵、蛹、幼虫在

内,多为发光种类。全世界有2000多种,日本有近20种。在日本也叫做"夏虫"或"草虫"。另外,"萤火之光、寒窗之雪"或"萤雪之功",比喻十年寒窗学业有成,再进一步则指深厚的同学之谊。又有"萤火虫二十日、蝉三日"的说法,指的是:萤火虫为幼虫的期间很长,而为成虫的生命期比较短。比喻人世间事物兴盛时期的短暂。该作品用以比喻人生的短暂和生命的闪光。

参考文献

[1][日]二瓶浩明:《宫本辉与"河川":〈泥河〉〈萤火河〉〈道顿堀河〉》,日本文学解释学会《解释》,1985年10月。

[2][日]栗坪良树:《从少年到大人:人生的战场体验》,《栗坪良树评论集》,木阿弥书店,1989年12月。

[3][日]宫本辉:《萤火河》(〈泥河〉并收),角川书店,1990年1月。

[4][日]水上勉:《解说、通往昏暗处的入口》,宫本辉《萤火河》(《泥河》并收)。

[5][日]渡边善雄、小野寺美幸等:《宫本辉作品研究:日本近现代文学研究发表资料》,宫城教育大学(仙台),1991年5月。

附记:本章由刘家鑫、刘彩霞撰写。原文发表于凤凰传媒出版集团、译林出版社主办的《译林》杂志(2007年7月1日,第4期,总第133期)。原文曾被适当删节,摘要、注释和参考文献等部分也被省略。现恢复文章原貌,做局部修改调整,收进本书。

霜多正次小说《冲绳岛》中的祖国情结

本篇提要:小说《冲绳岛》,是日本作家霜多正次所写的一部社会政治问题小说,作品描写的是第二次世界大战结束后冲绳人民为争取复归日本而进行斗争的情况。该作品中有很大篇幅涉及了古代冲绳、即琉球王国的历史故事,回顾了几百年来冲绳人所经历的苦难历程,不仅表现了反对美国殖民统治、要求回归日本的现象,还如实地反映了人们心中的祖国情结问题。

关键词:霜多正次;《冲绳岛》;琉球王国;祖国情结

霜多正次,出生于日本冲绳县,日本无产阶级作家,日本共产党党员。霜多正次的作品都是以冲绳人民反美斗争为题材的,他的代表作有《冲绳岛》[1]、《守礼之民》和《榕树》等,其中《冲绳岛》是最受欢迎的一部。1955年秋,小说《冲绳岛》开始在杂志上连载,立刻博得了广大读者的好评。1959年,该作品由日本筑摩书房结集出版。

第二次世界大战结束时,冲绳被美国军队占领,沦为殖民地。小说《冲绳岛》反映的是从1945年到1955年期间冲绳人民的反美斗争过程。作者以自身的体验,如实地描绘了冲绳岛人民的悲惨生活。书中的主人公、山城清吉代表了冲绳岛新生一代人,希望冲绳回归"祖国"日本。而县知事伊波朝光等老一代冲绳人民心目中的祖国,却是昔日的琉球王国。政客渡久地政幸等人,则利用老一代人的这种怀旧情结,主张冲绳独立或由美国托管。那么,在作品中人们是如何解释历史上的琉球王国的?人们的心中又有着怎样的祖国情节呢?

一 冲绳的历史回眸

冲绳旧时称琉球,有王室,世代相传。琉球王国自明代洪武五年以来接受中国册封,时至清代光绪年间,上下五百余年奉行中国年号、正朔,使用中国文字,对中国皇帝称臣纳贡,王位更替必定请封,是为中国的属国[2]。1868年日本开始"明治维新",并把近邻国家作为觊觎对象。1872年日本强改琉球国王为琉球藩王,叙列日本华族,剥夺政治权和外交权。1875年阻止琉球国对中国朝贡,以期切断中琉关系,强行占有琉球国。

1877年4月,琉球国王尚泰,在日本政府步步紧逼的形势下,派遣妹婿向德宏等人秘密到达中国,向清朝高官呼救。同年12月,中国首任公使何如璋等人到达日本,滞留东京的琉球国官员毛凤来等人"迭次求见",向何如璋陈述琉球国情。何如璋经过具体考察后,致书北洋大臣李鸿章,言称"阻贡一案"非同小可,实乃"另有别情"。他看出:日本"阻贡不已,必灭琉球,琉球既灭,行及朝鲜。……"况且,"琉球近台湾,我苟弃之,日人改为郡县……他时日本一强,资以船炮,扰我边陲,台澎之间将求一日之安而不可得"。何如璋虽是文弱官员,但对日本的用心却能切中要害。他还向清廷提出了三种办法,促使清政府出兵救援琉球王国。

最初,以李鸿章和恭亲王为首的清廷,畏首畏尾,未做积极抗争。致使日本政府在琉球问题上得寸进尺,变本加厉。后来,事态越发严重,何如璋及李鸿章等人多次与日本谈判,反复抗议。1879年3月,日本外务大丞松田道之,在首里城宣布"废琉置县",强制琉球王国交出一切文书、簿册。同年4月,日本正式废琉球藩,改为冲绳县,完全吞并了琉球。对于日本的做法,清政府从来没有承认其合法性,李鸿章等官员也多次与日本公使森有礼、宍户玑、天津领事竹添进一郎反复交涉。而日本使臣却声称琉球问题已经了结,借故推脱不予理睬。时至1894年日本发动甲午战争,清国战败割地赔款,琉球问题也就不了了之了。

冲绳不仅有自己悠久的历史和独特的文化,还与中国有着深厚的历史渊源。近代以来,日本政府实行对外侵略扩张主义政策。他们以生物界的弱肉强食现象为原理,以军事武力为手段,公然践踏国际社会的公理,奉行霸道强权政治。他们违背琉球国王和臣民的意愿,无视中琉的历史关系,不顾中国清朝政府的多次抗议,粗暴地抹杀了这个弱小的国家。历史悠久的琉球王国,社稷崩塌宗庙被毁。冲绳人的祖辈,经历了国破家亡之痛。有关冲绳过去的这些悲愤的历史记述,多次地出现在《冲绳岛》这部文学作品之中。

二 历史记述上的祖国

作者在《冲绳岛》第二章里这样写道:一心从政的伊波朝光非常希望由冲绳人掌握冲绳的命运,他在安里英贤等人的支持下当选为县知事。在伊波看来,明治政府废藩置县之前,琉球虽然是在萨摩[①]人的统治之下,但形式上还是一个独立王国,琉球人还可以自己来治理国家。可是,等到冲绳变成了日本的一个县以后,冲绳人却不能参与冲绳的县政了。这种情况,正是使伊波以及老一代人最感愤慨的地方。

在同一章中又这样写道:美军少校哈门在与教师平良松介辩论时,认为琉球并不是日本的一个地方,琉球人也不是日本人,这是因为自从明治以来,琉球人所受的奴化教育对一些人产生了负面影响,作为一位历史教员应该知道这样的事实:在明治之前,琉球还是一个古老的独立王国。贝利提督[②]和琉球缔结互市条约时,以及后来法国、荷兰和琉球签订条约时,琉球都是以独立王国的资格签署的。1609年以来,琉球接受了萨摩藩的统治。可是,从更古的时候起,它同时也是中国的朝贡国。所以,它既不能说属于中国,也不能说是纯粹的日本领土,而是一个特殊的国家。如果琉球原来就是日本的一部分,那么在决定琉球的地位问题时,日本和中国也就没有必要对它的归属问题提出争论。你们的祖父对琉球的被日本所同化,曾经进行过长期的抗拒,这不就是因为他们相信自己不是日本人吗?

在《冲绳岛》第七章里,还有更加详细具体的描述。德之岛和奄美大岛③人民的命运,至少在明治维新之前,比清吉这样的年轻一代琉球人更为不幸。这也就是说,冲绳虽然以琉球王国为名,被给予了一个名义上的独立地位,但大岛群岛却被迫从琉球王国分离出来,置于岛津氏(萨摩藩主)的直接统治之下。这种直接统治比之对琉球的间接统治更加苛酷,因而大岛群岛人民受到的压榨,比琉球人更为彻底。关于这种残酷的压榨,至今还流行着许多传说。例如,直到战后,大岛群岛的老年人中还保留着这样的习惯,即睡觉时不能将脚向着琉球国的王城——首里的方向(南方)。据书籍记载,这是因为老年人都有着这样的理想:"积下钱来,但愿此生能够到琉球国首里城去参拜一次。"这种记述形象地说明了岛津藩阀统治的残酷程度,具体地表达出冲绳人民厌恶日本萨摩、恋慕昔日琉球王国的心情。

作者的意思是说,虽然琉球王国被日本吞并已逾70余年,但琉球人的子孙后代并没有忘记那一段民族屈辱痛苦的历史。作者也承认:松介是反对哈门少校这种议论和观点的,但松介的反驳又很苍白无力,因为哈门少校所言基本符合历史事实。作者以平淡的笔调,如实地勾画出古代琉球被外敌割去领土、百姓遭受欺压的历史画面,表现出琉球的亡国之民对现实的无奈,为祖辈呼喊出了他们心底里想喊、却又不能喊的抗议之声。

三 现实世界中的祖国

《冲绳岛》第六章中写道,渡久地政幸与岸本宗春等人主张独立,即由冲绳本地人主政,或由美国托管。他们的理由是日本曾经把冲绳岛作为殖民地一样处理的事实,以及日本政府和日本人对冲绳人是如何地歧视,怎样地剥削,还有在对外侵略战争年代又是怎样地残酷驱使、奴役和侮辱冲绳人,战后又怎样地摒弃冲绳的,等等。独立论者都是以这些事例来刺激人们的感情,促使人们想起这些民族的屈辱的历史。他们的论点是:"琉球本来就是一个独立的国家,我们的文化、习惯以及语言,都和日本不同。我们也许可以说是日本人的亲戚,但绝不是日本人……"这个论点的证据是,战败后的日本早已把冲绳人抛弃掉了,连学校里用的地图上都已把冲绳岛给抹去了。

小说《冲绳岛》重点描写了主人公山城清吉。清吉曾是一个深受日本军国主义教育毒害的冲绳本地青年,曾经顽固坚持"日本必胜"的信念,认为自己应该为日本而战斗到底。日本战败投降,他不得不承认残酷的现实。战争年代,日本本土来的军官和士兵们歧视冲绳人,他感到非常委屈与愤慨。这种种族歧视,直到战后也没有多大的改变。他亲身体验到,在本土人的内心世界里,是从来没有把清吉这些肤色黝黑、语言异样的琉球人看做自己的同胞。尽管如此,清吉心里仍然向往着"祖国"日本。

《冲绳岛》还刻画了平良松介这一人物。战争年代,松介也被军国主义宣传所蒙蔽,鼓动众多学生为国家不惜"玉碎"。日本战败后,他一面反省自己的失职,一面又坚持"冲绳人是日本人的一分子"的观点。松介认为,假如冲绳从日本分离出来而受美国的统治,那真是一种不幸的宿命。清吉相信松介老师的看法,心里忍不住地难受。

然而,松介的许多看法很成问题。其一,冲绳的统治者一直都是琉球国王,他们的支持者是明清朝廷,并非"是常常在改换着的"。1609年,琉球为日本萨摩人所侵略并非法占领,而不是琉球人心服口服地被"征服"。此前此后,琉球人都不是个与日本大和民族有着天然血缘关系的民族。其二,在近代以前,它绝对不"是作为一个独立王国而向中国的明朝朝贡,并接受其册封"的,它也不仅仅"在名义上是中国的属国",而是个在多方面受中国实际保护和扶持的半独立王国,是中国的一个外藩。其三,它向中国朝贡,不单单"是由于贸易的目的、而出之于国营事业的自主行为",也不光"只是一种外交礼仪",而是一种政治上的从属支配关系。不然的话,琉球"上下五百余年奉行中国年号、正朔,使用中国文字,对中国皇帝称臣纳贡,王位更替必定请封"[3],这些史实又该做何解释呢?!

松介的一些叙述,大致反映出了古代冲绳人两面称臣的两难实情。但他却有意识地淡化了昔日日本对琉球人民的残酷欺压,也忽略了战后日本对冲绳人民的冷漠无情,他把来自日本的负面影响轻描淡写,大事化小不痛不痒;他的许多看法和观点,牵强附会一相情愿,或者似是而非混淆黑白;他向学生传授的知识和信息,未必完全符合历史的事实。作为一名历史教员,其历史观、世界观和价值观都是很成问题的。

结 语

霜多正次小说《冲绳岛》是一部社会性和政治性很强的作品,它不仅表现了反对美国殖民统治、要求回归祖国日本的题材,还如实地反映了冲绳人民的祖国情结问题。依据1951年的《旧金山和约》,美国承认"日本在冲绳有潜在主权",但直到1972年5月,美国才正式将冲绳的行政权归还给日本[4]。最终,独立或托管论者们的努力失败,冲绳人民的复归祖国运动取得了胜利。然而,历史留给冲绳人民的阴影是永远也抹不掉的。人们潜意识中的"祖国"的概念,在某种程度上仍然是模糊不清、甚至是模棱两可的。

本该具有独立主权的国家和民族,历史上被日本强占欺压,战争年代被迫为日本帝国主义作出巨大牺牲,还被其驱使、奴役和歧视,战后又遭美军的污辱祸害。苦难深重的冲绳人民满怀着依恋与希冀回归祖国,同时对于这个给自己带来无限痛苦的"祖国"抱有怨恨和疑虑。作者虽然是站在反美的立场上写的这部小说,书中正面人物也是倾向于日本的,但他们的心情是沉重和不安的，山城清吉等青年一代人的心里充满了苦恼与矛盾，因为他们背负着两个"祖国"的思想包袱。

注　释

①萨摩：隶属于日本德川幕府的一个西南强藩（诸侯国），位于九州岛的最南端，现今的九州鹿儿岛县。藩主相当于中国古代的诸侯，萨摩藩主为岛津家族世袭。

②贝利提督（M.C.Perry.1794—1858）：美国海军军人，东印度舰队司令官兼遣日特派大使。1853年率舰队远航日本，来到浦贺。第二年再次来到江户湾，迫使当时执政的德川幕府与美国缔结《日美和亲条约》，开放下田和函馆进行通商。

③德之岛和奄美大岛：在冲绳岛之北，曾经属于琉球王国管辖。1609年，被日本萨摩藩所侵略和奴役。第二次世界大战结束后，又曾被美军所占领。

参考文献

[1] [日]霜多正次著，金福译：《冲绳岛》，上海文艺出版社，1963年4月。（日文版原著：霜多正次著《冲绳岛》，筑摩书房，1959年12月。）

[2] 米庆余：《近代中日"琉球问题"交涉》，浙江大学日本文化研究所编《中日关系史论考》，中华书局，2001年7月，第271页。

[3] 米庆余：《近代中日"琉球问题"交涉》，第271页。

[4] 吴廷璆主编：《日本史》，南开大学出版社，1994年7月，第873、998页。

附记：本章由刘家鑫撰写。原文发表于山东省作家协会编辑的《时代文学》杂志（2010年3月，下半月刊，2010年第3期，总第177期）。有部分改动。

超越沉重现实的情怀：
漫评日本作家三浦哲郎与文学

本篇提要：日本作家三浦哲郎，自幼家庭几遭不幸。在许多短篇小说、特别是《手枪》与《河鹿》中，他毫不隐瞒地描绘了家庭的巨大变故。他的家世，即是他文学的原点。其老父母直面人生的痛苦，顽强地生活到了生命的终点。他本人也克服了消极低沉的"血统论"，坚持积极向上的人生观，带着义务与责任，努力超越沉重的现实。

关键词：三浦哲郎；家世与文学；《手枪》与《河鹿》；超越沉重现实

一 家世与文学

日本著名作家三浦哲郎，1931年（昭和六年）生于青森县八户市的一个和服店之家，他是家中最小的儿子。父亲的老家，在岩手县二户市金田一村。三浦哲郎有两个哥哥和三个姐姐，在姐姐们当中，大姐和三姐患先天性皮肤色素缺乏症。1937年，三浦哲郎六岁生日的那天，二姐从青森到函馆的渡船上，跳入津轻海峡自杀身亡；同年夏天，大哥离家出走，生死不明；转年秋天，大姐服安眠药自杀；过了十余年后，二哥也悄然失踪，不知去向。因此，三浦哲郎暂时中断了在早稻田大学政经学院经济学系的学业[1]。

战争年代，三浦哲郎一家人被疏散到了父亲的老家。1953年，又搬迁到了岩手县一户町居住。他再次进入早稻田大学，在文学院法国文学系学习。他从这一时期，开始学习写作小说，并以小说《忍川》获得"芥川龙之介奖"。1958年夏天，他的父亲病倒。接到病危通知后，急忙偕妻子回乡。一星期后，父亲病故，享年68岁。1974年，三浦哲郎执笔写作《手枪》与《河鹿》的时候，老母亲还健在，最后一个病残的姐姐开着古琴教室维持生计。

三浦哲郎在《〈手枪〉与十五个短篇小说》的〈致读者〉一文中，曾经就自己小说的主题做过这样的说明："要说主题是什么，那就是从一开始就成了我沉重负担的人的生死问题，还有我自身存在的病态的血统问题。"姐姐们的死和哥哥们的失踪，给了他深刻的影响。根据三浦哲郎的自述得知，他立志搞文学创作，就是因为"我明白，有必要进一步把这种血，当做一个架空的试验管来研究和理解，这关系到我自身的人生之路"。这种"血"，正是一个又一个地消逝的哥哥姐姐们身上流动的血，也正是与他们相同的自己自身的血。对于他来说，"血的问题"是无论如何也躲避不了的。这，成了他文学作品的一个重要的主题[2]。

三浦哲郎的家庭成员，死的死，逃的逃。留下的老父母"战后"余生，与最后一个病残姐姐相依为命。三浦哲郎本人，处于长兄不在幼弟当家的特殊境地，面对的是东京与老家两地主事勉为其难的困境。三浦哲郎的作品里，私小说居多。《手枪》与《河鹿》，其人物与故事情节，是他以自己家庭的成员和他们遭遇的变故为蓝本创作的。为了突出主题，他往往尽量选择接近事实的设计方法。可以说，它们是纯粹意义上的"私小说"[3]。

三浦哲郎的短篇小说《手枪》，发表在1975年（昭和五十年）一月号的《群像》文艺杂志上。其续篇《河鹿》，也于同年发表在该刊物的三月号上。作品《手枪》，是三浦哲郎短篇连载的第一篇，这组作品于同年4月连载完毕。同年9月，由讲谈社出版了他的《〈手枪〉与十五个短篇小说》。该《〈手枪〉与十五个短篇小说》，1976年12月荣获"野间文艺奖"。三浦哲郎擅长写作短篇，除这部作品集之外,他还出了许多短篇集。譬如,《半夜里的马戏》(新潮社1973年6月),《原野》(文艺春秋1974年12月),《木马的骑手》(新潮社1979年10月)等。小说《手枪》,多次被《母亲的肖像》(构想社1983年9月)等作品集所收录。1985年以后,还被译为俄英等文本出版发行。

二 父母亲的心病与阴影

小说《手枪》中的主人公"我",有个八十三岁高龄的老母亲。她得了重病,感觉自己来日不多。她还总是说,自己的心脏里有"被雷击过似的深深的六个洞穴"。这六个洞穴,指的是六个心理上的创伤,它与我的哥哥姐姐们有关[4]。

老母亲"开始为自己准备后事",还给我发信说,有一个"自己不能独自判断决定的物件",想跟我商量一下。我赶紧从东京赶回老家。老母亲不慌不忙地对我说,"还是把'那个东西'处理了好"。老母亲所指的'那个东西',是父亲的遗物:一把手枪和五十发子弹。

我在少年时期曾经看到过这把手枪。这次,当我"一看到那把手枪和子弹,一瞬间,父亲的一切好像全都明白了"。如何处理这个危险品,令老母亲发愁。她很固执,无论如何也不想亲自去警察局,也不希望我去本地的警察局。我很理解老母亲的苦衷,决定替她给警察送去,而且是避开当地的警察局,将东西带到东京去,交给那边的警察。

作者这样写道:"老母亲一直认为,自己的心脏里有年轻时候留下的旧伤,至少有六个洞穴。假如心脏里真的有洞穴的话,那是不会存活到这个年龄的。但她说那六个洞穴都像是让雷给击中的要害,虽然很小,但却很深。"

"心脏的洞穴"当然是一种比喻。她的三个女儿中,长女和三女患有先天性白皮肤症;长女和次女先后自杀身亡;三个儿子中,长子和次子离家出走,去向不明。万幸的是,只有我这个小儿子还算健康完整。如果说手枪象征着父亲心里的阴影,那么,这所谓的"自己心脏里的六个洞穴",则是母亲心灵深处的心病。这是那些不争气的孩子们所造成的。

老母亲一生经历了这么多的不幸和打击，跟地方上警察局的人打了多次交道，又遭到了周围人们的白眼。她本人不愿再出头露面，尤其是不肯再见到警察，不希望再次成为乡亲们议论的话题。但她不是消极地看待父亲的遗物，而是要力争妥善解决问题，不给后世儿孙们留下隐患。她没有消极避世，而是冷静地面对眼前的难题，积极地应对这件麻烦事。她的生存意志是很坚强的，她已在逆境中，以坚忍不拔的毅力活到了八十多岁。

父亲是一个农村乡绅的儿子，到和服店当了上门女婿，有两个"白孩子"，死了两个女儿，走失了两个儿子。由于战争被疏散到老家，关闭了和服店。战后，又搬到附近的村镇生活了几年。不久就得了脑软化症，卧病在床，与世长辞。身后留下一把手枪和五十发子弹。

主人公"我"深切地认识到，"难道不正是这把手枪，成了父亲的精神支柱吗！只要有了那种想法，何时何地都能死掉。真真切切地连死的工具都有了。不正是这种想法，才让父亲活到了这个岁数吗！"父亲以自己的意志选择了"生"，手枪和子弹成了驱使自己产生那种想法的一个工具。他在世时，一直把手枪放在常用的保险柜里，从未告诉过母亲。这把手枪，对他具有极其特殊的意义。私藏手枪的行为，与他的外在性格截然不同。

在续篇《河鹿》中，作者对"我"的父亲有着这样的描述："父亲被河鹿的鸣叫声包围着，他很轻松舒畅。他在河边钓鱼时，更是显得满面春风心旷神怡，我从来没有见到过他这种表情。父亲已经六十多岁了，从外表上看，像是哪个富裕农家的老太爷似的。但怎么也看不出，他净被不孝的儿女们所背叛，是个非常不幸的老人。更想不到，他在暗地里私藏手枪，还是个带有深深的阴影之人。"然而，其心理活动的确具有危险阴暗的一面。

当初，父亲嘴上说买手枪是为防身用的。实际上，这只是个表面上的托词而已，这里面隐藏着一个不可告人的秘密。种种迹象表明，多年以来，在老人的潜意识里面,存在着轻生的念头。也就是说,当无法忍受家庭的不幸和周围环境的压力之时,他会考虑自杀的。也有可能用这五十发子弹先杀死全家人,然后再自杀。自古以来,日本人就有"无理心中"(强迫情死)的习惯性做法,很难说这种事不会发生在他身上。

父亲的外表,显得轻松愉快悠然自得,假装成若无其事的样子。其实,他的内心世界却是异常痛苦的。一个八口之家,先后散失了四个子女。余下的老弱病残,相互搀扶,步履维艰地走向生命的终点。面对家庭几近崩溃的残酷现实,他备受煎熬。但他坚强地挺立着,最终没有被人生的多重不幸所压垮,积极地生活到生命的最后一刻。

三　血统论与人生观

在《河鹿》里,主人公"我"有过这样的自白:"迄今为止,我一直认为,自己既没有自杀的自由,更没有失踪的自由。因为我的哥哥姐姐们,留下了年老的父母亲和一个病残的姐姐,而后要么自杀要么失踪,一个又一个地烟消云散了。而我又是这六个兄弟姐妹中的最小的弟弟。我与那些个哥哥姐姐们,有着相同的血脉。毁掉了哥哥姐姐们生命的血,也同样地流淌在我的身体里面。他们遇到什么事,一想不开,马上就急忙径直地奔向了地狱之门。他们这种自我毁灭的冲动,也会出现在我的心底里。"[5]

姐姐们的死和哥哥们的失踪,给我造成了极大的影响。使我想到了"血统"的问题,正是这种不良的血统,给我的家庭带来了毁灭性的打击。我又带着无限的遗憾和惆怅,似乎自嘲般地在说,自己有着自杀和失踪的遗传基因。这种"血统论"的问题,存在于主人公的思想认识深处,让主人公感到活着的苦涩,也对这种命运感到无奈。

但事实上,我没有走哥哥姐姐们那条路,我清楚地意识到自己对旧家的义务,更有对自己新家的责任感。我反倒或多或少地受到了老父母的影响,积极应对人生的磨难，不怕命运的坎坷。具有一种向上的心理意识，勇于接受心理承受能力的挑战，哪怕是到了极限。我没有被支离破碎的家庭境况所压倒，从一个不起眼的小儿子，成长为意志坚强的顶梁柱。为了家庭的其他幸存者，我勇敢地挑起了生活的重担。

　　我面对家败人亡的现实，没有精神颓废意志消沉，或者一蹶不振碌碌无为。而是正视生活的不幸，正确认识妥善处理问题。我带着希冀期盼光明，是个精神和心理上的胜利者。应该说，我选择了一条正确的人生之路，在凹凸不平的路途上，一步一个脚印地走向人生的未来。在我的思想意识里面，最初消极的血统论与积极的"人生观"两相碰撞，激烈搏斗。到最后，积极明朗的人生观还是克服了消极灰暗的血统论。

　　三浦哲郎的家世在日本广为人知。在许多短篇小说，尤其是姊妹篇《手枪》与《河鹿》中，他也毫不隐讳地描写了真实的家史和现状。但将沉重的命题，以宁静和缓、轻松愉快的笔调描绘出来。最终，他的父母亲没有逃向"死"，而是在艰难的"生"（现实）之中，忍耐着心灵的痛苦存活下来。他以儿子的视角，热切地看待着心灵深处严重受伤、而又拼命地活了下来的两位老人。体现了作者三浦哲郎对父母双亲满怀深情的爱。

结　语

　　"我"，即三浦哲郎的心里，时刻意识到烟消云散的哥哥姐姐们。这曾是他的心中难以解开的一个"死扣"。不知什么时候自己也会步其后尘，这种恐怖感时常在缠绕着他，对于他来说，"死"是近在咫尺之事。而从这个"死扣"中解脱出来的契机，是他父亲的死。看到自然死亡的父亲，他的心里产生了一道分水岭，这才从阴沉郁闷的"死扣"中解脱出来。恐怕不光是三浦哲郎，就连他的父亲母亲，还有姐姐，也都是直面死亡而活着。可以说，他的家里人活得都很累，几个人都是与死亡时刻相伴地活下来的。

三浦哲郎的小说《手枪》与《河鹿》，描写了人的生死问题和血统论问题，更涉及人生观的问题。作者通过这两篇作品，以高度负责的态度对待亲人们，还以严肃的眼光审视和把握着自己。作者的思想意识是健康积极的，其人生观也是追求光明和进步的。作品色调有些灰暗，气氛有点沉闷。但实际上，在出场人物们的身上都能体现出一种积极向上的精神。处处显现着作者的开朗豁达，透着一种超越沉重现实的情怀。

参考文献

[1][日]三浦哲郎:《著者年谱》,《三浦哲郎自选全集》第13卷,新潮社,昭和六十三年(1988)9月。

[2][日]三浦哲郎:《〈手枪〉与十五个短篇小说》,讲谈社文库,平成元年(1989)2月。

[3][日]渡边善雄、欠端真由美:《三浦哲郎〈手枪〉研究:日本近现代文学研究发表资料》,宫城教育大学(仙台),1991年5月。

[4][日]川西政明:《解说:一种精神》,三浦哲郎:《〈手枪〉与十五个短篇小说》,讲谈社文库,平成元年(1989)2月。

[5][日]胜又浩:《解说、作家指南》,三浦哲郎:《〈手枪〉与十五个短篇小说》,讲谈社文库,平成元年(1989)2月。

附记:本章由刘家鑫撰写。该文的主要内容,最初曾以"小说《手枪》与《河鹿》解析"为题发表于《山东文学》杂志(刘家鑫、杨海鹰合写,2007年8月1日,第八期,总第586期)。但是,原文曾被删掉许多必要的内容,变得面目皆非。比如,文章题目被改变;文章中所有的"日本"二字都被剔除;摘要、关键词、注释、参考文献、科研立项标示和作者简介等部分全部被省略,甚至连标题中的主人公"三浦哲郎"的名字都未能幸免。后来,笔者恢复该文的原貌,并做了重大的修改加工,再次发表于作家出版社编辑的《作家杂志》(2010年6月16日,下半月刊,6月号,总第496期)。现值此机会,略作改动,收进本书。此前,被删节后的文章,让读者非常费解,造成了麻烦。在此,笔者致以诚挚的歉意。

叛逆的青春告白：
金原瞳小说《裂舌》解析

本篇提要：金原瞳，日本80后女作家，自幼性格叛逆，少女时期即放弃学业从事文学创作。在其成名作《裂舌》中，金原瞳大胆地描写了身体改造和情爱的故事。通过描述新生代男女主人公怪异的言行举止，揭示日本另类年轻人群体的生活情境，表达了作者对光怪陆离的社会现象的深刻思考，并试图倡导理性的复苏和家庭社会责任感的回归。

关键词：金原瞳；《裂舌》；日本女作家；身体改造；叛逆少女

一 文学少女——金原瞳

金原瞳，1983年8月8日出生，东京都人。在日本当代文坛上，金原瞳被称为"叛逆型美少女作家"。其父亲金原瑞人是日本法政大学教授、儿童文学研究者，同时也是著名翻译家。少女时期的金原瞳是个上学不太用功的学生。从小学四年级开始，她就经常旷课，中学几乎没有上过，高一时被校方勒令退学。但是，金原瞳从小就爱好文学，喜欢阅读村上龙、山田咏美等当代著名作家的作品，12岁时就开始练习写作。中学三年级时，以亲友高中生的身份，参加了其父金原瑞人在法政大学召开的学术研讨会。

2003年，时年20岁的金原瞳，在亲友们的劝说下，将自己历时两年完成的中篇小说《裂舌》投稿给文学杂志《晨星》，并角逐昂（星）文学奖，结果获得了第27届昂文学奖。2004年1月，她仍以《裂舌》荣膺第130届芥川文学奖。此举打破了芥川奖的两个纪录：一是成为该项奖有史以来年龄最小的获奖者，二是获奖作品为处女作。

金原瞳的《裂舌》一经问世，2004年3月出版量就突破了50万册，一举登上了"日本出版物畅销排行榜"的第一位。在当时的日本社会上，竟出现了这样的说法，即"开口不提金原瞳，读尽诗书也枉然"。一时间东京纸贵，评论界为之哗然。《裂舌》一书中，有独特的"身体改造"描写和大量的性爱、暴力等内容，因而引起了各方的争议。

此后，金原瞳又先后出版了《灰色宝贝》（2004）、《AMEBIC》（2005）、《自我假想》（2006）和《向着星星陨落》（2007）等作品。另外，2007年，她以剧本《卡夫卡·乡村医生》进入影视圈。2008年，她参与出版了《9人故事与源氏》。该短篇小说集以日本古典小说《源氏物语》为命题，是与江国香织、角田光代等日本当代八位著名女作家合作编写的。

二　小说《裂舌》的情节

金原瞳小说《裂舌》，讲述的是这样一个故事。叛逆少女"路易"，在酒店当陪酒女郎维持生计。她看见小混混"阿马"的蛇舌，深深为之着迷。她打算也像阿马一样，改造自己的身体，将舌头一分为二。同时，阿马也非常迷恋路易，两人在一起同居生活。此间，阿马带着路易来到了朋克[①]青年"阿柴"的店里玩耍，并要求他给路易穿舌环。阿柴的店里可以进行各种"身体改造"，如文身、舌环等。阿柴本人是一个SM狂[②]。路易以自己的身体作为条件，让阿柴为她文了一个麒麟图案，与阿马的龙图案相匹配。此后，当阿马不在的时候，路易又多次与阿柴发生SM性关系。

阿马外表粗犷内心柔弱,路易非常迷恋他。阿马曾为保护路易,打死了一个小流氓,还拔下那家伙的两颗牙齿,作为爱的见证送给了路易。路易一直跟阿马住在一起,但并不十分了解真实的阿马。有一天,阿马被人杀害了,路易这才发现自己连阿马的真实姓名和年龄都不知道。最后,路易把阿马送给自己的爱的证明——两颗牙齿砸成粉末,放在嘴里,用啤酒冲服喝进肚子里,试图让它们和自己融为一体。在给路易做完麒麟的文身后,阿柴决定不再给别人文身了。在阿马死后,阿柴想找一个女人结婚过正常的日子。

路易并未看清自己的内心。她曾试图劝戒自己,与阿马之间只是一场游戏,没有爱情。然而,路易担心阿马出事,帮阿马掩饰犯罪,还想知道究竟是谁害死了阿马。当路易找不到阿马时,她的内心又是恐慌的。路易埋怨阿马的懦弱,但她还是爱上了那个比自己小1岁的阿马。在寻求肉体刺激的同时,路易也将心交给了阿马。正如小说最后所写道的那样,路易将牙齿砸碎吃了下去,想让阿马的爱与自己融为一体,一起活下去。

三 作品分析

《裂舌》这部小说,以当时流行的"身体改造"为话题,围绕着叛逆少女路易、混混儿阿马以及朋克青年阿柴,描写了三人之间的痛苦的情爱关系。文章内容十分大胆,既有令人瞠目结舌的"身体改造"情景,又有令人作呕的SM性游戏细节,还有令人胆战心惊的文身场面。这些另类的行为近乎变态,让人匪夷所思。

诚如日本著名作家村上龙所说:金原瞳通过《裂舌》构建出了一个光怪陆离的神秘世界,一个属于迷茫期青年们的"纯粹"的精神世界。这些迷茫的青年们,希望自己永远活在这种"精神世界"里,不去触碰人世中复杂的交际。在现实生活中有太多的灰色地带,在一次次碰壁后,这些青年们发现,纯粹的黑色也许比灰色来得更加直接和简单。所以本文也通过女主人公路易之口,传达了一些新生代女青年的心声——我想待在太阳光照不到的地方，做一个地下的住客。

这些新生代的青年们沉溺于自己的世界里，做着各种惊世骇俗的举动，比如，在耳垂儿上打个眼儿穿个环儿、舌头尖儿切成两半儿或者也装个环儿，等等，试图用"改造身体"的行为来证明自己的存在。他们不喜欢用父母给起的名字，在圈子内与人交流时使用自己取的代号。他们不希望自己的人生被别人规划，总是做一些出人意料的事情来获得另类感受。

这些青年们一方面喜欢寻求刺激，以体验痛感刺激来获取那种自己还活着的信息；另一方面他们又时常感到迷茫，希望借助酒色声乐来麻痹这种空虚。而当恣意放纵后，他们又依然会觉得内心的极度空虚，然后再试图利用糜烂的生活和变态的情趣麻痹自己，使自己能够短暂地达到兴奋的顶点，并且还虚幻般地认为自己也是很充实的。

作者通过描写男女出场人物的另类行为，真实地表现了当代年轻人的心态和生存方式。书中的女主人公路易，就是日本新生代少女的一个典型代表。她热衷于"身体改造"，已经不满足于一般性的耳朵上的粗孔，还想要在舌头上穿环，甚至于将麒麟图案刺在自己身上，试图以这些另类行动获得内心的安定。她希望通过刺激感官来达到麻痹内心，从而达到逃避现实的目的。然而，其内心却越来越空虚，这种空虚感压得她长时间内喘不过气来。直到最后，阿马的去世才唤醒了路易内心的真实感受，使得路易走出了她人生的十字路口，重新勇敢地站在了阳光下，可以相对快乐地笑着向自己的过去道别。

四　社会意义

小说《裂舌》中的年轻人们对爱情很迷茫，弄不清爱情与性欲的区别。他们冷淡家庭，生活放纵，终日纸醉金迷。就如女主人公路易所说，她也是有父母的，和父母也没有什么矛盾，但别人总是要把她当成孤儿。在现实生活当中，确实有这样的一个群体,他们无力改变社会,想通过改变自己来达到一种叛逆。就像小说《裂舌》里的人物们一样,可能有的人会走极端。但是,如果给他们一个机会,他们也会重新回到正常的社会中来。就如同阿马的死使得路易和阿柴重新回到户籍名的世界一样,他们也能过起了新的生活,不再叛逆。

当今日本社会,经济发达,物质富足。但在此社会情形之下,青年们却流露出空虚和身处都市的孤独感。作品《裂舌》,就是想要说出都市年轻女性心中的那种感受。作品故事情节,既描写生动又令人感到不安。《裂舌》中所描绘的情景,举凡种种怪异言行,不仅仅出现在日本,在其他国度也有可能出现。新生代的青年们究竟为什么会产生这种精神意识,这是很值得读者思考的。在当前物欲横流的时代,究竟怎么样才能教育好新生代,怎样才能让新生代们有一个正确的思想观念,这是一个应该深入探讨的课题。

金原瞳的作品《裂舌》,让我们获得诸多反思。一方面,当代年轻人的思想意识和精神世界,越来越受到人们的普遍关注。在过去的日本,父辈们努力使自己融入到集体中去,把自己成为集体的一员作为人生的奋斗目标之一。然而,现在的日本年轻人,已经不再像老一辈那样了。他们更喜欢标新立异,更需要展示自己的独特之处,希望以此来吸引别人的注意。另一方面,在经济快速发展的现代社会,人与人之间的疏离感越来越强烈,鸿沟变得越来越深。每一个人都会有孤独、寂寞的感觉。越是表象繁华,内面的孤独感就越发明显。这,不仅仅是日本特有的问题,而是人类社会所面临的一个共同问题。

这部小说,背景色调灰暗,气氛压抑。作品主题表现趋向颓废、黯淡。这种压抑气氛和颓废表象,让我们看到的是一个埋藏着许多隐患的社会现实。这些隐患,往往威胁到正常的家庭生活,也很容易成为社会的不稳定因素。物质的丰盈能否掩盖精神的空虚和腐化堕落?怎样才能让年轻人充满希望地生活?国家的前途和社会的未来在哪里?对于现代化国家、或即将步入现代化行列的国家来说,这些问题委实值得深思、发人深省。

结　语

金原瞳的小说《裂舌》，整个是一曲叛逆的青春告白。作者通过描述男女主人公怪异的言行举止，揭示被忽略的日本另类年轻人群体的生活情境，表达了对光怪陆离的社会现象的深刻思考。该作品中有着作者自身的投影，更有着对新生代叛逆人群的一种人文观照。值得注意的是，作者并没有仅仅停留在表现叛逆和告白上，而是意在倡导理性的复苏，主张珍惜青春和抑制叛逆行为，进而促使全体社会进行反省，呼吁家庭社会责任感的回归。这一点应该是作品的灵魂之所在，也是美少女作家金原瞳的难能可贵之处。

注　释

①朋克:英文punk的音译。1975年,位于英国伦敦的圣马丁艺术学校举行了一场艺术表演。在表演中,英国的theSexPistol("性手枪"乐队)提出了punk一词。是为"反叛"之意。

②SM:Sadism&Masochism一词的缩写。意为虐待狂与受虐狂。

参考文献

[1][日]金原瞳著:『蛇にピアス』(即《裂舌》),文艺春秋社:《文艺春秋》(第130届芥川奖获奖作品),平成十六年三月特刊号,2004年3月1日,第330—373页。

[2][日]金原瞳著:『蛇にピアス』(即《裂舌》),集英社文库,2008年9月21日。

[3][日]金原瞳著、秦岚译:《裂舌》,译文出版社,2009年4月。

[4]刘家鑫等主编:《日本当代小说导读》,南开大学出版社,2009年1月。

[5]刘家鑫等主编:《日本当代女作家小说导读》,南开大学出版社,2009年11月。

附记:本章由刘家鑫、周鹤撰写。原文发表于《通化师范学院学报》(2010年6月,第6期,总第183期)。略有改动。

宫本辉《泥水河》潜在背景分析

本篇提要：小说《泥水河》，是日本作家宫本辉的成名作，也是其"河川三部曲"中的第一部作品，更是其写作生涯中最重要的代表作。该作品从儿童的角度出发观察大人的世界。通过描述板仓信雄等少年在成长过程中所处的境遇，向读者述说了他们各自的坎坷，揭示了不合理的社会现象。此外，为烘托作品的悲剧主题，作者还巧妙地设计了一个潜在的历史背景——战争与死亡，并以此为源头，描绘了战后日本普通民众的困苦生活，表达了对人生和社会的深刻思考。

关键词：宫本辉；《泥水河》；潜在背景；战争与死亡；战争后遗症

宫本辉，日本当代著名作家。他的中篇小说《泥水河》[①]，1977年7月发表在《文艺展望》杂志上，当年获得了第13届太宰治奖。他的第二部中篇小说《萤火河》，也于同年10月发表在同一杂志上。该作品，第二年又获得了第78届芥川奖。这两部小说与其后的第三部小说《道顿堀河》（长篇），被并称为宫本辉的"河川三部曲"。《泥水河》这部作品，既是宫本辉的成名之作，也是其作家生涯中的最重要的代表作。

小说《泥水河》，以日本战败十年后的大阪为作品舞台。它叙述了居住在安治河岸边的少年板仓信雄、与旧船人家的孩子松本喜一姐弟短暂交往的故事。围绕着这两家人的交流和社会介入，展开了人际关系的波澜与错位。通过这些人物的喜怒哀乐与悲欢离合，描绘了一幅战后日本社会的世相图。另外，在该作品的许多部位上，作者都以插曲的形式，涉及了战争与死亡、战争后遗症等问题。而这些零散的插曲，即形成了作品的潜在的历史背景。笔者抽出作品故事的有关片段和人物言行，重点分析其潜在背景的意义和作用。

一　前奏曲

宫本辉小说《泥水河》中的作品人物，都与那场对外侵略战争密切相关。在战败十年后的大阪，经历过战争的人们，仍然生活在战败的阴影里。许多人都有某种心理的缺失，堕落放纵的情绪弥漫在市街上。战争时期活过来的人，战后反倒接二连三地死去。作品中的一连串的不祥事件，给人们的心理蒙上了一层阴影，让人感到压抑和沉闷。

《泥水河》的第一个出场人物是"马车夫"。他是主人公信雄家拉面馆的第一个客人，也是个与信雄混得很熟的常客。这个马车夫，脸上有许多烧伤之处，耳朵好像融化掉似地耷拉着……有一天，他决定把运输工具——马车改为卡车，扩展自己的运输业，多挣钱过好日子。还借信雄的爸爸晋平递过来的啤酒，"庆贺"了一下。然而，他出门没过多会儿，超载过桥时，就被自己的马车轧死了。听说他身后留下了一个五岁的孩子……

晋平说，这个马车夫是个缅甸战役②的幸存者。生前的马车夫，从枪林弹雨的战场上死里逃生，真可谓是"九死一生"。但现在，他却为了生计而死亡。信雄一家亲眼目睹了他死亡的全过程，但没有任何挽救的办法，只能寄予无限的同情。实际上，这种同情体现了作者的思想意识。作者细致地描绘了马车夫死亡的场面，先以这个灰暗的故事情节，定下了该作品的悲剧格调。这是其施展艺术表现手段的开端。

其后,"捞沙蚕的老人",是另一个悲剧性的出场人物。这位少言寡语的老人,每天划着小船到河当中去捞沙蚕③,卖给钓鱼的人当鱼饵。与前面出现的马车夫相比,少年信雄不太喜欢这个老人……有一天,这个沉默寡言的老人,天明时分还在河里捞沙蚕,但不久就失去了人影。是信雄首先发现了这个不同寻常的情况……

在得到晋平的报警后,警察迅速来到了案发现场。有人认为,捞沙蚕的老人自己不慎掉到河里淹死。但活不见人,死不见尸,警方无法定案。这件事在周围成了一件新闻,一时间闹得沸沸扬扬。严格地讲,老人死亡的证据是没有的,说是"人间蒸发"或"去向不明",也许比较妥当一些。结果,行政和法律都没有起到作用,这件事就不了了之了。

对老人的死亡抑或失踪,信雄天真地认为"那个老爷爷被河里的鲤鱼怪物给吃掉了"。而他爸爸晋平却认为,老人捞沙蚕捞得太多了,连自己都变成了鱼饵,觉得老人的死亡或失踪,乃是一种命运的安排。无疑,这些都是迷信或宿命论的观点。

作品中的老人,一句话语对白都没有。他无声无息地来,又悄然地离去。他的出现和离去,带有一种朦胧和神秘的色彩。其实,老人的溺死或失踪,乃是作者着意安排的一个重要情节。从艺术手段上看,这一出场人物的幻化,起到了一种前期铺垫的作用。老人的"死亡"与马车夫的死亡一样,都达成了悲剧故事的前奏曲的效果。

二 后遗症

信雄的爸爸晋平是个回国士兵。他一喝醉了酒,就跟孩子发牢骚说:"仗还没打完哪,信雄!"这句话,几乎成了晋平醉酒的代名词。的确,正像这句话所提示的那样,作品《泥水河》中的多位出场人物,身心都留有战争的后遗症,忍受着战争所带来的痛苦。关于这一点,从另一个出场人物松本喜一少年身上,也可窥见一斑。

这个喜一,是信雄在暴风雨中结交的一个另类的朋友。本来,他的爸爸是松本家的主要劳动力,由于战争时期负伤的缘故,战后病情恶化为骨髓炎,最终死去了。很显然,这是战争留下的病体后遗症。喜一的爸爸死后,一家人无以为生。喜一的妈妈是个柔弱的女人,她无法靠体力来养育两个年幼的孩子,只能躲在一条破旧的船上卖淫糊口。

回国士兵在国内死去,如果马车夫是第一个的话,那么喜一的爸爸就是第二个。然而,这绝不是最后一个。晋平的战友村冈,则是第三个。晋平被酒精麻醉了神经,但同时也唤醒了他的记忆力,他反复地说自己是个死过一次的人。他想起了在"满洲"④打仗时候的情景,还想起了那个叫村冈的战友。这个村冈跟晋平一样,也是个中国东北战场上的幸存者。两人曾经同生共死。但是没有想到,这个在战场上没被打死的战友,战后复员回到老家,没过多久就从山崖上掉落下来摔死了。想起战友的悲惨命运,晋平直想哭。

晋平还对信雄说:"战争结束后两年左右,在大阪市内天王寺⑤的黑市上,见到过一个落魄的特攻队⑥小青年拿着日本刀在那发疯胡闹。他冲着人们大声地喊叫:'……你看,日本败了!败了呀!你说窝火不窝火。什么神风⑦啊!都上当了!神风你出来!出来叫大伙看看!'那家伙说的话不明不白的,还哭了起来。"这里的"拿着日本刀发疯胡闹"的"特攻队小青年",很像是个受战败刺激而精神失常的人,或者是喝醉酒想起了战争末期时候的往事,心理的痛苦无法排解,就耍起了酒疯。

马车夫、喜一的爸爸和晋平的战友村冈,他们都有一个共同点,那就是,都曾被日本军国主义抛到对外侵略的战场上,在战斗中负重伤,遭遇过死神的召唤。回到日本之后,回归普通百姓的生活,然后不幸死去。包括晋平本人和特攻队的小青年,这些人要么是病体后遗症,要么是心理变态后遗症。各自的情况有所不同,但他们都是不义之战的牺牲品。

战争时期，日本民众受军国主义的蛊惑，被统治者所愚弄。战后，日本被联合国军占领，人们受到民主主义的宣传教育和影响，逐步了解到战争期间上当受骗的事实。所谓的"神风"之说子虚乌有，"日本战败投降"才是谁也无法否定的事实。作者通过对战争后遗症的描述，从一个侧面揭露了战争年代统治者的虚伪丑恶。这些醉酒和发疯情节的描写，为作品又添加了一份潜在背景，也为悲剧故事的展开做了进一步的铺垫。

三　厌战情绪

日本昭和三十年(1955年)时，人们对战争还留有刻骨铭心的印象，许多上过战场的人始终无法从战争的意念中解脱出来。这种现象，普遍存在于当时社会上的男人们中间。他们在考虑问题、理解事物的时候，常常以自己的战争体验为出发点，而且终生都摆脱不了这种思维方法。信雄的爸爸晋平，其头脑中也是一直留存着战争造成的生死观。

晋平的情绪化表现，是一个最典型的例子。"晋平一喝醉酒，就脱光了膀子。在他的身体上，有受伤的弹痕。自后心贯穿到腋下，是一个大伤疤"。"在信雄的少年玩伴的爸爸们当中，很多人都在孩子们面前吹嘘自己的'英勇行为'。这就像是看电影一样，既华丽又悲壮。但是，从晋平的口中，却听不到机关枪啦、战斗机的震耳欲聋的声音"。

一般来讲，那一时期的中年男子们，打过仗的人居多。这些没被打死的鬼子兵，在孩子们面前吹牛皮时，净拣好听的说，丝毫没有罪恶和反省的意识。其潜意识是在赞美战争，客观上称扬了军国主义。但晋平却与众不同，他从死亡的角度，朴素直观地看待战争问题。"我的身体已经死过一次啦"，这句话也成了他的口头禅。他认为："人拼命地活了下来，可是要说死，真就那么轻而易举地死掉了……"的确，人的生命有时脆弱得不堪一击。晋平的这种姿态，不仅从他对战友的回忆和见闻中，而且从他自身的感受中也可以看到。

晋平还愤怒地说道:"真是混账呀!一张明信片⑧,就像是劈木头似地,愣是活生生地把人家与老婆孩子给分开,投向了军队。对于这样的人来说,还能有什么胜与负,只能是生与死……"这句话,充分地表达了他的战争观。在看待战争的问题上,晋平是站在一个普通百姓的立场上,感到无比的愤怒,但又感到很无奈,他知道以其一己之力无法改变社会现实。他既亲历过情理不通的死的恐惧,又非常厌恶情理不通的生的现实。

处于对外开战时期的日本国民,倘若不服从义务征兵制度,就会被法西斯政府以"国家意志"所审判,被关进监狱。对于日本这个国家来说,战争是件大事。无论你如何讨厌战争,可一旦接到"出征通知",你必须立刻奔赴战场。但晋平从一开始就很消极地看待战争,不愿意离开家人到外国去打仗。他认为日本的胜败无关紧要,个人的生死存亡才是头等大事。

日本战败后,在很长一段时期内,人们依然被笼罩在战争的阴影里。晋平口中吐露出来的"牢骚话",表达的是厌恶战争的情绪。表面上说的是战时身体受的伤痛与死亡,实际上它反映的是一种精神上的创伤,一种战争后遗症。作者借出场人物之口,控诉了日本军国主义发动侵略战争的罪恶。在该作品中,作者对作品人物厌战情绪的描述,也成为一个潜在的历史背景,它同样起到了渲染作品悲剧气氛的作用。

结　语

在小说《泥水河》中,围绕着少年主人公信雄,牵出了许多出场人物。这些人物们大都与战争与死亡相关联,都是那场战争的受害者。比如,晋平是他近在咫尺的生身父亲,马车夫是个近距离接触的自家常客,捞沙蚕的老人是个从远景中看到的邻人,村冈是晋平回忆中的生死之交的战友,喜一的爸爸是听说来的传闻人物,发疯的小青年是晋平亲眼见到的路人。在描述中,除去晋平和小青年之外,其他四人均相继死去。战争与死亡、战争后遗症问题,是该作品的原始支点。这六条线索,有机地形成了一幅错落有致的立体构造图。

从创作技术上看,这幅立体构造图像乃是作者刻意布置的一个潜在背景。它被巧妙地穿插在作品的几个部位上,隐隐约约地展现在读者的面前。它又好比是一种平面图像底纹,为作品的表象提供了依托,烘托出作品的气氛,也给故事的结局安排好了必然的根据。也可以说,其背景是双重结构的,即现代因素与历史因素两者共存的、《泥水河》特有的一种文学作品结构。战争与死亡这一潜在的历史背景,为该作品营造了一种灰暗色的氛围,敲定了悲剧性的基调。它既是故事情节展开的源头,也成为塑造人物性格的缘由。

注　释

①[日]宫本辉:《萤火河》(《泥水河》并收),角川文库,1990年1月29日,第39版。

②缅甸战役:1942年至1945年期间,中国国民政府先后两次派出远征军赴缅甸抗击日本侵略者。中国远征军在美英盟军的配合下,在缅甸各地与日军展开大血战,最后打垮了日军,消灭了数以十万计的鬼子兵。作品《泥水河》中,"马车夫"这一出场人物,即是被设定为参加该战役的一名幸存的士兵。

③沙蚕:形似蚯蚓,可做鱼饵。《泥水河》中的"捞沙蚕的老人",以此为其生计。

④"满洲":旧时指我国东北一带,清末日俄势力入侵,称东三省为"满洲"。1931年至1945年被日本占领并建立伪满洲国。日本军国主义政府,一直派遣日本陆军中的精锐关东军驻守。小说《泥水河》中的"晋平"和"村冈"这两个人物,被设定为曾在该地区服役和打仗。

⑤天王寺:位于大阪市天王寺区的南部地区。以天王寺火车站为中心,有一大片繁华的商业街。还有四天王寺,天王寺公园以及住宅区等。

⑥特攻队:"特别攻击队"(敢死队)的简称。指的是第二次世界大战末期,以战斗机和载人鱼雷等自杀性武器攻击敌方(美军)舰艇,为此而编成的日本

陆海空军部队。也称"神风特攻队"。《泥水河》里发疯胡闹的小青年,所代表的就是未战死的神风特攻队队员。

⑦神风:泛指"神"刮起的大风。历史上发生过两次元朝攻打日本的事件,在日本称为"文永之役"和"弘安之役"。由于海上突起特大风浪,元朝军队未能登陆日本。日本人认为是神保佑了他们,因而将当时的大风称作"神风"。第二次世界大战末期,"神风"变成了接头词,冠于"特攻机、特攻队"之前。词义变化后,暗指"有去无回"。

⑧一张明信片:指的是战争时期,由官方征兵部门发来的"出征(入伍)通知书"。

参考文献

[1][日]二瓶浩明:《宫本辉与"河川":〈泥水河〉〈萤火河〉〈道顿堀川〉》,日本文学解释学会:《解释》(文艺杂志),1985年10月。

[2][日]栗坪良树:《从少年到大人:人生的战场体验》,《栗坪良树评论集》,木阿弥书店,1989年。

[3][日]梅棹忠夫、金田一春彦等监修:《日本语大辞典》(彩色版),讲谈社,1989年11月6日。

[4][日]宫本辉:《道顿堀川》,新潮文库,1994年12月25日。

[5][日]水上勉:《解说:通往昏暗处的切入口》,宫本辉:《萤火河》(《泥水河》并收),角川文库,1990年1月29日。

[6][日]渡边善雄、小野寺美幸等:《宫本辉〈泥水河〉:日本近现代文学研究发表资料》,宫城教育大学(仙台),1991年4月。

[7]上海译文出版社编译:《日汉大辞典》,上海世纪出版集团、上海译文出版社,2002年6月。

[8]刘家鑫、刘彩霞:《宫本辉小说〈萤火河〉解析》,凤凰传媒出版集团、译

林出版社《译林》,2007年7月,第4期,总第133期。

附记:本章由刘家鑫、刘彩霞撰写。原文发表于《作家杂志》(2010年7月16日,下半月刊,7月号,总第497期)。若干词语,略有变动。

宫本辉《泥水河》象征艺术手法探究

本篇提要：小说《泥水河》，是日本作家宫本辉的成名作和最重要的代表作。该作品是通过儿童的眼睛来观察大人的世界。作品描述板仓信雄等少年在成长过程中所遭遇的坎坷，向读者揭示了不公正的社会现象。此外，为烘托作品的悲剧主题，作者还巧妙地运用象征艺术方法，描绘了战后日本普通民众的困苦生活，表达了对社会和人生命运的深刻思考。笔者试图分析该作品中的几个相关场景和舞台道具的意义，深入探究其象征艺术手段的作用。

关键词：宫本辉；《泥水河》；象征艺术；暴风雨；鲤鱼怪物

小说《泥水河》[1]，是日本当代著名作家宫本辉的成名作和最重要的代表作。该书以日本战败十年后的大阪为作品舞台，叙述了居住在安治河岸边的少年板仓信雄与旧船人家的孩子松本喜一短暂交往的故事。作者通过这些人物的喜怒哀乐与悲欢离合，描绘了一幅战后日本平民社会的世相图。另外，在该作品中，还出现了几个特殊的作品场景和舞台道具，比如"暴风雨""鲤鱼怪物""河川"和"漂流物"等。笔者抽出其中的有关片段，来探究一下作者是如何运用象征艺术表现手段来烘托作品主题的。

一 "暴风雨"的象征意义

"象征",是指借用具体事物表示抽象的观念。"象征性",是以表面的物象暗示本质性的内容。比如,"象征剧"是用象征性手法暗示人生各种意义的戏剧;"象征主义",则是文学和艺术的一种倾向,19世纪后半叶,主要在法国诗歌中显现出其显著特征,给近代、现代乃至当代的世界文学以深刻的根本性的影响[2]。

"象征"是象征派艺术家们首先使用的艺术方法。作为一种流派的象征主义,在第二次世界大战前就已衰落。现在重提这一话题,似乎老调重弹。但作为一种艺术手法所使用的象征手法,则是各流派都会普遍使用的。我们可以将其解释为用某种具体的事物,来作为一种事物、感情、思想或观念的代表,他所强调的是象征和暗示。这在当代文学的场合,仍然具有一定的现实意义[3]。

近代以来,象征的艺术方法对日本文学也产生了很大的影响。我们从宫本辉的《泥水河》中,仍能体味出这种艺术方法的射程。宫本辉在创作小说时,往往将风景和自然现象与作品情节紧密地联系在一起,有意识地将风景和自然现象揉进出场人物之间或某个作品事件之中。此时的风景和自然现象,不仅仅是一种装饰或陪衬,它作为艺术手段,具有了先期预警的意义。以表象上的自然现象,暗指人间社会的故事和变迁。以狂风、暴雨等来烘托作品的气氛,将其作为一种旁证资料,制造作品的高潮,起到了加强作品情节的作用。毋庸置疑,他的《泥水河》也是一部这样的作品。

主人公信雄少年,在亲历了马车夫的死亡之后,与另类的朋友喜一不期而遇。他们的邂逅,好像是上天安排好的。因为,喜一是伴随着台风和大雨的到来而来到信雄面前的。天空中阴云密布,风卷细雨。同时"在细细的雨丝中,草团、破木箱的残骸在路面上飞速地滑动着""台风即将来临。居民们将所有的窗户都钉上了木板,在屋里猫着腰等待着"。

喜一站在马车夫留下的货车面前，凝视着货车上装载的铁屑。信雄从自家的窗口，偶然发现了街上的喜一，并对这个莫名其妙的少年产生了兴趣。他窥视着这个不速之客的背影，紧盯着他的动向，猜测着他的意图。在好奇心的驱使下，"信雄躲过爸爸妈妈的视线，偷偷地走下楼梯来到街上，逐渐地靠近喜一"，不由自主地跟在他的后面。

一场台风即将来临。对于信雄的生活来说，喜一就好比台风的尖兵或暴风雨的前兆而登上了作品的世界。他的突然出现，预示着涉及自己个人和家庭生活的"人生的暴风雨"即将来临。"那个少年站在灰色的路旁，信雄看着他，就感到自己被他给套了过去"。这句台词说的是，从那以后，信雄与这个外来的孩子之间必将产生某种瓜葛。"此时的信雄，毫不介意风吹雨打，好像被一种看不见的东西吸引似地走向喜一"。

与台风一起出场的喜一相当于一个向导，这个向导的使命是带领着信雄通往昏暗的作品世界，并将信雄席卷到一系列作品事件和人际关系的波澜之中。或许是人生命运的安排，信雄不得不履行社会见习的任务，并在成长的过程中经历苦恼、彷徨和徘徊，渐次转变，成长为一个感情厚重的少年。这里的"暴风雨"具有强烈的象征性，起到了暗示故事开端的作用。

二 "鲤鱼怪物"的象征意义

在西方著名作家的作品中，象征艺术手段被广泛使用。譬如，美国现代派剧作家奥尼尔的《毛猴》就是如此。该作品用"毛猴"来象征美国现代产业工人的非人的、异化的境遇[4]。再如，最具典型象征意义的是美国作家海明威的《老人与海》。这篇名作也是用象征手法写成的，它象征了人类充满曲折而又总得搏斗的命运。其中的老人、他的梦、小孩、乃至大海等，都是具有象征性意义的[5]。

古今中外的文学家们，不仅把自然现象与故事情节紧密结合在一起，而且还将自然物揉进人际关系和作品事件之中。出现在作品中的动植物、特别是动物,已经不是单一性的动物,而是具有某种象征性意义的动物。为表现主题,让鸟兽、家畜、怪物出演重要的角色,演绎作者的某种思想理念。明里托出的是自然景物,暗里寓意人世间的沧海桑田。

在宫本辉《泥水河》的开头、中间和结尾,三次出现"鲤鱼怪物"的话题,特别是第一次和第三次的突出描述,其所表达的象征意义非常之强烈。比如,在暴风雨中,喜一结识了信雄,并把泥水河里有个巨大鲤鱼的"秘密"毫无保留地告诉了他。信雄看到那条鲤鱼后吃惊不小,十分相信喜一说的话,认定它真是水中的怪物。"浅墨色的巨大鲤鱼好似为了被大雨拍打才浮上水面的,它在那里慢慢地划着圆圈"。"实际上,这条鲤鱼有信雄的身高这么长。一片一片的鱼鳞好像被绣上了红线,从肥大的身体底部,发出一种奇异的光色"。以怪物形象出场的鲤鱼,不只是一般的鲤鱼,它是寓意着喜一全家命运的一个道具。

在小说的末尾,这条鲤鱼怪物又一次被强调描述。信雄的爸妈突然发现喜一家住的破船正在被拖走。在妈妈的催促下,信雄跑去想跟喜一道个别。他又意外地看到了那条巨大的鲤鱼正尾随在喜一家的破船后面。他沿着河岸,一面追赶破船一面大声地呼喊:"喜子,喜子!有怪物!真的有个怪物跟在你们的后边"。"他眼睁睁地看到,那条鲤鱼怪物紧紧地贴在那条破船的后边,悠扬自在地畅游在泛着黄泥的河水里"。

近似哭泣的信雄追赶喜一家的破船,目的是想把鲤鱼怪物的事情告诉喜一。他是个孩童,但他已然感到喜一家的苦难和不幸。虽无其他办法救助他们,但仍希望以某种形式来帮助这位短暂交往过的朋友,至少要提醒他避开鲤鱼怪物的纠缠和作祟。然而,信雄的努力是没有结果的,其方法也是苍白无力的,因为喜一与他是截然不同的两个世界的人。

喜一家的破船犹如一条无人船,渺无回音。残酷现实使然,喜一无法回答信雄的呼唤。"那只小船行进在耀眼的河面中间"这一表现,寓意着去往前途未卜的世界且被困苦生活所套牢的天定命运。巡逻船从前面拽,鲤鱼怪物又紧随其后。这些都象征着喜一母子一方面被社会现实所驱使,另一方面又被命运所捉弄,不能掌握自身的命运,无法逃脱苦难。

喜一的爸爸战伤而死,母亲为生活而卖身。喜一与姐姐过了入学年龄,却仍不能上学,整日一副贫寒模样游荡在大街上。一家人居无定所,食不果腹,屈身破船;沿河流浪,遭人白眼,饱尝心酸。母弱子幼,丝毫找不到摆脱这种命运的方法。辛酸的境遇缠绕着母子三人,正好比鲤鱼怪物跟在船后一样。如前所述,《泥水河》中的"鲤鱼怪物"这一道具,暗示着作品悲剧人物的命运,而从艺术方法的角度上看,它又最直接地起到了象征的作用。

三 "河川"与"漂流物"

象征是小说创作的艺术手段之一,它被宫本辉作为委婉的表现方式来使用。如果说,他笔下的风景和自然物是其具象的存在,那么,此处的象征就是一种抽象的方法,是为表达其思想理念而服务的工具。因此,它在塑造人物形象和烘托作品气氛上具有极其重要的意义,有时候在婉转表达作家的思想感情上也是不可或缺的。

在宫本辉的《泥水河》中,除去"暴风雨"和"鲤鱼怪"之外,作者还以"河川"即"泥水河",来象征着出场人物的前途未卜性以及人生道路上所遇灾难的不可抗力。例如,在小说的开头处、第二自然段里,描述了安治川河面的景况。紧接着,作者将河流与大海连接起来。随着作品故事的展开,信雄少年看到了别样的人间世态,心中疑惑不解,连对身边的河川都起了疑心。"信雄把视线移向河里,他感到有生以来每天都流过自己身边的黄土色的河流,为什么今天这么肮脏……"

在该作品中,竟然有几十处提到了河流的话题。"泥水河"的形象,可谓随处可见。作者所描述的安治川等河流滔滔不绝地流过大阪市郊,涌入浩瀚无际的大海。用浑浊泛黄的河水,象征性地表现了人生道路的坎坷不平,暗示了小说的悲剧主题。

此外,作者还用河流里的"漂流物"形容到处流浪的喜一母子,表达了一定的象征意义。河水上"漂浮着草团、烂水果,慢悠悠地流淌着……""交织在一处的污物撞击着桥墩、打着漩涡""台风过后,顺河而下漂来无数个意想不到的东西,诸如草垫子和窗户框子,还有装在框子里原封未动的油画和木制家具什么的"。从艺术的角度来看,这些应该是具有象征意义的描写。

按常理来说,一家的家长因国事而亡,国家应该对遗属采取措施予以抚恤。但是从作品的描述来看,日本的各级政府对喜一母子未采取任何妥善的保护措施,社会救济机构也未伸出援手。他们被国家遗忘,被社会抛弃,被周围的人们所鄙视。他们的存在正像漂浮在河里的草团、破木板、烂水果,被看成是污物和垃圾。

人世间就像这条污浊的河流一样,而喜一家的破船又与河里的污物无异。作者将破船与河里污物垃圾摆放在一起,是想说明贫苦百姓已被无情地物化掉,使其湮没在人间社会的汪洋大海里。喜一母子的生活漂泊不定,其人生样态却无法改变。在婉曲表现有失公允的社会和不幸的人生命运的问题上,"河川"与"漂流物"的写法也具有暗示性和象征性。

结　语

象征艺术表现手法多见于文学作品中,因为其在表现主题思想上是很有必要的。在宫本辉的作品中,主人公或其他人物出场的时候,往往会有特殊的风景、场景和自然物作为前提或同时出现。这已经形成其作品的一个性向特点。人生命运等抽象事物是无形的,以有形的现象和物体(具象)来加以表现,乃是一种颇为融洽的艺术方法。

在小说《泥水河》中出现的"暴风雨""鲤鱼怪物""河川"和"漂流物"等,这些作品场景和舞台道具以组合的形式出现,它们都与作品人物形象的塑造和故事的悲剧性主题、乃至整个作品世界密切相关。这其中,作为连结作品主要舞台的孩童之间的交往和社会底层民众艰难生活这两个世界的纽带,"暴风雨"与"鲤鱼怪物"话题起着极为重要的作用。另外,作为暗示命运乃至与作品的展开至关重要的"河川"与"漂流物",也得到了充分的描写。可见这种场景和舞台道具,也起到了其他物件所不具备的极有特色的功效。

参考文献

[1][日]宫本辉:《萤火河》(《泥水河》并收),角川文库,1990年1月29日。

[2]上海译文出版社编译:《日汉大辞典》,上海世纪出版集团、上海译文出版社,2002年6月,第1043页。

[3][4]赵瀛:《西方现代派文学概述》,李容贞等主编:《语言文学研究概论》,天津教育出版社,1987年9月,第249页。

[5][美]欧内斯特·海明威著,杨文贵译:《老人与海》,广州出版社,2007年2月。

附记:本章由刘家鑫、刘彩霞撰写。原文发表于《作家杂志》(2010年8月16日,下半月刊,8月号,总第498期)。个别文字,略有改动。

幽默的青春序曲：
评村上春树《且听风吟》的语言艺术风格

本篇提要：小说《且听风吟》，是村上春树的成名作和重要代表作之一。这部作品具有鲜明的社会意义，尤其在年轻人中引起了强烈的共鸣。此外，该作品的最具特色之处，还在于它的语言艺术风格。作者大量地运用比喻、夸张和嘲讽等语言艺术手段，营造了幽默的作品氛围。

关键词：村上春树；《且听风吟》；语言艺术风格；比喻；幽默

小说《且听风吟》[1]是日本当代作家村上春树的处女作，也是他的重要代表作之一。这部作品以战后日本社会为背景，讲述了主人公"我"与朋友们的邂逅与交往，描绘了日本年轻人的孤独、空虚和无奈，揭示了光怪陆离的社会现象和不可思议的人世沧桑。此外，这部作品的新颖之处还表现在它的语言艺术风格上。作者不但行文简洁明快，而且还巧妙地运用比喻、夸张和嘲讽等语言艺术手段，营造出一种幽默的作品氛围。

一　比喻

"比喻"也叫"譬喻",是修辞学上辞格之一。思想的对象同另外的事物有了类似点,就用那另外的事物来比拟这思想的对象。比喻的成立,实际上需要有三个要素,亦即:思想的对象、另外的事物和类似点。因此,形式上就有正文、比喻和比喻语词等三个成分。而在几种比喻的具体方式中,"明喻"被普遍地使用。明喻用于表明比喻和被比喻的相类似关系,在正文和比喻这两个成分之间一般要用"似""若""像""如同"和"好比"等比喻语词。如:"鲁迅的杂文似匕首,如投枪,直刺敌人的心脏。"[2]

村上春树也在大量地运用比喻来构建自己的作品世界。比如,他在《且听风吟》的第1章中,道白了主人公"我"的人生经历:

(我)不知多少次被人重创,遭人欺骗,给人误解,同时也经历了许多莫可言喻的体验。各种各样的人赶来向我倾诉,然后浑如过桥一般带着声响从我身上走过,再也不曾返回……

"我"充分体验了人生的酸甜苦辣,目睹了社会的世态炎凉。人们在遭遇困难的时候,就拿你当做一棵救命稻草。等他们缓过劲来、飞黄腾达之后,就会把你甩在一边去。俗话讲,这就是"用人朝前,不用人朝后"。这些人"浑如过桥一般带着声响从我身上走过,再也不曾返回"一语道出了"我"的失望和悲凉。这句比喻非常形象直白,丝毫没有牵强附会之嫌,反倒有一种豪情爽快之感。

另外,在该作品的第7章中,还有这样的比喻:

"再喝点?"医生问。我摇摇头。房间只剩我们两人面面相觑。莫扎特的肖像画从正面墙壁上如同胆怯的猫似地瞪着我,仿佛在怨恨我什么。

这一段写的是"我"小的时候患自闭症,随着父母去看心理医生。而"我"却很讨厌那个心理医生,不愿去看什么病,还埋怨医生总给自己甜食吃,虽然开口说话了,但却得了虫牙,这回不得不改去看牙科医生。作者把莫扎特的肖像画比作胆怯的猫,这只猫在瞪着"我",好像在怨恨着我什么。进而暗指心理医生在窥探着"我"的心理深处。这种比喻方式,形象地摆明了医患之间的错位关系和对立情绪,烘托出"我"对那个庸医的不满和厌恶。

二 夸张

"夸张"也是修辞学上的辞格之一。它是运用丰富的想像、廓大事物的特征,把话说得张皇铺饰,以增强表达效果。如李白诗《望庐山瀑布》中"飞流直下三千尺,疑是银河落九天",即是文学夸张的典型表现。村上春树在《且听风吟》第3章中,写主人公"我"与朋友无聊饮酒的情景,曾做过这样夸张的描写:

> 整个夏天,我和鼠走火入魔般地喝光了足以灌满25米长的游泳池的巨量啤酒。丢下的花生皮足以按5厘米的厚度铺满爵士酒吧的所有地板。否则简直熬不过这个无聊的夏天。

20世纪70年代,日本经济高速发展,社会变化超乎寻常。富裕的生活,既带来方便,又平添许多烦恼。日本的年轻人,对社会现实充满疑惑、不安和无奈。但任何人也改变不了这一切,更无法从中逃脱。于是,他们变得精神颓废,情绪低落,玩世不恭。整日无精打采,百无聊赖,每天靠酒精来麻醉神经,醉生梦死,虚度光阴[3]。

两个无聊至极的年轻人,无论如何也不会喝光一个游泳池那么多的巨量啤酒。再怎么拼命地吃花生米,也难以用吃剩下的花生皮造出一个酒吧的地板。这样的夸张描写,跨度异常惊人,联想力极富创造性,着实令读者唏嘘不已。

再看该作品的第29章,还有更玄乎的夸张描写:

>年轻固然十分年轻,但毕竟今非昔比。倘若对此不满,势必只能在星期日早晨从纽约摩天大楼的天台上跳将下去。/以前从一部惊险题材的电影里听到这样一句笑话:"喂,我从纽约摩天大楼下面路过时经常撑一把伞,因为上面总是噼里啪啦地往下掉人。"

在《且听风吟》一书中,作者往往穿插谈论西方社会的事情,而其用意却在影射日本。他想提醒人们:昨天的西方社会状态,即是今天或明天的日本。你看不惯不服气的话,就只能去跳摩天大楼,那将是自己跟自己过不去。

一般来讲,撑把伞是为了遮阳或是挡雨用的,而不是防止楼上往下掉人用的。小小一把雨伞,非但接不住跳楼的人,就连大的雨点恐怕都难以承受得了。如果有跳楼的人,那人必定会被摔得粉身碎骨。用雨伞接那跳楼之人,这显然是不可能的。这种村上春树式的夸张表现,不单单是跨度大小的问题,可谓是近乎神奇,还略带那么一点儿邪气。

三 嘲讽

嘲讽的本源是为"反语",这反语也是修辞学上的辞格之一,就是说反话:用与本意相反的话语来表达本意,常用于嘲弄讽刺。如鲁迅《无题》诗:"血沃中原肥劲草,寒凝大地发春华。英雄多故谋夫病,泪洒崇陵噪暮鸦。"其中的"英雄"就是反语,用以讽刺当时国民党的反动头子。而在村上春树《且听风吟》的第1章中,就有这样的嘲讽例证:

>给我这本书的叔父,3年后身患肠癌,死的时候被切割得体无完肤,身

体的入口和出口插着塑料管,甚是痛苦不堪。最后见面那次,他全身青黑透红,萎缩一团,活像狡黠的猴。我共有三个叔父,一个死于上海郊区——战败第三天踩响了自己埋下的地雷。活下来的第三个叔父成了魔术师,在全国各个有温泉的地方巡回表演……

主人公"我"的第一个叔父病入膏肓,活像狡黠的猴;第二个叔父踩响了自己埋下的地雷,被炸死;第三个叔父成了魔术师,耍猴卖艺。这一组形象的描述,既嘲讽又幽默。用这种近似取笑的方式来形容三个叔父,显示出"我"对父辈人颇有微词的复杂感情。

还有先是幽默而后转为嘲讽的例子。比如《且听风吟》第28章中写道:"对鼠的父亲,我几乎一无所知,也没见过。我问过是何等人物,鼠答得倒也干脆:年纪远比他大,男性。"废话里出幽默,可谓巧夺天工。然而,作者笔锋一转,将幽默立刻变为嘲讽:

> 听人说,鼠的父亲从前好像穷得一塌糊涂,此是战前。战争快开始时,他好歹搞到一家化学药物工厂,卖起了驱虫膏。效果如何虽颇有疑问,但碰巧赶上战线向南推进,那软膏便卖得如同飞了一般。/战争一结束,他便把软膏一股脑儿收进仓库,这回卖起了不三不四的营养剂。待朝鲜战场停火之时,又突如其来地换成了家用洗涤剂。据说成分却始终如一。我看有这可能。/25年前,在新几内亚岛的森林里,浑身涂满驱虫膏的日本兵尸体堆积如山;如今每家每户的卫生间又堆有贴着同样商标的厕所用管道洗涤剂。/如此这般,鼠的父亲成了阔佬。

无论战争期间还是战后,包括"鼠"的父亲在内,日本的资本家多为不法奸商。这些暴发户,平日里过着纸醉金迷的生活,战争期间,囤积居奇,大发国难财。在这里,作者借出场人物之口,不仅揶揄了作恶多端的祖辈父辈,还表达了对战争的反感情绪。

"鼠"的父亲由卖驱虫膏,到卖营养剂,后又改卖家用洗涤剂。这些商品的商标一致,化学成分基本相同。但驱虫膏和营养剂挡不住日本的战败,而现今的家用洗涤剂也很值得怀疑。对于这样的老骗子,就连"鼠"本人,也常痛骂道:"有钱人都是王八蛋。"作者以幽默的语言,刻意嘲弄不法投机商人,尖锐地讽刺了愚蠢的当权者。

四 幽默(诙谐)

村上春树作品在语言风格上最主要的特色就是幽默,这几乎是方家达成的共识。其幽默可解释为"苦涩的幽默、压抑的调侃、刻意的潇洒、知性的比喻",等等。品读之间,往往为其新颖别致的幽默感拽出一丝微笑,这微笑随即泌出淡淡的酸楚、凄苦和悲凉。一些比喻也果真幽默俏皮得可以[4]。在《且听风吟》第20章里,有"为父亲擦皮鞋"的一段插曲。通过该段的描述,读者也可见其幽默诙谐之一斑。

"以为你不来了。"我坐到她身旁时,她不无释然地说。/"绝不至于说了不算。有事晚了点儿。"/"什么事?"/"鞋,擦皮鞋来着。"/"这双篮球鞋?"她指着我的运动鞋,大为疑惑地问。/"哪里。父亲的鞋。家训:孩子必须擦父亲的皮鞋。"/"为什么?"/"说不清。我想那鞋肯定是一种什么象征。总之,父亲每晚分秒不差地八点钟回来,我来擦鞋,然后跑出去喝啤酒,天天如此。"/"良好习惯。"/"是这么认为?"/"嗯。应该感谢你父亲。"/"我是经常感谢,感谢他仅有两只脚。"/她嗤嗤地笑。

关于"为父亲擦皮鞋"一事,到了第27章,作者给出了这样一个结尾。

两年前,哥哥留下满屋子书和一个女友。未说任何缘由便去了美国。有时她和我一起吃饭,还说我们兄弟俩实在相似得很。/"什么地方?"我惊讶地问。/"全部。"她说。/或许如她所说。这也是我们轮流擦了10年皮鞋的结果,我想。

父亲工作很繁忙,每天又很有规律。作为儿子,也随之养成了一定的习惯。两个儿子轮流为父亲擦皮鞋,这事已然成了"家训"。由于擦鞋,擦得哥俩儿十分地相似。但这未必是哥俩心甘情愿去做的,从"感谢他仅有两只脚"这句搞笑的话语里边,就已透露出一丝的无奈和苦涩。这么一丁点儿的家庭掌故,被村上春树信手拈来,妙笔生花,描写得津津有味,妙趣横生。幽默中透着"我"的俏皮,诙谐里又包裹着"我"的精明。

结　语

一般说来,相似的东西才能用于类比,也就是说相似性是可比性的前提。但正如有学者指出的那样,村上春树的比喻则一反常规,他完全不循规则出牌。他会巧妙地利用两者之间的差异性和异质性做文章,经过他一番巧妙的整合与点化,让读者露出一丝会意的微笑。他的比喻也是一种夸张,一种大跨度想象力的演示[5]。其实,不仅仅是他的比喻,他的夸张和嘲讽也都体现出这样一种气势,外加一种与生俱来的幽默特色。

笔者认为,在村上春树《且听风吟》这部作品中,比起其思想性、社会性和作品结构来说,其语言艺术风格应该是最具特色的。其文章气质和笔调中,既有优雅的饶舌,又有恰到好处的故弄玄虚。对其作品,高格调品评的话,可谓简洁明快,清爽流畅,韵味绵长。通俗性地解释的话,就是俏皮打趣,玩世不恭。其中的比喻全都带有新颖别致的幽默感,其夸张和嘲讽之中也贯穿着令人惊讶的诙谐。村上春树语言艺术玩转自如,技艺精湛,他通过小说《且听风吟》弹奏出一曲令人耳目一新的幽默的青春序曲。

参考文献

[1][日]村上春树著,林少华译:《且听风吟》,上海译文出版社,2009年9月。(日文原著:村上春树著《且听风吟》,讲谈社文库,1983年5月31日。)

[2]辞海编辑委员会编:《辞海》(语言文字分册),上海辞书出版社,1985年1月,第24—25页。

[3]刘家鑫等主编:《日本当代小说导读》,南开大学出版社,2009年1月,第249—252页。

[4]林少华:《村上春树的小说世界及其艺术魅力》(总序),《挪威的森林》(村上春树精品集);漓江出版社,1999年9月,第13—14页。

[5]林少华:《村上春树何以为村上春树》(代译序),村上春树著,林少华译:《挪威的森林》(全译本),上海译文出版社,2001年3月,第10—11页。

附记:本章由刘彩霞、刘家鑫撰写。原文发表于《通化师范学院学报》(2011年5月20日,第5期,总第194期)。略有改动。

探寻心灵的栖息之所:
吉本芭娜娜小说《厨房》解读

本篇提要:吉本芭娜娜,日本当代小说家,自幼酷爱文学并尝试写作。其代表作《厨房》,描述了一位少女成长蜕变的故事。主人公美影,在失去最后一个亲人后,情绪十分低落。后来,她在祖母朋友的帮助下,终于摆脱了孤独与寂寞,成功地实现了成长与蜕变。作者揭示了现代人的内心不安和情感缺失等问题,意在倡导人们努力疗愈孤寂的身心,积极探寻心灵的栖息之所。

关键词:吉本芭娜娜;《厨房》;摆脱孤寂;成长蜕变;栖息之所

一 情节回望

日本当代著名女作家吉本芭娜娜,以小说作品《厨房》获奖成名[①]。该作品中,少女主人公"樱井美影",先是父母双亡,而后失去祖父,与祖母相依为命。隔代人年龄差距大,有鸿沟。在与祖母的共同生活中,美影时常感到难以言说的孤独。但能够有相互惦念的人,有共同品尝糕点、喝茶聊天、分享生活快乐的人,美影暂时获得了家的慰藉。

然而,有一天美影的祖母也去世了,短暂的温馨生活走到了尽头。失去最后一位亲人,美影陡然变成了孤女。小小年纪,就经历了数位直系血亲的相继离世，她感到世事的无常与人生前途的黯淡，于是陷入深深的迷茫与孤寂之中。这种感受时常萦绕着她，使她无法正常地生活。美影发现，自己无论在什么地方都难以入睡，只能在有烟火气味儿的灶台和伴有冰箱声音的厨房里，才能体会到一丝家的气息，才能暂时摆脱孤寂，恍惚沉睡。

美影的祖母在世时，酷爱插花，一周两次光顾鲜花店。田边雄一，是一位在鲜花店里打工的男孩。田边人热情，又细心，与祖母也很熟识。祖母去世时，田边也很伤心，在料理祖母的后事上，给予美影很大的帮助。美影在厨房浑浑噩噩地度过了好几天。这一天，田边敲开了美影家的门，邀请美影去他家生活。美影迫切地想要摆脱孤独寂寞的现状，几乎未曾犹豫便同意了。美影来到田边家后，首先留意的也是厨房的情况。

美影被田边收留下来，与田边及田边的"母亲"（由父亲变性成为的母亲）共同生活。美影发现，田边家有个与厨房相连的客厅，那里有个大沙发，在那个沙发上可以安然入睡。她与田边母子相处，并不完全了解和相信她们，只是因为有可以相信的厨房，有共同生活的人，并且得到了温暖与抚慰，其心灵才逐渐变得静谧安宁起来。

小说《厨房》中的少女主人公美影，过早地经历了数位亲属的相继离世，多次亲身感受了生命的无常。她的内心难以承受，一度失去了心理平衡和心灵的归属感。她将自己封闭在厨房之中，靠着厨房中的烟火气味儿和冰箱的声响获得虚幻的温暖。比如，美影曾发出过这样一段心理独白，"我愿在星光下睡眠。我愿在晨辉中醒来。除此之外，一切淡然离去"。这句话，集中体现了她此时的心境。

二　摆脱孤寂

《厨房》这部作品，以第一人称独白的方式，生动、形象地展现出少女主人公的心理活动。文章的开篇提到"在这个世界上，我觉得我最喜欢的地方就是厨房"，因为"只有我和厨房残存相依，我想，这毕竟好过只剩我独自一人"。家人相继去世，失掉了亲人的呵护和关爱，感到深深的孤寂和不安。美影急需情感上的依托和心灵的栖息之所，于是她试图找寻安全，摆脱孤寂。作品全篇，即围绕这一线索而展开。

在有祖母相伴的生活中，美影得到了短暂的安慰，也感到了潜在的危机。文中写道，"与老年人两个人相依为命，是非常令人不安的，而且老年人越是健康就越是如此"，"我时时刻刻都在害怕祖母去世"。美影感受着与奶奶温馨相处的幸福与快乐，同时，又担心这些都会即刻烟消云散。面对自己生活的地方，美影感到"家，的的确确，曾经有过；可是随着时光的流逝，家人一个个地离开人间，只留下我一个人在这房间里。每每想及此事，眼前一切恍然如梦。就在我出生成长的这个房子里，时间竟会如此匆匆飞逝，竟会只剩我一个人，对此真叫人惊异不解。这简直是科幻小说，宇宙之谜"。

祖母的去世，使美影那一份短暂的安慰也消失了。孑然一身的她发现，无论是在自己家还是田边家，只有在厨房周围，才可以求得心灵的安宁，才可以安然入睡。厨房是美影的情感依托。作者采用厨房这一独特的场所，以主人公对厨房的特殊感情和近乎偏执的依赖，展现了主人公热爱家庭，渴望亲情，期望摆脱孤寂，寻求心灵归属的情感。

在祖母的葬礼之前，田边是完全陌生的。生活的孤独无助，使美影轻易地答应了田边伸出的援助之手。这种轻易看似不合常理，实则可以理解。田边的收留近乎拯救，使身处孤寂漩涡的美影"眼前黑暗之中出现了一条路，银光灿灿而又仿佛实实在在的路"。在当时的美影看来，那是一条希望之路，甚至可以称之为一根救命稻草。直觉告诉美影，自己必须要从孤寂中摆脱出来，永远告别那个已经走向终结的原来的家。

三　成长蜕变

从某种意义上看,田边一家拯救了美影。正是在田边家厨房的生活,美影才真正地成长起来。美影的成长主要经历了几个重要的阶段。首先,她初到田边家时,就看到了令人感到温馨的情景。沙发结实舒适,窗台摆满花草,花瓶里插着应季花卉,等等。这些都反映出田边家人对生活的热爱,这种生机和情趣深刻地感染了美影,给她陷入黑暗的心里投入了一缕光亮,初步唤起了她对生活的憧憬。可以说,这是美影重新出发的起点。

其次,在这个新的家中,田边和母亲真诚地对待美影,认为她就"像过去养的阿乐",并告诉她"你只要真的喜欢,就住在这里","你就安心住在这里","时常做点鸡蛋粥,比雄一做的好吃多了"。这些细微之处,都使美影真切地感受到亲人般的接纳和关爱,使她逐渐找到归属感,感到自己不再只是一个人。真诚的人际交流温暖着美影的心,治愈了她内心的伤痛,唤醒了她对生活的热情。美影逐渐融入到这个三人集体之中,并深切地感受到了自己活着的价值。她逐渐走出人生的低谷,重新恢复了生机和活力。

第三,美影在搬迁后乘坐公车时,遇到了一对老婆婆和小女孩。那祖孙二人的对话,唤起了她对自己过去的回忆。文中反复使用了三个"再一次",强调美影追忆自己和祖母的往昔,反思自己过往的生活,而这也更激发了她奋发上进、积极生活的意识。摆脱身心的孤寂,探寻心灵的栖息之所。在此过程中,她的思想得到了跨越性的成长蜕变。

美影知道,自己终究会离开田边家,要回归社会自寻生活之路。心灵的疗愈让美影看到了希望,使她的生活再次充满了生机。在小说的最后,作者描述道,主人公的情感得到了进一步的升华,思想得到了深层次的蜕变,美影坚信着自己在长大,坚信着在她生存的地方"一定会有好多厨房,一人独有,两人同有,大家共有"。她有足够的勇气相信,自己心灵的栖息之所就在不远的前面,在那里可以更好地生活下去。

四 社会意义

作品主人公的形象,是生活在都市钢筋水泥丛林中人们的缩影。美影对厨房的依赖,反映出了当今都市人的情感缺失和内心需求。当今社会,竞争日益激烈,生存压力不断加大。越来越多的人,感到内心不安和精神空虚。他们也会像美影一样,渴望能有这样一个厨房,渴望找到一个心灵栖息的地方,好使自己的精神得到慰藉。这样的厨房,并不只是一个单纯的空间,而是像雄一母子给予美影的那样,是一种充满关怀、包容、温暖的大环境。只有这种宽广的厨房,才能够让更多的美影孤寂的心灵重获新生。

当今社会正在向现代化和多元化迈进,社会环境为人们提供了展示才能的平台。许多人投身于竞争与忙碌之中,为实现人生价值倾注了大量的精力,这极大地促进了社会的发展进步,有着积极的一面。然而在其反面,也存在着都市冷漠等客观现实。我们可能拥有工作上的搭档、生活中的伙伴,但却很难找到真正能够与你的心灵相知的对象,难以找到让你在失意之时获得心灵抚慰,疲惫之时放松身心的地方。这种孤独感侵袭着每一个人。生命本质意义的忽视与心灵归属感的缺失,俨然已经成为所有人不得不面对的普遍问题。

日本经济强盛,科技高度发达。在这样一个国度里,人们能够相对容易地获得物质上的满足。然而,这种满足却无法弥补现代都市人内心深处的孤独和不安。《厨房》这部作品,正是关注了日本社会中存在的这种隐忧。作品全篇没有复杂的故事情节和冲突矛盾,其平实的语言文字感染着每一位读者,让人思考自己是否也存在着这样的隐忧。

小说《厨房》是一部具有社会启示意义的作品。日本当代小说中反映出的家庭与社会问题,也是我国将要面临的问题。有学者认为,"随着人均GDP达到3000美元,中国已步入后工业时代社会。在一个后工业社会中,人们容易感到孤独,压力过大"[②]。在高速发展的中国,我们有必要探究这种问题的社会根源,深入思考怎样才能帮助人们摆脱这种消极心理,如何妥善解决情感缺失的问题,从而促进个人在良性社会环境中的健康发展。

结　语

在小说《厨房》中,女作家吉本芭娜娜用澄澈的文字,谱写了一首心灵的成长之歌。她从女性的敏锐视角,以细腻的内心独白,将主人公的情感和内心波动描绘出来,将矛盾纠结的心理展现得淋漓尽致,将无所依靠、惶惑不安的少女的心境刻画得细致入微,让读者仿佛聆听到主人公深沉而无奈的叹息,直击读者内心最柔软的角落。作者关注繁华都市中个体生存问题,引领读者在浮华喧嚣的社会中探寻心灵的栖息之所。

该作品蕴含着作者个人经历的色彩,也反映出作者对那些情感缺失、孤寂群体的一份人文关怀。但还应该看到,作者并非将全部的笔墨用在表现孤独上,而是将重点用在展现主人公的成长蜕变,以及人际之间的关爱可以疗愈心灵创伤上。作者倡导依靠相互关爱汲取温暖和力量,帮助孤独的心灵走出暗影,觅得光明,从而促进个体的健康成长和社会的整体和谐。作者意欲给予读者鼓舞与力量,这成为了该作品极具魅力的闪光之处。

这部作品,全篇充溢着一种淡淡的哀愁气息。于淡淡的哀愁和孤寂氛围中,作者提醒我们重视心灵归属和情感寄托方面的问题。因为这种问题不仅困扰着个人,蓄积到一定程度时,也有可能引发自杀和危害社会等严重的后果。你生活的环境能否让你的内心感到安逸和满足;如何让陷入孤寂的人们重新找寻到归属感,使受伤的心灵得到疗愈;如何建设真正和谐的家国社会,这是作为社会一分子的每个人都应当深入思考和认真对待的问题。

注　释

①1987年，吉本芭娜娜发表小说《厨房》，一举获得了海燕新人文学奖。1988年，其小说集《厨房》又荣膺泉镜花文学奖。作品《厨房》一经发行，即刻成为日本读书界的畅销书。此后，该书还受到海外读者的极大关注，被译成多国文字出版发行，深受各国读者的好评。

②清华大学心理学专业彭凯平教授，曾就2010年中国城市压力问题做过详尽的调查。该观点出自于其调研结果，并发表在《新闻晨报》记者的采访文章中。见于2010年8月9日《新闻晨报》，署名彭晓玲的《城市压力让9成人感到孤独:近半受访者对生活不太满意》一文。

参考文献

[1][日]吉本芭娜娜:《厨房》,福武书店,1988年5月。
[2][日]吉本芭娜娜著,张哲俊等译:《厨房》,花城出版社,1997年12月。
[3]胡振平主编:《日本近现代文学选读》,南开大学出版社,2006年2月。
[4]刘家鑫等主编:《日本当代小说导读》,南开大学出版社,2009年1月。

附记:本章由姚智蕊、刘家鑫撰写。原文发表于《青年文学家》杂志(2012年4月10日,第7期,总第436期)。略有改动。

从小说《门》看夏目漱石的思想观念

本篇提要：夏目漱石，日本近代文坛巨匠。小说《门》，是夏目漱石的重要代表作之一。这部作品描写了转型期日本知识分子的生活状态，表现了他们内心的苦闷和精神上的孤独。该作品中的男主人公野中宗助，这一孤独的知识分子形象，其实正是漱石自身的真实写照。通过该作品的主要故事情节，可以循迹漱石的成长经历，并能够更深层次地探究其思想观念。

关键词：夏目漱石；《门》；思想观念；明治时期；传统文化；文明开化

夏目漱石，日本近代文学的主要奠基人之一。"漱石"这一笔名，源自汉籍《晋书》中"漱石枕流"一词。夏目漱石使用这一笔名的用意，在于形容自己顽固不化，是个怪人和异端者[①]。漱石写下很多小说名篇。《哥儿》，谴责了资本主义社会里的邪恶势力和唯利是图的人际关系；《我辈是猫》，毫不留情地揭露了明治时期社会的种种弊病；漱石的前三部曲《三四郎》《其后》和《门》，以及后三部曲《春分之后》《行人》和《心》，则主要反映了近代知识分子内心的苦闷与迷茫，并严肃地批判了日本盲目地模仿欧美"近代文明"的行为。

一　小说《门》概略

众所周知,文学创作源于社会现实生活,生活是文学创作的源泉,生活百态为文学创作提供了丰富的素材,文学创作需要在生活中储备材料。但凡创造出优秀作品的作家,均从生活中汲取养分,以求获取文学创作的灵感。夏目漱石也不例外。从一定程度上看,漱石作品中所刻画的人物,有着其本人的明显烙印。漱石的小说《门》,更是集中地体现出这种意义。《门》的出场人物,是其本人的真实写照,或是其形象的缩影。

小说《门》,从1910年3月至6月连载于《朝日新闻》,1911年1月由春阳堂结集出版。该作品主要讲述了这么一个故事。主人公"野中宗助",原是东京的富家子弟。他生性聪慧,豁达开朗,朋友众多,前途无量;他还是一个不懂得什么叫敌人的乐天派。

宗助在京都大学读书时,认识了好朋友安井的女友"阿米",俩人在不知不觉中相爱。没承想,他们被朋友、父母、亲戚以及整个社会所抛弃。宗助和阿米先后辗转京都和广岛,最后定居在东京山崖下一座不见阳光的房子里。虽然日子贫苦,但夫妻二人和睦亲密,六年间未曾有过任何争吵。然而,他们的生活却处于与世隔绝的状态。除了购买日常必需用品外,极少接触社会,几乎体会不到社会的存在。他俩是怀着身居深山的心境,寄居在大城市里的。宗助"具有罪恶意识",后来他决定逃到寺院,希望借参禅给自己的生活带来转机。但是,他发现自己根本无法摆脱世俗的羁绊,也得不到精神上的解脱。

宗助悟出,自己不是一个能走进寺院之门的人,也不是一个不进门也可以安心的人,而是一个伫立门下等待日落的不幸的人。这也是该小说以"门"为题的缘由。作品的结尾处写道,宗助不仅逃过了被公司裁员的命运,而且还增加了五元的薪水。弟弟小六给房东做书童去了。生活还是看到了一些希望。然而,在这部作品中蕴涵了漱石个人的哪些信息呢?

二 孤独的知识分子

漱石在《门》中写道:"手抓车中的皮革吊环也好,坐在天鹅绒的椅子上也好,宗助从来没有品尝过作为一个人该有的温柔的心情。他觉得事实上也不该苛求,大家都无非是仿佛在与机械之类摩肩接踵而过一样同车坐到各自的目的地之后,就下车扬长而去了。"②

这段道白,刻画了主人公宗助的孤独形象。他们被社会所抛弃,没有任何亲朋好友,内心感受不到温情。纵观全文,读者的确感受不到宗助与弟弟、佐伯叔父之间的亲情。这说明,他本身就缺乏"亲情"这种感情元素。即使宗助与妻子阿米亲密无间,未曾有过争吵,他们也仅仅是在一起共同生活而已,除此之外没有任何乐趣可言。

正如文中所说:"(宗助)夫妇俩,每天晚饭后,都要面对面地坐在火盆的两侧,作一个小时光景的闲聊。话题不外乎日常生活上的事。不过,从来不作青年男女间那种艳情蜜语,关于小说或文学方面的话就更不用说了。他俩的岁数都不算大,却已像是那种过来人似的,天天过着朴实无华的日子。看上去,好像一开始就是两个极平常、极不显眼的人为了结为例行的夫妇关系而凑合到一起来似的。"③

主人公宗助缺失亲情,也感受不到爱情的新鲜和甜蜜。其实,这正反映了漱石自己的出身和经历,也是漱石婚后生活状态的真实写照。事实上,在亲情方面,漱石的个人感情生活是非常贫瘠的。他在精神上一直感到十分的孤独。1867年2月9日,即明治元年的前一年,漱石出生在江户(今东京)牛入场横町。父亲是江户的一个"名主",母亲也出身于富有的家庭。然而,漱石的出生没给家里带来任何欢乐,他自幼就很不受父亲的喜爱。漱石九个月大的时候,被送给了外姓人家,在盐原昌之助家当养子。

漱石十岁时,回到了自己的母家,仍遭冷遇。养父母家庭的丑恶和亲生父亲的冷酷,给漱石幼小的心灵烙上了不安的印记。他饱尝到人间的虚伪、冷酷和自私。正如后来他在小说《道草》中所说那样,"不论从生父看,还是从养父来看,他不是人,而是物品"④。在爱情方面,漱石与妻子镜子一直不和,家里始终弥漫着不愉快的气氛。结婚的第二年,镜子曾想投河自杀。漱石曾作诗称:"病妻室内灯昏暗,苦熬晚暮度秋天。"⑤漱石留英期间,曾给镜子写信,倾诉自己的孤独,责怪妻子不回信。而回国后,漱石与妻子的关系更加恶化了。

据说,漱石对自己的嫂子怀有爱意。然而,他无法越过伦理和道德的底线,只能将爱意悄悄隐藏起来并融进小说之中。纵观其作品,我们可以发现:超越伦理道德结合的婚姻虽被社会抛弃,但当事人相处得很好,如《门》中的宗助与阿米。正常结合的婚姻则很不幸,如《行人》中的一郎与妻子。但是,宗助与阿米被社会所抛弃,在道义上进行着良心的自我谴责,这些原因导致他们还是得不到真正的幸福。这,也可以看出漱石孤独的心境。

三 传统文化重视

漱石在小说《门》中写道,宗助与阿米夫妻两人多次提到《论语》的话题。"睡前,宗助脱去衣服,换上睡衣,一面往睡衣上缠一根染有条状花纹的兵儿带,一面说道:'今晚看《论语》了,好久没读它了。'《论语》里说些什么?阿米询问道。'"⑥

除此之外,文中还有两处提到《论语》。一处为阿米担心自己被丈夫的弟弟小六讨厌,丈夫安慰自己时,问《论语》上是这样写的吗?另一处是,房东坂井说有一位艺妓很喜欢《论语》,不论乘火车还是赏风景,她的怀里总是揣着这本书。可见,主人公时刻以《论语》等儒家的思想标准来审视自己。这说明,东方的传统思想已经融入日本人的精神意识之中。

另外,"老土地向宗助做出解释:当然喽,听说这里本来长满了竹丛,而在开辟的时候,竹根没挖掘掉,被埋进土堤了,所以土质特别紧,不论遇到什么情况,也不会塌方的。"⑦这是一段宗助与老土地的对话。竹根凭借自身的握力,将斜崖紧紧握住。斜崖虽有倒塌的危险,但奇怪的是从未塌方过。笔者认为,这里的竹根暗指日本长期受中国儒家思想影响所形成的自己的传统文化。即漱石意在说明:日本完全抛弃固有的东方传统文化,盲目地学习西方,这是本末倒置的做法。漱石的这一思想,与其深厚的汉学教养休戚相关。

漱石从小受到比较全面的汉学教育,且他对汉学兴趣极大,曾在"二松学舍"专攻汉学。他阅读了大量的汉学典籍,《左传》《国语》《史记》和《汉书》,还有唐诗宋词,无不涉猎。他从汉学典籍中汲取丰富的养分,奠定了坚实的文学底蕴。同时,他在思想上受到儒学伦理的影响,崇尚"修身、齐家、治国、平天下"的理想。这种思想意识,在其作品中如涓涓流水般地涌现出来。像《门》中主人公宗助曾说他的能量来源,除了热酱汤和热饭,再没别的了。这些都是日本的传统食物。而女主人公被取名为"阿米",也有其深刻的思想内涵。

宗助夫妇被社会以道德的名义所抛弃,生活在人际关系的"严冬"之中。他们唯有互相依靠才能继续生活下去。宗助所依靠的正是"阿米"。而这里的"阿米"不是作者随便起的名字,而是借用了日本固有的传统食物"米饭"。可见,宗助要依靠传统文化才能生存下去。漱石受到儒家传统思想的影响,也重视日本传统文化的价值。他认为,日本明治维新后,在"文明开化"的口号下,盲目学习西方,完全抛弃了传统文化,这是极其错误的。漱石创作小说《门》,用以揭露了现时日本社会的阴暗面,批判了所谓的文明社会的丑恶。

四 文明开化批判

1900年,夏目漱石获得了官费留学英国的机会。同年10月28日,他来到西方资本主义文明的中心——伦敦,开始其留学生涯。漱石生活的年代,正值日本近代文明的萌芽阶段。当时的日本,不加选择地引进了西方文化。囫囵吞枣的后果是,人们变得急功近利,私欲无情,社会上流行拜金主义。留英期间,漱石更是看清了资本主义社会金钱主宰一切的丑恶本质。这促使他用新的眼光审视西方文明,重新探索日本的未来。他大量阅读西方书籍,探求真理。他痛恨日本近代社会在思想上的支离破碎,对所谓的文明开化持批判之态度。

1911年,漱石在和歌山市发表了题为《现代日本的开化》的演说。他认为,日本走上资本主义的"开化",和欧洲是不同的。欧洲的开化是"内发的",它经由几百年的积累,"如行云流水,是自然发展的"。日本的开化是"外发的",是"在与外国接触"过程中被迫转化的。可见,漱石对明治维新改革的不彻底性是有清醒认识的。一方面,他认为文明开化对社会起到了推动作用。另一方面,他又十分鄙视日本盲目的全盘西化。最后他主张东西方文化的结合,既要超越旧时代的日本,又要改变日本的陋习,发扬日本传统的美德。

在这种思想认识的基础上,漱石写出小说《门》等作品,反映了明治时期正直的知识分子,面对西方文明,不能确立"自我",在动摇与不安中度日的精神状态。这些作品揭露了日渐增强的资本主义社会的腐败、黑暗和丑恶。在小说的结尾,宗助参禅失败,深深感到自己是一个伫立门下等待日落的不幸的人。他对自己的利己主义行为忏悔自责,在爱情婚姻的小天地中蹉跎岁月。这表明,在他的内心深处,传统知识分子的伦理道德观念仍很强烈。

结　语

夏目漱石才华横溢,在短短十年的时间里,写下了不少传世经典,被誉为日本的国民作家。他用自己的小说,描述了一个个充满趣味的作品世界,创作出了众多丰富多彩的作品人物。在艺术上,他独树一帜,区别与当时盛行的自然主义文学,创立了自己独特的写作风格。他的作品,深入探索了当世知识分子的精神世界,刻画出他们内心的孤独、苦闷和无奈。

在思想观念上,漱石自幼深受中国儒家思想文化的影响,汉学造诣颇深。同时,他又留学英国,精通英国文学以及社会文化。他能够深刻理解西方思想文化之精髓,并且能够洞悉日本在接受西方思想文化过程中的得与失。他清醒地认识到明治文化的轻浮浅薄性,严肃地批判了近代日本文明开化的盲目性。他在东西方文化中寻找着平衡点,却又不知不觉地偏重于东方传统思想文化。他提出的"自我本位"的观点,对近代日本人思想意识的形成产生了巨大的影响。经过长期的磨练,夏目漱石的思想观念散发出引领时代的光辉和魅力。

注　释

①王述坤:《日本近现代文学名家名作集萃》,中国科学技术大学出版社,2007年6月,第41页。

②[日]夏目漱石著,吴树文译:《门》,上海译文出版社,2010年7月,第9页。

③[日]夏目漱石著,吴树文译:《门》,第23页。

④[日]夏目漱石著,于雷译:《我是猫》,译林出版社,1997年7月,第3页。

⑤夏目漱石著,于雷译:《我是猫》,第2页。

⑥夏目漱石著,吴树文译:《门》,第55页。

⑦夏目漱石著,吴树文译:《门》,第3页。

参考文献

[1][日]夏目漱石:《日本的文学》,中央公论社,1964年(昭和三十九年)11月25日。

[2]何乃英:《夏目漱石和他的小说》,北京出版社,1985年7月。

[3]刘振瀛:《日本文学论文集》,北京大学出版社,1991年2月。

[4]陶东风:《知识分子与社会转型》,河南大学出版社,2004年1月。

[5]王之英主编:《日本近代文学》,南开大学出版社,2006年11月。

[6]李光贞:《夏目漱石小说研究》,北京:外语教学与研究出版社,2007年8月。

[8][日]夏目漱石著,吴树文译:《门》,上海译文出版社,2010年7月。

附记:本章由乔丽霞、刘家鑫撰写。原文发表于《语文学刊》(2013年9月15日,中旬刊,第9期,总第428期)。略有改动。

盈盈月色沁人心：
吉本芭娜娜小说《满月》赏析

本篇提要：吉本芭娜娜的小说《满月》，是其成名作《厨房》的姊妹篇。在小说《厨房》中，作者着力关注那些命运多舛的人们，并试图给予他们重新面对生活的勇气。而在小说《满月》中，作者则进一步为他们拨云见日、指明方向，希望赋予他们一种力量，使其全力帮扶同类不幸之人。通过作品，作者呼唤人文关怀，强调了社会支持的积极作用。

关键词：吉本芭娜娜；《满月》；《厨房》；人文关怀；社会支持

小说《满月》，是日本女作家吉本芭娜娜的作品，也是其最重要的代表作《厨房》的续篇。在该作品中，作者沿用了《厨房》的主要作品人物，还在主题表达和创作手法等方面另辟蹊径，构架出一篇更为曲折、更加触动人心的青春成长物语。笔者力求从"满月"的象征意义、人物性格塑造等角度，深入解读该作品，挖掘其中蕴含的思想意义。

一 情节回望

小说《满月》里主要有三个作品人物：单亲少年田边雄一与其母亲惠理子，以及孤儿少女樱井美影。美影与田边母子有着密切的交往关系，田边之母惠理子是一位变性人。作者在《满月》的开篇部分，就描写到惠理子被一个变态男子所杀害。田边接到母亲意外身亡的噩耗，陷入悲痛、无法自拔。而且，他还迟迟不肯将惠理子的死讯告诉给美影，不愿亲口承认这一残酷的现实。隔了些许时日，田边终于鼓足勇气，拨响了美影的电话。

美影听到这一不幸的消息，感到胸中一阵剧痛，泪水止不住地涌出。惠理子的死，勾起了美影内心深埋的伤痛。她无奈地感叹道，"双亲死的时候，我还是孩子。祖父死的时候，我正在恋爱。祖母去世的时候，剩我一人。比起那个时候，现在的我更感孤独"。美影摇摇晃晃地走到田边家，看到了精神恍惚、面容憔悴的田边。为了安慰他，美影为他做了一桌晚餐。其间，田边喝得酩酊大醉，向美影倾诉了内心的痛苦与孤独。

次日，美影正在烹饪教室工作，一个素不相识的女孩奥野来找美影。该女孩自称是田边的同学，并愤怒地指责美影"纠缠田边，满不在乎地住在田边家，却不肯承认是田边的女友，完全逃避作为恋人的责任"。奥野不了解具体的情况，误解了他们二人的关系。但是，奥野对田边的关切深深地打动了美影。受到奥野影响的美影，毅然决定连夜奔赴异地，来到田边投宿的旅馆，为他送去一份热气腾腾的盖浇饭……

看着狼吞虎咽的田边，美影回忆起曾经有无数个昼夜，自己同田边母子共同进餐的场景。美影竭力劝说田边，不要用旅行来逃避现实，不要离开熟悉的生活环境，不要舍弃旧日的朋友。小说的最后，作者采用开放式的手法，将故事定格在这一温馨的画面上："美影即将出差归来，田边也即将结束旅行。美影在电话里托付田边，请其代收寄送的土特产。田边微笑着告诉美影，会去机场为她接风。"

二 借月抒怀

在小说《满月》中，随着故事情节的演进，总共出现了三次描写月色的内容。文中所描绘的月之形态，既不幽暗，也不残缺。那是一轮明亮的满月。樱井美影在月光的照耀下，走上拯救田边雄一心灵的道路。这轮明亮的满月，指引着美影，让其帮助田边走出人生的困境。这一景物配置，为这部略带悲伤色彩的作品注入了<u>丝丝暖流</u>。

文中第一次有关月色的描述，出现在美影得知噩耗之初。为了做晚餐，他们先一起去采购食材。"雄一抱起一个更重的袋子，我扫了一眼自己抱的袋子，里面有洗发精，笔记本，此外还有速食制品。我看出了他最近一段的饮食生活。/'哎，月亮多美。'雄一下巴一扬，指指天空的冬月。/'完全不错。'我揶揄一句。进入大楼大门的时候，我回头瞥了一眼令人依恋的月亮，月近圆满，银光如昼"。

其次，美影于寒冷冬夜不辞辛苦，给田边送去盖浇饭。"在昏暗的车内我向车窗靠过去，重新坐直。/'路上空，走得快，眨眼就到了。'司机说。/我应了一声，仰望天空，明月高悬，横行夜空，华光朗然，群星黯然失色。"

最后，手捧盖浇饭的美影，发现田边所住旅馆已锁门，迫不得已爬假山，攀水管，越屋檐，终于站在田边房间的窗檐上。但是，她并没有急着敲响窗户，而是仰望夜空发出了一声由衷的感叹："啊，多美的月亮。"

在文中，作者三次描写了明月这一自然景物。明月的设计，毫无突兀生硬之感，能够巧妙地融于故事情节的整体布局中，使之情景交融，十分妥帖地烘托出主人公不同阶段的内心感受，加深了读者对作品人物和主题思想的理解。

追根溯源，作者运用的这种寄情于景、物我合一的表现手法，发源于东方古老的天人合一思想，并植根于日本优秀的文化传统之中。作为东方文明发祥地的中国,自古流传下来许多咏月抒怀的诗篇。而被誉为日本古典文学代表的和歌艺术,也保留了诸多借月言情的作品。中日两国的古典文学,都不乏通过自然景物传达人世间复杂微妙情感的作品。"松""竹""雨""雪",不同的景致往往能够勾起人们迥异的思绪。

作者承继传统文化,选用了"月"这一意象,深化人物情感和主题思想。美影与田边这两个年轻人都遭遇了不幸,但他们都依然顽强地生活下去。在作者的笔下,映入主人公眼帘的,永远都是清辉四溢的圆圆满月。"满月"是一个极其重要的道具,是希望和光明的象征。它暗喻了主人公们必将经受住命运的考验,领悟到人生的真谛,重新振作起来。

三 人物塑造

小说《满月》沿用了《厨房》的出场人物,情节设定也具有一定的连贯性。但在人物性格的塑造、叙述技巧的运用以及主题思想的表达上,都显示出了明显的变化。作者笔力日臻成熟,她将《厨房》中未能充分表达的内容完整地展现在《满月》中,使美影、田边、惠理子等主要人物的形象更为丰满,情态更加鲜活,弥补了创作《厨房》时的些许遗憾。从某种意义上看,将续篇拟名"满月",未尝不是作者创作心情的一种暗喻。

小说《厨房》,是围绕着樱井美影这一人物展开的。而《满月》中的美影,实现了从被拯救到帮扶他人的跨越。她离开田边家,到烹饪教室当助手,开始独立生活。她获悉惠理子突然去世的消息,坚强地面对再一次的沉重打击,没有退回从前的自闭状态,且主动照顾田边,扶助他渡过失去亲人的难关。《满月》中的美影,已不再是那个稍显脆弱单薄的少女,她已逐渐成长为一个有能力,有担当,能够为他人撑起一片天的女性。

《厨房》中,作者未过多描述田边雄一这个人物,只有两次一带而过。此时的田边,给人的基本印象是"冷淡"二字。而在《满月》中,作者打破了原先略显呆板的人物设定，打造了一个全新的田边。《满月》中的田边，会向美影细细地吐露自己变成孤儿的痛苦与无助，会含蓄地挽留美影多陪伴自己一会儿，会打电话絮絮诉说旅行途中的景致和见闻……

作者于开篇便设计了惠理子的死，而这也恰好成为田边性格转变的诱因。作者通过巧妙的构思，毫不突兀地将喜怒哀乐等情绪真实地展现在田边的面部表情和行为活动中，将上部作品中单纯围绕美影展开的一条叙述主线，转变为分别围绕美影、田边展开的双重主线，使故事情节的铺展更为精彩，增强了作品的耐读性。

在《厨房》中，惠理子是帮助美影实现精神疗愈的关键人物。正是惠理子周身溢发出的鲜活生命力，深深地打动和感染了美影，推动美影走出了伤痛孤寂的泥淖。《厨房》中，作者对惠理子这一人物并未过多着墨，但她所散发出的独特魅力，给读者留下了深刻的印象，也使读者对《厨房》中未加提及的惠理子的过往产生好奇。

在《满月》中，虽然开篇惠理子就意外亡故了，但作者采取间接描写的手法，即通过惠理子的遗书以及美影的一段回忆，披露了其风风火火的外表下细腻的内心世界，补充了其成为变性人之前的经历。惠理子预感到可能自己要出事儿，她将对孩子们的爱、对生活的眷恋悉数坦露于遗书中。她写道："我热爱我的人生，曾经是男人的时候也好，和你母亲结婚的时候也好，你母亲死后，变成女人的时候也好，把你养育长大也好，一起欢度的日子也好……啊，收留美影，那是我最大的快乐！我总想见见美影。那孩子也是我的宝贝孩子。"

而美影也回忆起，某个夏日的黎明，惠理子曾向她细细讲述过往事。讲到自己还是男子时，十分怀念与深爱的病妻拥有的美好时光；讲到自己无法承受丧妻之痛，不打算再婚，想要成为女性的心理过程；讲到自己变性后倾心抚养田边，一点点振作起来的艰辛岁月……

作者在《满月》中，追加展露了惠理子的情感和作品故事的前情。这在很大程度上,对其缘何能够向素昧平生的美影伸出援助之手,缘何能够深切理解美影的痛楚,给出了合理的解释。这样的编排,充分满足了读者的期盼,增强了作品故事的完整性。

结　语

有道是"单丝不成线,枯木不成林"。无论何人都无法脱离社会群体而单独存在,"社会支持"的作用又是每个人都不可或缺的。小说《满月》着力强调了这种社会支持的重要性。为此,作者重点设计了几位相关人物。比如,与田边母子关系密切的美影,暗恋田边、时刻关注田边的奥野,以及曾在惠理子的酒吧工作、视田边为己出的变性人知花,等等。作者力求借助众人的力量造成一股强大的合力,将田边从孤寂绝望的漩涡中拯救出来。最终,田边在友人们的帮助下,战胜自我的软弱,开启了新的生活。作者借小说《满月》呼唤人文关怀,积极倡导"社会支持",体现出一位当代作家强烈的社会责任感。

吉本芭娜娜是一位极具天赋的女作家,她善于用敏锐的眼光发现生活中的细微之处,并捕捉住点滴感动,将其融入作品之中。《满月》中有关月色的刻画,有关美食的描述,无一不是源于作家自身在现实生活中的观察和体味。作者感情细腻、感觉敏锐,她有父母,还有意气相投的姐姐,可谓家庭美满、令人称羡,但她却将目光投注到遭遇不幸、家庭破碎的社会群体中,感受他们内心的伤痛与无奈,并希望透过笔下的故事,给予他们温暖与力量。小说《满月》,正是这样一部带有浓厚人文关怀的、极具社会意义的疗伤佳作。

参考文献

[1][日]吉本芭娜娜:《厨房》,福武书店,1988年5月。

[2][日]吉本芭娜娜著,张哲俊等译:《厨房》,花城出版社,1997年12月。

[3]萧涤非:《唐诗三百首鉴赏辞典》,上海辞书出版社,2006年7月。

［4］刘德润主编:《小仓百人一首:日本古典和歌赏析》,外语教学与研究出版社,2007年6月。

［5］刘家鑫等主编:《日本当代小说导读》,南开大学出版社,2009年1月。

［6］姚智蕊、刘家鑫:《探寻心灵的栖息之所:吉本芭娜娜小说〈厨房〉解读》,《青年文学家》,2012年4月,第7期。

附记:本章由姚智蕊、刘家鑫撰写。原文发表于内蒙古师范大学主办的《语文学刊》(2013年11月15日,中旬刊,第11期,总第432期)。略有改动。

从《伊豆的舞女》看川端康成的美意识：
外在的形式美与内在的情感美

本篇提要：小说《伊豆的舞女》，是日本著名作家川端康成的早期作品。该作品对其后的文学创作风格的形成和审美意识的确立具有重要的意义。笔者通过透析《伊豆的舞女》，着力揭示了川端康成的美意识。首先，梳理作品中的语言修辞、人物造型和意象传神，发掘出其外在的形式之美；其次，透析作品中的人情、社会情感和民族情感，探讨了其内在的情感之美。

关键词：川端康成；《伊豆的舞女》；美意识；形式美；情感美

有关日本新感觉派文学的总体写作特征，先行研究曾有如下的论断："除了'感觉标志'这一突出方面之外，在内容上多表现为感伤与哀愁的调子。"[①]笔者认为，川端康成文学完全适合于这一论断。其某一创作时期的某一文学作品，又表现出写作手法、情感内容的历时性与选择性。川端的早期作品《伊豆的舞女》即是如此。笔者试图以该部小说作品为例，从外在的形式美与内在的情感美这两个层面，重新审视川端康成的美意识。

一　语言修辞之美

近代以来，日本作家的作品大多以情节取胜。其作品即使被翻译成其他国家的语言，可读性依然很强。但是，川端康成的《伊豆的舞女》却非如此。此类作品如果翻译不精，其美感会大打折扣。其原因，就在于日语的语言体系与人物情感之间的紧密联系。川端文学突出的特征之一，是其继承了日本的传统美。在思想上，他发挥了"物哀"和"余情"等日本古典的文艺概念。在形式上，则出色地运用了日语语言的艺术手段。这种继承，可以追溯到川端迷恋的《源氏物语》和《枕草子》等古典名著。其独特的感受性不断地发展升华，营造出了川端式的美感。《伊豆的舞女》写于1922年—1926年间。该作品语言修辞精美绝伦。

川端文学的美，带有一种朦胧感。《伊豆的舞女》的情感基调，正是依附于日语语言所营造出的这种含蓄的情感氛围。比如："我闭目聆听，想弄清那鼓声是从什么地方传来，又是怎样传来的。良久，又传来了三弦琴声、女人的尖叫声、嬉闹的欢笑声。"②

这些句式非常相似，犹如汉语的排比句。由这些句式所组成的一组排比，营造出了喧嚣热闹的场景。这一切看起来是值得欣喜的，然而读者却不难体会出"但热闹是他们的，我什么也没有"③这样一种心境。作品中男主人公"我"，心情异常落寞，无法排遣，却又满心期待。这段描写，彰显了"我"的复杂心情。

通过典型的日式意象的整合，句子传达出一种美感，让读者自觉地融入到这令人怀念的氛围中去。《伊豆的舞女》第四章结尾处的一段描写，即是如此。"巡回演出艺人辗转伊豆、相模的温泉浴场，下田港就是他们的旅次，这个镇子，作为旅途中的故乡，它飘荡着一种令人爱怜的气氛"。这种淡化式的描写，是让读者忘记舞女一行辗转各地的艰辛，并且产生在旅途中寄寓一宿的念头。

在心理刻画上或场景描述上，除了以上描写性语言，人物的对话性语言设计也是非常生动的，情感表达得十分贴切。《伊豆的舞女》中出场人物不多，但个性都比较鲜明,这要归功于作者在语言设计上所下的工夫。比如,女主人公薰子说道:"啊,月亮……明儿就去下田啦,真快活啊!要给宝宝做七七,让阿妈给我买把梳子,还有好多事情呐。您带我去看电影好不好?"

舞女薰子的这句话,并没有在措辞上表示出特别的敬意。这种不加修饰的亲近,正是"我"所渴求的。看到月亮后,感叹脱口而出;给不幸夭折的小孩做断七;到达下田后,让阿妈给买一把梳子;请求"我"带她去看场电影,等等。这些,都是让她感到兴奋不已的事情。一路上,舞女展现给"我"许多惊喜,惹人怜爱。彼此双方,语言沟通十分妥帖,情感交流非常融洽。

然而,在茶馆儿婆婆那里,身份上的歧视表现得比较强烈。比如,老太婆对"我"说:"少爷全身都淋湿了。请到这边取取暖,烤烤衣服吧。"茶馆儿婆婆这一段话频繁地使用了敬语。一方面,这表现了其自身地位的卑微;另一方面,也衬托了舞女一行的身份。在老太婆的眼里,舞女一行被歧视为"那种人"。

另外,在小说中还出现了"乞丐与流浪艺人禁止入村"的字样。可见,舞女一行的社会地位之低微。这些,都增加了历史背景和社会环境的真实性。如此,舞女在"我"面前表现出难得的真诚,深深地打动了"我"的心灵。

二 人物造型之美

小说中典型人物的形象,是文学作品的精华。每每阅读文学经典,合卷之后依然能在脑海中闪动的,也总是作家精心塑造的那些人物形象,比如《伊豆的舞女》中的女主人公薰子。或者说,读者正是通过与书中人物的共鸣来理解作品的。喜爱其独特性格,欣赏其言谈举止,同情其戏剧命运,等等。这些与读者交流的媒介,都是作家精心设想出来的。

容貌描写一向是人物塑造中常用的手法之一,贴切的描绘可以为人物形象增添光彩。比如,在《伊豆的舞女》中,川端是这样描画薰子的:"舞女看上去约莫十七岁光景。她梳着一个我叫不上名字的大发髻,发型古雅而又奇特。这种发式,把她那严肃的鹅蛋形脸庞衬托得更加玲珑小巧,十分匀称,真是美极了。"这种极其简洁的容貌描述,将一个年轻、且充满古典美的可人形象展现在读者的面前,为以后舞女的言行奠定了审美基础。

又比如:"她那双娇媚地闪动着的、亮晶晶的又大又黑的眼珠,是她全身最美的地方。双眼皮的线条,也优美的无以复加。"闪亮的眸子,分明的双眼皮,都饱含着无以言说的美丽。细腻精致的观察美不胜收,画龙点睛的描述令人神往。

该书中,对舞女的言行举止,还有这样的描述:"她似乎要掸掉自己脚上的尘土,却冷不防地蹲在我跟前,替我抖了抖裙裤下摆。我连忙后退。舞女不由自主地跪在地上,索性弯着身子给我掸去身上的尘土,然后将撩起的衣服下摆放下,对站着直喘粗气的我说'请坐!'"

此处刻画的人物行为动作,能够传神地体现出人物的性格。一连串让"我"甚感意外的动作,表面上传达了舞女的举止利落,实际上蕴含着舞女对自己身份的潜意识的认知。一方面是消除了距离的亲近感,另一方面却是对双方悬殊身份的一种默然。这种相互矛盾的心理因素体现在一系列的动作上,在"我"的心里又增添了女性的美感。

三 意象传神之美

"意象",顾名思义,将"意"寄托于"象",主体见之于客体。意境包含意象,却不简单等同于意象。较之于意象,意境更强调作家通过其高超的创作技巧将直观的"物象"进行升华,从而达到一种情景交融、主体与客体浑然统一的审美境界④。《伊豆的舞女》中不乏典型意象与意境,起到了支撑故事情节的关键性作用。

在分析这部作品的意象时,读者易于将注意力放到诸如茶屋、隧道、折扇之类的小的意象上,却往往忽略了整体性的概念。笔者认为,在《伊豆的舞女》

中,最典型同时也是最宽泛的意象莫过于"伊豆"这一地名。在川端康成的心目中,"伊豆"的意义是超乎寻常的。其散文名篇《温泉通信》《伊豆姑娘》和《南伊豆纪行》等,都是以"伊豆"为题材的作品。这些作品写出了伊豆姑娘的朴素纯真,伊豆的山川风物和美丽景色,当地人的生活形态,以及作者的心境与切身感受。这些散文记述,与小说《伊豆的舞女》一脉相承,构成了相互融合的连带关系,可以作为分析研究《伊豆的舞女》的参照物。

《伊豆的舞女》中的美意识是多方面的。首先,"伊豆"作为一个审美实体提供了最直观的自然景色。比如,"重叠的山峦,原始的森林,深邃的幽谷,一派秋色"、"这条乡间小径,铺满了落叶,壁峭路滑,崎岖难行"、"清澈的泉水,从林荫掩盖下的岩石缝隙里喷涌而出",等等。这些极富自然之美的意象,并非是在其他任何地方都可以观赏得到的。

其次,伊豆的地理背景还为文学创作提供了极具典型性的素材。这,为文中富于跳跃性却又不让人觉得离散的场景转换奠定了基础。在阅读该作品时,读者总是能够从其写实性的地域设定中找到相对应的实际景点。此外,还有重要的一点,那就是作者寄寓其中同时也是随之浮动的心绪。既然是"寄托",也就说明了对"伊豆"的信任,读者只会把自己的意识寄托在自己信任的对象上,情感的真实表达便基于这份信任。

那么,寄托给"伊豆"的究竟是怎样的心绪呢?作为一个无法找到自身归属感的高中青年,需要的正是一份心灵的寄托。如果说舞女的出现是主观的情感交流的话,那么"伊豆"的意义,在于它提供给"我"一个客观的存在,触发"我"去认识自我、找寻自我。这种物我交融的状态,让读者认识到,"伊豆"是作者的一个必然的选择。正是这种情感与典型情景紧密结合的状态,将读者带入了无法言说的美的意境之中。

四　人情之美

　　文学作品的形式具有相对的独立性，但形式是为内容的表达而服务的。小说人物（尤其是典型人物）之间的感情，以及渗透于作品之中的作者主观的情感干预与表达，是构成整部作品情感之美的灵魂。在《伊豆的舞女》中，作者川端康成淋漓尽致地发挥了审美情感。舞女薰子与"我"之间的感情贯穿于整部作品之中。

　　薰子与"我"之间有了一定的感情。而学界历来对这种感情的认识有所分歧。各种观点也均限定于友情与爱情之间。出现认识差异的原因，源于不同语言之间的词汇的不完全对应，或者源于文化差异。笔者认为，最重要的一点是，作者塑造的这段男女主人公之间的感情本身就是模糊的。而且，恰恰是这种模糊的情感带给了读者一种朦胧的美感。

　　有人认为，男女主人公之间感情模糊的原因，在于二者之间身份的差异悬殊，从而导致了隔阂。但笔者认为，作品人物之所以出现情感的模糊，正是由于双方对彼此身份的认同，而不在于二者身份的差异，更非身份的差异悬殊导致了隔阂。

　　应该承认，舞女对自己的身份是有所自觉的，但这种自觉并没有阻碍她向"我"靠近。舞女帮"我"掸去裙裤的灰尘，为"我"去寻找水源，为"我"找到一支竹竿做手杖，央求"我"带她去看电影。一系列情节，都可被看作是她主动亲近"我"的表现。

　　一般来讲，文学作品中总是不可避免地渗透着作家自身的主观干预。《伊豆的舞女》的自传性很强，作家的影子更是始终贯穿于作品之中。小说中，有关"我"去伊豆旅行的动机着墨不多，仅仅略微有所交代。比如，"我已经二十岁了，再三严格自省，自己的性格被孤儿的气质扭曲了。我忍受不了那种令人窒息的忧郁，才到伊豆来旅行的"。

很显然,"我"去伊豆旅行是为了释放精神压力,出于找寻自我,重新认识自我。这是作者以早年的自己为原型的一种重新塑造。基于这种性格特点,"我"对舞女的细致观察、幻想和期待,都比较直接地表现为"我"对舞女的亲近。比如,作品第四章中有这样的表述:"对他们,我不好奇,也不轻视,完全忘掉她们是巡回演出艺人。"可以说,开始的"我",潜在意识里还带有那个特定的时代和社会形态给每个人烙下的等级观念。舞女清纯的魅力吸引了"我",使我"忘记"了等级观念。

从舞女与"我"这两个方面的分析看,都可以归结到"亲近"这一模糊性很强的词语上。"友情以上,爱情未满",正是在这种调和之中,读者才能体会到川端康成留下的那种梦幻般纤细的情感之美。

五 社会情感之美

"为文学而文学",是一种纯文学的观念。这种观念意图维护文学的至高地位,但它脱离了作为其根源的特定历史社会形态。因而,赏析评价一部文学作品,需要详细考察作品的时代背景和当时的社会形态。出现在《伊豆的舞女》中的那个微型社会,从一个侧面反映了现实社会的一系列问题。然而,正是这个小小的社会状态构成了小说美的基础。这方面的作用,主要体现在"我"与作品中次要人物们的交往上。

作品中底层人物的生活,苦难也罢,幸福也罢,川端康成似乎都刻意地轻描淡写、一带而过。尽管如此,读者依然能够感受到作者所赋予的深厚的真挚感情,其中包含了朴素的人情、相互信赖、相互尊重,还有基于同情理解之上的好感。

在茶馆婆婆夫妇的场景中,透露出近乎无所欲求的生活状态;"我"对于舞女尽管存有爱慕之情,但终究没有过分的举动;"我"无私地资助舞女一行,因而被舞女赞为"好人";听说矿工婆婆的不幸遭遇,而爽快答应照料婆婆与她的三个孙子;小说篇末,与轮船上遇到的男孩坦诚相待。旅途中的人们不必心存顾忌,可以自由自在地结伴而行。这些情节,随着旅行地点的转移而接连发生,将那个社会的不同侧面展现给"我",触动着"我",一步一步促使"我"的性格发展升华。当旅程近于尾声时,"我""产生了一股美好而又空虚的情绪,无论别人多么亲切地对待我,我都非常自然地接受了"。这样的心情,表明旅途中邂逅的人与事深深地感动了"我"。可以说,已然远远超出了"我"最初的意图。

处在那样一个年代,挣扎于底层的小人物的生存画面应该是司空见惯的,而作者在不幸与苦难的体验中依然寻觅出生活中美的一面,并发掘出人归属于社会集体的一面。川端康成凭着对社会生活独特的感受性,描绘出了一种社会情感之美。

六　民族情感之美

所谓日本民族审美,是指日本传统的审美取向。它以集体的形式表现出来,又具有日本民族的特征。日本的传统文化源远流长。古代曾受惠于中国思想文化的滋养,近代又接受了西方的影响,并在历史演进过程中不断地得到了丰富。在特殊的地理环境下,形成了独特的文化形态。它与多种舶来文化相融合,产生出日本特色的岛国文化心理。

在诺贝尔文学奖的奖状题词中,有这样的一句赞誉:"川端先生,这份奖状,旨在表彰您以卓越的感受性,并用您的小说技巧,表现了日本人心灵的精髓。"⑤的确,在表现日本人特有的感受性方面,川端文学是相当出色的。

在审美意识表现方面,主要有:古典美、自然意识、物哀、禅宗的幽玄理念等。川端康成对这些审美理念的把握有很高的造诣。作为其初期的作品,他在创作《伊豆的舞女》时,未必能够自觉地意识到了这些审美理念。尽管如此,该作品对其后文学理念的逐步形成起到了不可小觑的作用。

古典美,是一个比较抽象且难以界定的概念。与之相对应的概念为现代美。读者可以从两者的对比中去理解古典美。我们知道,这两种美的类型的界定源于古今的时空观不同。现代的生活多元化,信息面广,变化性大,生活节奏快,由此更关心交流与互动;而古代的生活相对静止和单一,人们一生的活动范围较小,因而古人更关心的则是秩序与稳定。据此,我们可以用安定、传统、含蓄等词语来表述古典美的特征。在《伊豆的舞女》中,作者所营造的正是这样一种宁静幽雅的氛围。

小说中的"我"一路走来,没有过多的跌宕起伏。然而,于平淡中从未间断找寻和感悟美。"我"体会了不同人物的微妙心理,自觉感受其生活状态。从作品中,读者可以看到继承古典文学风格的印痕,还可以感受到天城岭美丽的自然景色,舒适的汤岛温泉,下田地区的慢节奏生活。这些场景,随着作者的笔触滑动一节一节展开,无不让人随之思绪翩跹。出场人物的装扮和言行,无不蕴含着雅致的日式生活的传统之美。

纵观《伊豆的舞女》这部作品,读者会发现其故事情节随着场景的转换而不断地演进,最终竟是以"我"与舞女的依依惜别而结束。这在众多读者来看或许是不太适应的,因为人们习惯于故事有个圆满的结局。这反映出了川端的"悲的即是美的"这一审美意识,这种意识源自于日本文学传统中的"物哀"意识。

川端的阅历,能够承载这种"哀"的情感。这种"哀"的情感,主导着他观察世界的视角。存在于他身边的"哀"的事物,经过特意挑选构成触发"哀"的另一重要方面。读者从他的散文作品中也可略窥一斑。"未眠的海棠花""萧瑟的秋风"和"默默流逝的年华",等等,诸多意象无不透露着淡淡的哀伤。

《伊豆的舞女》中体现出"物哀"的意识,这种基调贯穿于川端的创作生涯,在之后的《雪国》(1937年)、《千只鹤》(1952年)和《山音》(1954年)等不同时期不同类型的作品中都是相通的。在许多作品中,这种"物哀"的美意识已经深深地打上了川端的烙印。川端的文学贡献不仅仅是继承了"物哀",更重要的是他发扬了自我独创的特色。

结　语

小说《伊豆的舞女》,是川端康成文学生涯的成名作。该作品对其后的文学创作风格的形成和审美意识的确立具有重要的意义。在创作手法上,它成为其文学活动的奠基之作;在情感表达上,它承载了作者生命早期的感情基调,比如"孤儿根性(孤儿情结)"、青年苦闷和忧郁感伤等元素。

川端康成的文学,堪称现代文学创作技巧与日本传统精神的巧妙结合。川端具有深厚的文学写作功底,在语言修辞、人物造型和意象传神等方面煞费苦心,从而打造出作品外在的形式之美;另外,他还努力发掘作品中的人情、社会情感和民族情感,精心地烘托出作品内在的情感之美。艺术性与思想性的统一,构成川端文学的根基。而独特的审美意识,是其小说作品的灵魂。

注　释

①吕元明著:《日本文学史》,吉林人民出版社,1987年,第329页。

②[日]川端康成著,叶渭渠译:《雪国·伊豆的舞女》,吉林大学出版社,2009年,第233页。(笔者按:以下引用皆出自该中译本。)

③朱自清著:《朱自清散文经典全集》(荷塘月色),北京出版社,2007年,第142页。

④陈传才、周文柏著:《文学理论新编》;中国人民大学出版社,1999年,第235页。

⑤1968年,川端康成凭三部代表作《雪国》《古都》和《千只鹤》,获得诺贝尔文学奖。瑞典皇家文学院常务理事、诺贝尔文学奖评选委员会主席安德斯·奥斯特林宣读了这份奖状题词。

参考文献

[1][日]川端康成:《伊豆的舞女》,新潮社,1970年。

[2][日]川端康成:《川端康成全集》,新潮社,1980年。

[日]中西进:《新日本文学史》,京都书房,2001年(改订版)。

[3]叶渭渠:《川端康成传》,新世界出版社,2003年。

附记:本章由彭祥彬、刘家鑫撰写。原文发表于《语文学刊》(2014年6月15日,第6期,总第458期)。略有改动。

第二篇

人物论析

黑 狼

陳舜臣

中国通长野朗的"满洲占有论"辨析

本篇提要：抗日战争前与抗战时期，有一位日本人中国通名叫长野朗。他写了许多介绍当时的中国、评论中日之间各种问题的论著。在他的对华观中不乏一些良好的思想要素，但也蕴涵了许多不健康的思想意识。譬如，他在日本侵占中国东北三省问题上，存在着不少的偏见与荒谬之处。长野朗"满洲占有论"的主要目的在于，政治上为日本占领东北制造理论依据，经济上替日本筹划掠夺东北的自然资源；他的"中日共存设想"狭隘霸道，充满着侵略扩张的思想意识。

关键词：中国通；长野朗；"满洲占有论"；东北三省；侵略扩张

日本的中国通长野朗，1888年生于日本福冈县高田町，1975年于东京去世。他是战前日本陆军士官学校第21届毕业生，常年在陆军中服役。后来，他为了潜心研究中国问题，以大尉的身份辞去军职，转为预备役。在战前与战争年代，由军人变为文人的长野朗，撰写了介绍评论中国和中日关系的论文50余篇、著作80余部[1]。

长野朗在他的论著中，对中国的民众、国家与社会进行了详细的评述。他对中国的民众抱有钦佩之情，非常崇拜中国的传统文化，对新生的中国（当时的中华民国)致以赞美之辞,热切期望中国的发展与进步。在长野朗的对华观里面,包含了不少良好的思想成分[2]。但另一方面,长野朗又是个主张国权的中国通,在他的中日问题观里面,又蕴涵着许多偏激狭隘的思想因素。譬如,他顽固地坚持日本在"满洲"(清末日俄势力入侵,称东三省为满洲)的权益,将中国人民抵制日货的责任推给中方,他十分嫉妒中国与英美的合作关系,又不惜牺牲中国的国家主权,梦想建立以日本为霸主的中日合作联盟,等等。

在长野朗的荒谬思想观点中,关于中国东北三省的日本权益问题尤为突出。九一八事变前后,他总共出版了13部探讨东北三省问题的著作。那么,长野朗在这些著作中究竟是如何考虑东北问题的?然后,他又是怎样设想东北问题的解决方案的呢?笔者以长野朗的著作为第一手材料,结合有关的历史事件,深入探讨其思想实质。

一　基本认识

进入20世纪20年代后期,为了统一中国,中国国民政府誓师北伐。这个时期,先后发生了一连串的恶性事件。譬如:日本出兵山东造成"济南惨案",日本关东军蓄意制造"皇姑屯事件",图谋独占中国东北三省等。围绕着悬而未决的东北问题,中日两国间的对立浮出水面,日本社会上看法不一,意见出现了分歧。其中,具有代表性的有军人石原莞尔的"满洲占有论"[3]、评论家石桥湛山的"满洲放弃论"[4]以及学者长谷川如是闲[5]和中国通后藤朝太郎等人的"满洲事变批判论"[6]等。

这一时期的石原莞尔宣扬"大日本主义",他认为日本既然占领了东北就应该决定其所属,这对日本的"自存"是很有必要的。与此相反,石桥湛山则坚持"小日本主义",他主张废除与中国之间的不平等条约,承认中国的民族主义,不以军事手段而以外交、贸易、技术等方法来解决日本的自存问题。长谷川如是闲和后藤朝太郎等人也反对日本行使武力,指出政治问题还是应该采取文化、经济等所谓柔性方法来解决。

近代以来,日本人对中国的东北地区抱有极大的兴趣,并且早就垂涎其优越的地理位置和丰富的物产资源。本课题研究的主人公长野朗,更是看中了东北的重要性。他为日本侵略东北制造借口,创造条件,编造日本与东北地区的关系。例如,他在《满洲问题的真相》一书的《自序》[17]中,就单刀直入地叙述了东北问题的重要性:

> 满洲问题是日本面临的最大、最紧急的问题。如何解决这一问题,关系着日本的生死存亡。然而,满洲问题错综复杂,不仅交织着种种表面因素,而且还潜藏着许多国际性因素。因而,对此问题一旦处理不当,就会影响国家的百年大计。

长野朗指出,经过中日甲午和日俄两场战争,日本民族随着国家实力的增强逐步向亚洲大陆扩张,但从20世纪20年代开始,受内政、外交、特别是列强各国间势力均衡等因素的影响,出现了日本逐渐从亚洲大陆退却的情况。尤其是近年来,可以明显地看到日本人的势力在东北步步衰退。关于这种萧条的状况,长野朗从两个方面分析了其具体原因。他以《日本民族的总退却》[18]为题,对日本人的颓势作了以下叙述:

> 日本的发展处于停顿状态,国内的政治、经济、文化方面均暴露出种种缺陷,社会已经无力进一步发展。与此相反,支那人开始觉醒,其民族解放运动在日益高涨。而且,其经济实力也在逐步增强。加之,英美尤其是美国的势力侵入东亚,牵制日本。
>
> 日本的这种衰退是一种很普遍的现象,在满洲还存在着更特殊的情况。日本经营满洲20年,耗费颇多却所得无几。这固然是因为在发展方法

上存在着根本性谬误，但在其他方面也存在着诸多原因，其中主要是在于政治滞后和我国的国民性。

据长野朗分析，日本人的势力在东北的退却，大体上有国内和国际这两个主要原因。国内的原因，是指日本领导层未能制定好针对东北的基本方针，中国人业已开始了政治上的觉醒和经济上的自立。国际的原因，是英美的势力阻碍了日本的发展。但是，长野朗认为其最根本的问题，还是在于日本政治意识的滞后和国民性所使然。在此，他指出了日本政府的领导无方和国民的软弱性，并对日本人的颓势发出了无奈的叹息。

东北三省是个什么样的地方？在东北权益的问题上，日本正面临着怎样的现状和抉择？近期内，在东北会发生什么事情？长野朗在九一八事变发生的约一个月之前，就预感到了事态的严重性。正当其时，他写下了著作《在满洲大地上展开的民族战》[9]。在该书的《序言》中，他援引历史事件的例子，分析了中国人移居东北、日本人侵略东北、然后发生冲突的必然性，抓住了中日之间围绕着东北问题的要害点。他写道：

> 在满洲，自古以来就不断地重复着诸多民族的兴衰，从来没有任何一个民族能够永远长久地统治这里。近年来，满洲民族走向衰亡，汉人开始移居满洲，朝鲜人和日本人也开始从东面往这里移居。驱逐了满洲族和蒙古族的汉人，与日本人在这里打起了一场民族发展的争霸战，而日本人也在想方设法地抑制汉人那汹涌澎湃的发展潮流。这一民族发展争霸战，可以说是在满洲出现的最大的问题。

长野朗认为，中国汉民族移居东北主要有两大原因。其一是，进入民国之后，中国一直处在动乱之中，这种动乱状态会越来越严重，汉民族向外部的流出也会更加严重,这将形成一种自发性的不断增进对外发展的态势。其二是,中国官方一方面保持对外锁国状态,一方面又有意识地驱使本国民众向外部发展。经长野朗的观察,广东、福建的移民正在向东南亚和澳大利亚流出,山东、直隶的移民正在向东北及西伯利亚地区扩散。那么,汉民族从本土中心地区向东北移居这一行为,对于日本来说到底意味着什么呢?对此,长野朗毫不客气地下了一个严厉的"定义"[10],他说:

> 他们的侵略是和平式的经济上的,他们并不奢求上层的管理权。也许正像英国人所说的那样,汉民族只不过是在为白人养牛、挤奶的民族。在需要花费大量金钱的政治、治安等棘手的问题上,他们让外人来做,而自己只占有实际的利益。为此,他们表面上不引人注目,暗地里却在向下层渗透。由此说来,他们是最严重的侵略者。

长野朗否认了西方列强和日本帝国主义侵略东北的事实,他将中国汉族人民在自己领土内的经济活动指责为"和平式的经济上的侵略",将移居东北的中国汉族人民贬斥为"最严重的侵略者"。他擅自剥夺中国人民对东北的所有权,妄图将东北变为一块"无主之地"后,再将其"交到"日本人的手中。他为了让日本人能够轻而易举地获得东北的主权,而进行了精心的考虑和盘算。他以偏激的历史观为基础,顽固地坚持着自己对东北的基本认识。

二 "满洲占有论"之谬误

长野朗对东北的基本认识,主要有以下几个环节。首先,东北这块土地不属于任何国家;其次,中国人的进入是侵略行为;由于汉民族的侵略导致了日本人的退却。然而,日本人必须要在东北展开其民族发展事业。至于为什么,长野朗列举出了"人类生存的基本需求"这一理由来。譬如,长野朗在其《日本国民的生存与满洲》[11]一书的序言中,就强调了人类的原始天性和生存本能的观点。他认为,衣食住、男女需求以及个人生存是第一要义,而其他的一切都是第二位的。长野朗认为,国家应该满足国民的这一基本需求,即使是侵略主义的领土主权问题,也要为国民的生存问题让路。他是这样说的:

> (人类生存的基本需求)这一原则在满洲是如何应用的呢?如果满洲对于日本国民的生存是绝对必要的话,那么,日本当然有权利谋求其在满洲生存的出路。所谓领土侵略,即是像英美俄支那样,在过去曾经占领了有很多异民族的广大的土地,占有了非自己生存所必需的东西,并阻止其他国家的进入。他们的帝国主义侵略行径,可以说是强盗中的强盗。满洲是汉民族曾经侵略过的地方,而西伯利亚则是俄罗斯侵略的猎物。所谓侵略,指的不是本国国民因生存需要而自然拓展出来的地方,而是征服、剥削其他民族所得到的地方。

长野朗认为,欧美各国曾经瓜分世界,得到了广袤的土地,建立了很多殖民地,就连中国的汉民族,不也是用非正当手段侵略过东北吗!他为日本辩解说,我们日本民族现在离开东北就会出现生死存亡的问题,所以,当然有在东北谋求生存的权利。其他人来东北是侵略行为,而我们的要求则是正义的。他从生物学的视角,以弱肉强食的理论,为日本侵略东北的行径进行辩护,使日本的无限度军事扩张和武装移民得以正当化。他是既反抗白人列强对东方的侵蚀,又排挤中国人的正常活动,还主张了日本的侵略有理。

另外,长野朗在其上述著作的《国民的生活与满洲》[12]一章中还说道,民族的发展显示了国家的历史,一个民族向自己的外围扩张是一种很自然的现象。日本曾经从本州岛的西南部向本州的东北部扩张,中国则曾向其周围扩张。他顽固地坚持认为,现在的日本,除了东北三省以外,没有可以移居与发展的余地和机会。对此,他还找出了下面的理由作为论据。

日本民族从南方不断地北进,才得来了今天的繁荣。日本必须根据以前的传说继续北进。日本民族的祖先出云族,是从满洲来到日本的,满洲是日本民族的故土。无论从民族、地理还是经济方面看,日本人在满洲发展都是很自然的。而且,在满洲也有能够充分容纳日本人的未开垦的土地。日本人具备遵从自然法则、向日本海周围扩张的天命。

长野朗认为,日本民族的祖先生活在出云地区(日本古代旧国名,本州岛南部的山阴道八国之一,也称云州。位于现在的岛根县东部地区),其祖先出云人,是从东北经过朝鲜半岛来到日本列岛定居的。然而,这样的论点到底从何而来?其论据又是什么呢?他并没有详细地予以说明。笔者查阅了日本的两大古代经典著作《古事记》和《日本书纪》,还翻阅了日本的古籍《出云风土记》[13],均未找到相应的记载。

日本学者门胁祯二先生,在其研究成果《出云的古代史》[14]一书中提到,古代日本的大和朝廷,在势力强盛之时,曾与出云地区、古代的朝鲜半岛三国、尤其是与新罗的关系密切。后来,由于日本国内各派政治势力相互抗争等原因而中断了往来。门胁先生也并未指出日本人的祖先来自出云地区。他所使用的原始史料,也是以上所提到的三种古籍。日本的历史是由神话传说中而来的,尤其是日本上古的历史,是根据神话传说进行再创作而形成的。事实上,关于出云国繁盛时代、出云人来自何方的情况,就连神话传说和加工过的历史中都没有记载。这样一来,"日本民族的祖先出云族,是从满洲来到日本的,满洲是日本民族的故土"这一说法,就非常地值得怀疑了。没有根据的观点是完全站不住脚的。

笔者认为,日本人的祖先由亚洲大陆的东北部,越过朝鲜半岛来到日本列岛定居的说法,就连长野朗本人也是难以确定其出处的,或许这仅仅是他本人的一种揣测而已。尽管如此,他还是坚持认为,现在的日本人移居东北,就如同出云人(所谓的古代东北人)的子孙回到祖先们的故乡一样,是件理所当然的事情。长野朗添加了一个全新的,并且方便实用的理由,他以"传说"来支撑自己的观点,来辅助其东北认识的根基。他编造谎言混淆视听,利用虚幻不实的"历史",杜撰了日本帝国主义占领东北的理由。

七七事变发生后,长野朗依然继续坚持其日本人当然具有东北主权的观点,而且更进一步地站在了捍卫日本权益的立场上。他把中国汉族人民的移居东北和经济活动,污蔑为"反对共存的利己行为"和"剥削",并进行了严厉的批判。同时,他又以一种接受现实的姿态,提出了中日两国势力在东北共存的方案。例如,他在其著作《抗日支那的研究》[15]一书中,就制作出了一套中日两国共存于东北的计划。

长野朗的"中日两国共存设想"主要有以下一些内容。首先,他认为中国东北和朝鲜是东亚各民族的争霸之地,也是日本的生命线,日本当然应该守住它。汉民族必须停止其独占东北的行为和利己的行动,必须朝着中日两国共存的目标,积极地与日本进行协调。其次,他又认为发生九一八事变的责任在于张学良,问题出在中国人一方,中方应该承认这一点。而日本人"注定要向日本海周围扩张",采取一定的措施是迫不得已的事情,中方必须退让甚至听命于日本。很显然,在长野朗的中日两国共存方案上,打着专横霸道的烙印。他就是在这样的逻辑下,构筑起了他那"满洲占有论"的理论基础。

长野朗的"满洲占有论"主要有以下几个组成部分。第一,他指出了"天然"的理由,即东北三省自古以来就是块"无主之地",中国汉族人的移居是对东北地区的侵略。只要有实力,无论是谁都可以迁入进去。第二,他强调了现在的理由,即东北三省是日本的"生命线",东北的得失关系到整个日本的生死存亡,日本必须在东北开辟新的天地。第三,他列举了历史的理由,即东北地区是日本民族祖先的居住地,是日本人的"故乡"。现在的日本人当然有权利回归自己的故乡,日本人进入东北三省并不是那么不可思议的事情。总之,他认为,东北三省理所当然地应该成为日本的领土。

中国通长野朗以日本的国家利益为重,得出了这样的结论,日本人与中国人争夺东北是不可避免的,为了日本民族在东北的发展,日本政府在政治上应该有所突破。日本必须排除中国人的势力,以武力进行征服和统治。长野朗明确地表达了其东北必属日本占有的立场。这,就是其充满谬误的"满洲占有论"的最终目的。他偷天换日瞒天过海,歪曲事实颠倒黑白,其自私自利的"满洲占有论",完全是一套歪理邪说和强盗逻辑。

结　语

综上所述,长野朗的"满洲占有论",特点有三:

其一,在政治层面上,当时日本社会的一般性舆论是"割舍满洲以求和平"。他们所要表达的意思是,日本不仅要承认中国的民族主义,而且还要承认中国对东北三省的主权,在确保日本的经济利益不受损失的前提下争取实现和平。但是,长野朗明显地否认中国对东北的主权,与日本帝国主义的侵略扩张体制同流合污,意欲把中国东北变为日本的殖民地。

其二,相对于政治问题,长野朗更重视经济,他最终关心的是经济问题的解决。在他看来,日本人口众多、国土狭窄,日本人必须移民到中国的东北三省才能得以生存繁衍下去。为了日本的所谓"自存"和"生命线",他始终坚持日本在中国的权利,竭力维护日本的在华经济利益。他希望以东北三省的人力和物力,为日本的国家利益服务。

其三,长野朗对中国有浓厚的兴趣,但他对汉民族人民抱有偏见。他的"中日两国共存设想"也是偏袒日本的,具有很明显的欺骗性。他不断深入思考东北问题,但他面向中国为日本伸张国权,其思想中蕴涵着炽烈的霸道意识。对于日本来说,他是个爱国主义者,而对于中国来说,他却是个侵略扩张主义者,是个偏激狭隘的爱国者的典型历史人物。

参考文献

[1][日]长野朗遗著:《自治论》(年谱),自治论刊行会发行、日土人村建设研究院,1979年。

[2]刘家鑫:《关于长野朗的中国观》,日本新潟史学会:《新潟史学》(第43号),1999年。

[3][日]古屋哲夫:《日中战争》,岩波书店,1985年,第52页。

[4][日]增田弘:《石桥湛山的满洲事变批判论》,琉球大学:《琉大法学》(第32卷),1984年。

[5][日]田中浩:《长谷川如是闲的中国认识:从辛亥革命到满洲事变》,中央大学:《经济学论纂》(第34卷,第5、6合并号),1994年。

[6]刘家鑫:《后藤朝太郎的日中关系论:从日本出兵山东到七七事变》,日本新潟大学研究生院现代社会文化研究系:《现代社会文化研究》(第11号),1998年。

[7][8][日]长野朗:《满洲问题的真相》,中国问题研究所,1928年,第81页。

[9][10][日]长野朗:《在满洲大地上展开的民族战》,中国问题研究所,1931年,第1、3页。

[11][12][日]长野朗:《日本国民的生存与满洲》,中国问题研究所,1931年,第1、13页。

[13][日]小学馆编:《古事记》《日本书纪》《出云风土记》,小学馆,1994年4月20日—1997年10月20日出版发行。

[14][日]门胁祯二:《出云的古代史》(NHK系列图书、第268集),日本广播出版协会,1978年,第37页。

［15］［日］长野朗:《抗日支那的研究》,坂上书院,1937年,第170页。

附记:本章由刘家鑫、霍虹撰写。原文刊登于《长春师范学院学报》(2007年5月20日,第三期,总第108期)。略有改动。

关于抗日战争时期的中国通长野朗

本篇提要：抗日战争时期，尤其是太平洋战争爆发后，日本的中国通长野朗经常以私人身份参与社会活动，广泛收集各种信息，频繁拜访政界周边的要人，汇报情况献计献策。长野朗的活动，主要有三个内容。一是向日本政府呼吁调整对华政策，二是希望政府解决农民贫困问题，三是密切关注政界和军队的动向。长野朗的目的并非单纯地为了实现和平，而是出于日本国家前途和利益的考虑。日本战败前夕，他的头脑十分冷静，不盲目追逐社会潮流，坦率承认日本必败的客观现实，这种精神还是值得肯定的。

关键词：抗日战争；中国通；长野朗；真崎甚三郎；近卫文麿

一 问题提起

有关日本人中国通长野朗的个人经历情况，已在前面的章节中有所叙述，此外不再赘言。详情还可以参阅其最后的著作《自治论》[1]一书。

长野朗在其回忆录《我的昭和史》①中，多次提到了抗日战争时期的日本著名右翼政治家近卫文麿②、日本皇族高松宫宣仁③亲王等人。尤其是，他还披露了与日本预备役陆军大将真崎甚三郎④过从甚密的事实。近卫文麿写有《最后的御前会议：近卫文麿公手记》[2]一文，高松宫宣仁留有《高松宫日记》[3]，真崎甚三郎则留有《真崎甚三郎日记》(以下简称《真崎日记》)[4]。而长野朗的名字,频繁地出现在该《真崎日记》里面。

长野朗和真崎甚三郎的关系,可以追溯到其就学于陆军士官学校的年代。军校时代,长野朗是学生,真崎为军事教官。长野朗写有书稿《我的昭和史》,在该书稿的第4卷中,他曾提到:"我在当军人的时候,就已经对真崎大将有所了解。而后来,是从七七事变爆发的那段时期开始,才正式在一起很好地交流。"在战后整理的一些传记中,有《昭和史的证言:真崎甚三郎其人与思想》[5]这本书,长野朗为其作了《序言》。这本书,主要以真崎被罢免教育总监到二·二六事件⑤前后为中心,强调以东条英机为首的"统制派"才是挑起太平洋战争的罪魁祸首,而真崎等"皇道派"人物不过是权力斗争的牺牲品[6]。真崎甚三郎是长野朗崇拜的偶像,长野朗为该传记作序,从头至尾,字里行间,声称不平不公,试图为其鸣冤叫屈。然而,本研究的主要任务,是全面考察一下抗日战争期间长野朗的言行和思想。有关真崎甚三郎其人及思想,不是本项研究的主要目的,仅仅是在有必要时稍加涉及而已。

通过《真崎日记》可以看出,在太平洋战争爆发后、一直到日本战败投降这一段时期内,长野朗曾和当时日本的上层人物及政权周围的人物有过多次接触,并且针对日本的内政外交问题,向他们提出过许多建议和政策方案。他为日本挑起的对外侵略战争的前途、国内农民的困苦生活以及国体(天皇制)的维持而深感忧虑。笔者根据《真崎日记》和《高松宫日记》等史料,将长野朗的回忆录《我的昭和史》作为旁证资料,着力追踪长野朗的历史行迹,揭开他为日本的前途而东奔西走的事实,详细分析探究其思想实质。

二 历史形迹

《真崎甚三郎日记》(第1~6卷),是从昭和七、八、九年(1932、1933、1934)1月到昭和二十年(1945)12月间断断续续写下的。每卷末尾处设有"主要出场人物"一栏。除第2卷之外,各卷的"主要出场人物"栏里都有长野朗的名字。在第1卷中,对长野朗作了简单的说明:"预备役陆军大尉,自治研究会干事,自治农民协议会干事。"通过《真崎日记》,不仅可以了解长野朗和真崎甚三郎私交密切来往频繁,而且还能窥测到长野朗和更上层的人物,如高松宫宣仁和近卫文麿等重臣的接触。《真崎日记》虽是间接的证明材料,但在某种程度上可以了解到长野朗对国内外形势的看法。

首先,在第3卷里有这样的记录:"昭和十三年(1938)10月24日,长野、三浦10点来访。长野君说,他昨天刚回到东京。他只说看到了战场的实际情况,无任何新的建议。实际调查结果是,即使日本打下广东和民国的其它地方,日本也很难维持统治。另外,上海的贸易越发难做,英国人越来越傲慢。中国在改良游击战法,致力于收揽民心,进行持久战。其它,在上海的日本人之间多有搞赤化性宣传者,有损于军队的威信。再有,军队本身也做了不少让人戳脊梁骨的坏事,总之是万事一团糟。"[7]

这是长野朗在七七事变后,从中国战场考察结束回到东京,向真崎报告实地调查结果的情形。主要讲的是,中国人民决不屈服于日本的残暴统治,他们在顽强地坚持持久战和游击战,中国占领地的统治秩序很难维持下去;由于欧美人的反日情绪和排日活动,日本在华经济利益不断受损;在华日本人当中也有人反对日本帝国主义,多有批判日本对外侵略扩张的言行;还有,日本军队的战争犯罪丑闻。总之,形势是不容乐观的,等等。

在第4卷中,有这么一条记录:"昭和十四年(1939)1月16日,三浦、长野君早晨8点会见首相,汇报中国北方的情况。并且,也来将此情况向我作了汇报。"[8] 1939年1月份时的日本首相是平沼麒一郎[9]。三浦,即三浦义一,曾任日本右翼团体"国策社"的社长,他同时也在"大亚义盟商谈所"工作。可以看出,这是长野朗与一位朋友,共同向首相平沼麒一郎汇报中国战场实际情况的情形。

同年的日记中,还有着这样的记录:"4月19日,长野11点来访,带来一本支那人写的评论日本战略的书。许多观点很恰当。该君也对现行内阁表示不满，并提供了一些特殊情况，比如，回国士兵都只是默默地干活、不开口说话。这倒让我吃了一惊。我委托他再详细调查一下。"[10]这一段说的是，长野朗把中国研究人员写的有关日本战略方面的书籍（或论文）拿给真崎看，真崎对此也深有同感。长野朗不满于平沼内阁的无能，并谈到"凯旋归来"的士兵们都对战争与政治闭口不言，他们失去了往日的精神，只是在工作中打发时光。

这之后，又有着如下的记录：政界形势风云突变，正在前线作战的104师团官兵，自动放下武器退出战场，因而剖腹自杀，或者受到军事法庭的审判。正所谓士气涣散，意志消沉。而与此相反，直到昭和十四年（1939）的下半年还处于犹豫不定之中的中国民众，从今年开始已经完全倒向中国一方[11]。另外，昭和十五年（1940）年初，长野朗拜访真崎，汇报了日本全国农民的思想意识超乎预料地恶化的情况。他强调说，如这种情况一直持续下去的话，那么，首先会从东北地区发生动乱；出现粮食短缺现象的主要原因，是战时政策所导致的[12]。在长野朗汇报的内容中，包含着日本国民对战争的厌恶之情。

同样的记载，也出现在《真崎日记》的第5卷当中。比如，在太平洋战争即将爆发的昭和十六年（1941）11月9日的日记中，真崎这样写道："长野11点来访。他听说在5日的御前会议上决定向南方用兵。内阁成员当中有人以为不可，传说会发生政变，警视厅内部也有人闹事。我不大相信。长野又说，现内阁方面声称他们有责任避免战争扩大化，但国民认定他们还会发动战争的。这两头相互矛盾，所以才有要发生政变之说。在重臣会议上，宇垣，东条分为两派，各有四五名支持者在那里争论不休。另外，上海方面也出了不少事。在重庆政权的策划下，法币暴跌，给南京政府以重大打击。不仅如此，还有清乡工作的失败（支那军队的掠夺扰民），南京政府的内讧（汪夫人的原因）等。上海的资本家们纷纷逃走，只有生活困难户留下。今后的治安秩序，会更加难以维持。"[13]

昭和十六年（1941）11月9日的时候，执政的是东条英机内阁[14]。以东条英机为首的强硬派为了解决战争的困境,在御前会议上坚决主战,强行决定了偷袭美国珍珠港、进攻东南亚各国的"南进"政策。但是,内阁成员中宇垣一成等人提出不同意见,希望维持目前的局面[15]。东条内阁表面上对外声称要避免和英美开战,而实际上却在暗地里积极备战。老百姓们隐隐约约地感到,不久将会爆发一场新的战争。长野朗汇报的内容,反映出民众的疑问和不安的心情。他认为目前的形势很糟糕,中国占领地的情况无论是经济还是政治,都不会变得像日本所预想的那样好,而是会陷入越来越难以控制的境地。

再有,在这本日记的第6卷(昭和十八年,即1943年)中,还留有这样的记载:"8月3日,长野8点来访。带来了他起草的支那对策。另外,说是日召等人聚集在福冈的吉田茂那里,隐田之神正秘密地接近平沼。都是一些居心叵测之人。"[16]这意思是说,1943年8月初,长野朗把自己起草的"对华政策案"带给真崎看,并把他所侦察到的政界周边的动向告知真崎。日召,即井上日召。日本民间法西斯分子,右翼恐怖组织"血盟团"的首领。吉田茂,战后任日本首相。隐田之神,当为某人的绰号,具体指何人,暂时不明。平沼,即前首相平沼麒一郎。真崎以为,这些人都野心勃勃蠢蠢欲动。他对这些人等,即蔑视又警惕。

另外,在同年8月24日的日记中,还有这样的记录:"长野8点来访。他说,前几天曾拜访过近卫公,就内外情势,尤其是支那问题作了说明。公也对战局很悲观,说是德国不久也会倒台,30日的重臣会议与以往的情形不大一样。"[17]这句话的内容是说,长野朗参见了前总理近卫文麿,谈论了国内和国际的形势。近卫文麿也深知意大利法西斯覆没后,德国法西斯也会很快走向灭亡,他对中国问题和整个战局持悲观态度。他感觉到,日本政界已经着了慌,就连7月末天皇召开的重臣会议的气氛都不对劲了。

根据《最后的御前会议:近卫文麿公手记》可以看出,近卫文麿对战争的前途很不乐观,他已经预见到日本终将会失败,希望早日结束这场战争。在此,应该回顾一下历史的过程。当初在1941年10月中旬时,近卫文麿等人在能否避免发动"大东亚战争"、跟中国讲和、与美国谈判等问题上，与时任陆军大臣的东条英机意见相左，导致第三次近卫内阁总辞职。《真崎日记》和《我的昭和史》的记载，也都印证了这个事实。

在该日记的第6卷里，还记载着如下的内容："昭和十八年（1943）9月29日，长野9点来访。说是巡视了九州地区。他说东京9月25日大米储蓄已空，普通老百姓多已自暴自弃。在久留米地区的青壮年干部会议，竟有三分之一强的人缺席，勉强出席的人也不发言。支那方面，美国将设备运抵西北部地区的机场，还往甘肃的油田投入机械设备，建设炼油厂。同君还说，他要拜见高松宫殿下，将各种情况向殿下报告。"[18]

这是1943年9月份时，长野朗奔走于国事的情况。长野朗巡视了日本全国各地，他如实地向真崎汇报说，东京粮食严重短缺，业已告罄；日本的民众，对战争的前途已经失去了信心；中国得到同盟国的援助，陆续建设军事工业设施，开发抗战资源。他认为这些对日本非常不利。他想把自己收集到的国内外的重要信息，直接汇报给高松宫宣仁。

在该日记的第6卷里，还有这样的信息："昭和十九年（1944）2月23日，长野9点来访，说是在河原田的建议下，前天到汤河原拜访了近卫公。公在长野开口之前，就说在总长更迭问题上，海军内部产生动摇。内阁也有可能因此而倒台。长野努力说明陆海军的步调不一致问题，以及农民的情况。同君还说，舰队已经进入了横须贺军港。"[19]

长野朗是通过朋友河原田稼吉的介绍见到的近卫文麿，并向近卫文麿提供了一些政策的草案。近卫文麿判断说，总参谋长的更迭使海军内部产生了矛盾，也会使内阁倒台的。似乎长野朗在积极地说服近卫文麿，劝他在国难当头应该有所作为。但近卫文麿又露出难色，他认为陆军非常地专横跋扈，以自己在野的身份，要想改变时局还为时尚早[20]。长野朗顺便向近卫文麿力陈了陆海军之间的矛盾和农民的贫困现状。

在那之后，直到战争结束，长野朗还多次晋见过高松宫宣仁，他把国内形势和中国、苏联等国的情况和盘托出。他还去轻井泽⑥多次造访近卫文麿，就如何处理中国问题提出了自己的方案[21]。战争结束后，长野朗仍然坚持把农民的实际情况向上层反映。比如，茨城县地区国民埋怨天皇，嘲笑现政权的内阁成员构成不妥当，等等。可以看出，他不仅十分关心农村的情况，还为了维持日本国体的问题而焦虑不安。[22]

在长野朗的回忆录《我的昭和史》第4卷中，有着如下的记载。"（前略）真崎先生很赞成我的对华政策方案和给高松官所献的策略方案，并劝我为将来计，应该把情况记录下来。而我生性懒惰，什么也没有记载下来，现在想起来觉得很可惜"。长野朗的话基本属实，因为其说法基本上能够从《真崎日记》的记载中得到了验证。

长野朗在其回忆录的第4卷里，还作了这样的解释："日中事变后，昭和十三年的正月，我通过友人河原田稼吉先生转达了我提出的日本应'立即从中国大陆无条件撤兵的意见'，但没有起到任何作用，这是让我心里很别扭的一件事。（河原田稼吉与近卫公关系很好，他在战争时期担任内府、文部大臣。河原田稼吉的父亲是近卫家的老管家。人们都把他称为近卫公的义兄）"。长野朗所说的、七七事变后1938年的正月提出的，"立即从中国大陆无条件撤兵的意见"这一说法是否属实，目前找不到其他的旁证资料，暂时还无法确认。但他是通过一位叫做河原田稼吉的朋友认识近卫文麿的，而且，在那之后，还经常去拜见近卫文麿。这一情况，可以在《真崎日记》等资料中得到证实。

仅据该回忆录的第五卷的记载，战争结束前后，长野朗晋见高松宫宣仁的次数多达"7次"。实际见面的次数，目前还确认不了。但见过几面这一事实，可以从《高松宫日记》中大致能够得到证实[23]。在《高松宫日记》的第7卷，昭和十九年（1944）的《三月份活动安排》中，有"31日，星期五，长野朗氏，1900"的记载。也就是说，3月31日那天傍晚的7时许，高松宫宣仁有接见长野朗的计划。而且，在同页的"脚注3"上，关于长野朗这个人物有这样的注解："退役大尉（陆军士官学校第21期毕业生），农本主义者，兴亚院非正式职员。"另外，在3月31日的来访人员名单中，长野朗的名字又出现了一次。这一记载说明，两人会面之事，是确凿无疑的。

长野朗在回忆录中所记载的、他多次分别拜见真崎甚三郎、近卫文麿、高松宫宣仁等人的事情是真实可靠的。在《真崎甚三郎日记》里，有关长野朗为国事而奔走忙碌的情况记载的不少，但有关其思想方面的内容，却记录得很简单。同样，在《高松宫日记》里，有关长野朗提供的政策草案的具体内容，也没有任何记载。总的看来，无论是《真崎甚三郎日记》还是《高松宫日记》，都是战争时期言论管制之下的产物。不难想像，为了防止万一，不让当权者抓住任何把柄，下台的著名政治家、没有实权的皇族成员、失意的预备役大将，也必须要有意识地避免具体记录来访者的真实思想情况。

三　思想实质

长野朗的名字在《真崎甚三郎日记》的第4、5、6卷中频频出现。时间是从昭和十四年（1939）1月到昭和二十年（1945）12月之间。在这一时期，长野朗主要注重以下三个方面的问题。第一是中日关系问题，他非常忧虑陷入泥潭的中国战局，积极呼吁尽快调整对华政策。第二是日本国内社会的状况，他反复强调农村问题，希望政府拿出新的办法来，逐步解决粮食不足的问题，消除农民的贫困。第三是政界和陆海军的问题，他密切注视着水面下的政界和军队的动向。长野朗把尽可能得到的信息和实地考察的结果，汇报给真崎甚三郎、近卫文麿乃至高松宫宣仁，想让他们设法促使当局进行改正和调整。

长野朗非常崇拜真崎，也十分偏袒"皇道派"。基于这种心理意识，他一向认为，真崎甚三郎所率领的皇道派下台后，以东条英机为首的统制派大搞军事独裁统治，给日本带来了无法挽回的损失和恶劣的后果。该《真崎日记》，并没有明确地标示出长野朗站在反战派一边。而且,长野朗是怎样分析国内外的信息,如何看待实地考察结果,他提供的政策方案的具体内容又是什么,日记中均未涉及太多。迄今为止,除了长野朗的回忆录《我的昭和史》以外,还没有发现战争时期的其他证明资料。因此,长野朗究竟是否属于和平派,是否明确地反对日本发动的侵华战争和太平洋战争,目前还很难肯定。

但通过《真崎甚三郎日记》这部史料,至少可以断定,在这一时期,长野朗作为一名在野的忧国忧民之士,对战争的前途、农民的困苦以及国体的维持深感忧虑,他怀着不安和焦虑的心情为国事而东奔西走,倾注了自己的全部精力。长野朗没有编造谎言,也没有用虚假的信息和结果欺上瞒下。中国方面坚持持久战和游击战的实际情况,日军士兵的厌战情绪,农民的贫困生活状况,政界与军界的不稳定因素等等,他毫无保留地把所有的真实情况,都反映给了政权周边的国家重臣和有名望的人士。

抗日战争时期的中国通长野朗,虽然与军部势力之间保持了相当的距离,却经常和政权周边的人物频繁接触,也拜见过比较温和的当局者。他采取了"进言"的形式,试图影响那些重臣和关键人物。长野朗主观上为日本的前途着想,期盼战争早日结束。与其说他是为了和平事业而工作的,倒不如说他是在为日本的国家利益而不遗余力。他的思想性格具有较强的国权主义特色,但这种国权主义是保守型的,它与精神上极右的侵略扩张主义有着很大的区别。他具有客观分析形势的能力,能够冷静地考虑战争的前途,坦率地承认日本必败的现实。他在努力克服愚昧,不盲目追随潮流,并提出自己独特的观点。

遗憾的是,战败前的日本政界信息闭塞,军阀政客们听不进有益的忠言。他们谁都无力让日本摆脱情绪性精神主义的束缚,不能尽快自行选择结束战争。他们昏庸腐朽头脑发热,认识不清日本所走的道路,最终会导致彻底的惨败。长野朗作为一介在野知识分子,其能量是极其有限的。很难说他的努力真的起到了决定性的作用。不光是长野朗,在当时为了国家前途而献计献策的人不在少数，他们都希望找到一条让日本走向光明的道路。像长野朗这样的人们，或许对战争末期日本天皇颁布投降诏书起到了一定的推动作用吧。

注　释

①长野朗的回忆录《我的昭和史》，未见正式出版，其子长野莱策兄弟将其手稿制成打印稿。这本回忆录《我的昭和史》是战后的作品，作为旁证资料仍然具有一定的参考价值，可以适当使用。该回忆录在其完成日期、章节划分及其原始材料的可靠性等方面，亟待重新确认和证实。因此，本研究的原则是，不把它单独地作为直接的证明资料来使用，它与《真崎甚三郎日记》两相吻合，彼此又能相互证明的内容，方才使用。

②近卫文麿（1891—1945）：日本政治家。生于东京，京都大学毕业。公爵近卫笃麿的长子，世袭公爵位。昭和十二年（1937）后三次组阁。全面发动侵华战争，太平洋战争时，从政界第一线退出。日本战败后，被指控为战犯，畏罪自杀。生前写有《最后的御前会议》等。

③高松宫宣仁（生卒年不详）：高松宫，日本皇族之一，始于后阳成天皇的皇子好仁亲王，后曾中断。至大正天皇时期又复兴，其第三皇子宣仁亲王获此封号。宣仁，为昭和天皇的三弟，著有《高松宫日记》等。

④真崎甚三郎（1875—1956）：日本陆军大将，生于佐贺县。出任教育总监期间，因被视为皇道派首领而免职，此事成为相泽事件、二·二六事件的起因之一。后来，二·二六事件被日本当局起诉，但其被判无罪。受该事件影响，其被转为预备役大将，至日本战败投降为止，一直未被重新启用。著有《真崎甚三郎日记》等。

⑤二·二六事件：1936年2月26日，皇道派法西斯青年军官20余人，率领近卫步兵1400余人，于东京发动武装政变。他们袭击首相府等政府机关和住宅，杀死重臣斋藤实、高桥是清、渡边锭太郎，杀伤铃木贯太郎，占领永田町一带。

后来军部以"肃军"为名,将这次法西斯政变镇压下去。参见吴廷璆主编《日本史》(南开大学出版社,1994年7月,第697—698页)。

⑥轻井泽:日本长野县东部某郡,旧旅馆街,多别墅。西北部有浅间山环绕,为国际性高原避暑胜地。高原型蔬菜栽培的发祥地,现今人口约1万5千左右。

参考文献

[1][日]长野朗遗著:《自治论》(年谱),自治论刊行会发行、日土人村建设研究院,昭和五十四年(1979)12月15日。

[2][日]《最后的御前会议:近卫文麿公手记》,《自由国民》杂志(专刊,第19卷,第2号),时局月报社发行,昭和二十一年(1946)2月15日。

[3][日]细川护贞等编:《高松宫日记》,中央公论社,1997年7月25日。

[4][日]伊藤隆等编:《真崎甚三郎日记》(六卷本),《近代日本史料选书》,山川出版社,1987年1月10日。

[5][日]山口富永著:《昭和史的证言:真崎甚三郎其人与思想》,政界公论社,昭和四十五年(1970)。

[6]山口富永:《昭和史的证言:真崎甚三郎其人与思想》第1卷(解题)。

[7]伊藤隆:《真崎甚三郎日记》第3卷,第416页。

[8]伊藤隆:《真崎甚三郎日记》第4卷,第32页。

[9][日]安田元久:《日本历代表》、《年表要说:日本的历史》(现代教养文库553),社会思想社,昭和四十一年(1966)4月30日,第15页。

[10]伊藤隆:《真崎甚三郎日记》第4卷,第102页。

[11]伊藤隆:《真崎甚三郎日记》第4卷,第121页。

[12]伊藤隆:《真崎甚三郎日记》第4卷,第290页。

[13]伊藤隆:《真崎甚三郎日记》第5卷,第192页。

[14]安田元久:《日本历代表》、《年表要说、日本的历史》,第15页。

[15][日]户川猪佐武:《东条英机与军部独裁:昭和的宰相》第3卷,讲谈社,昭和五十七年(1982)4月25日,第168页。

[16]伊藤隆:《真崎甚三郎日记》第6卷,第49页。

[17]伊藤隆:《真崎甚三郎日记》第6卷,第59页。

[18]伊藤隆:《真崎甚三郎日记》第6卷,第77页。

[19]伊藤隆:《真崎甚三郎日记》第6卷,第147页。

[20]户川猪佐武:《东条英机与军部独裁:昭和的宰相》第3卷,第221页。

[21]伊藤隆:《真崎甚三郎日记》第6卷,第284页。

[22]伊藤隆:《真崎甚三郎日记》第6卷,第453,469页。

[23]细川护贞:《高松宫日记》,第314页。

附记:本章由刘家鑫、黄燕撰写。原文刊登于《长春师范学院学报》(2008年1月20日,第一期,总第113期)。有部分增添和改动。

中国通长野朗的"反对抵制日货论"辨析

本篇提要：抗日战争前与抗战时期，被称为中国通的日本人长野朗写了许多介绍当时的中国、评论中日之间各种问题的论著。在他的对华观中不乏一些良好的思想要素，但也蕴涵了许多不健康的思想意识。譬如，他在中国人民抵制日货的问题上，存在着许多偏见与荒谬之处。长野朗"反对抵制日货论"的主要目的在于，政治上无视中国的主权、默认日本的侵略扩张，经济上竭力维护日本在中国的经济利益，感情上既理解中国又袒护日本，方法上主张以和平的方式来解决问题。

关键词：中国通；长野朗；排日运动；抵制日货；侵略扩张

有关日本人中国通长野朗的个人情况，已在前面的章节中有所简介，本章不再重复。详情可以参阅长野朗最后的著作《自治论》[1]一书。此外，有关长野朗的对华观与其中日关系论问题，笔者已在《关于长野朗的中国观》[2]等文章中作过比较详细的解释。在长野朗诸多荒谬的思想观点中，其"反对抵制日货论"的立场和观点尤为突出。那么，长野朗为什么要提出这一观点呢？他究竟是如何分析抵制日货这一现象的？他又拿出了哪些解决问题的具体方案呢？笔者以长野朗的著作为第一手资料，结合有关的历史事件，深入探讨其"反对抵制日货论"的思想实质。

一　基本认识

20世纪初期,西方国家之间爆发了第一次世界大战,他们专注于欧洲战事,无暇顾及东方形势。日本政府趁此时机,利用袁世凯图谋称帝的欲望,于1915年向中国提出了妄图灭亡中国的二十一条要求。其后,在1919年的巴黎和会上,日本更是无理拒绝了中国政府代表提出的、要求恢复山东主权的提案。面对日本帝国主义的强盗行径,以北京各高校师生为首的中国知识界,自发地举行集会游行,开展抗议活动。示威活动接连不断,如火如荼地发展起来,引发了中国近现代史上著名的五四运动[3]。在知识分子的影响下,中国民众开始觉醒,他们逐步理解和接受了近代国民国家的概念,萌发了国家独立与民族解放的意识。广大人民群众开始起来反对日本的殖民主义政策,在全国范围内掀起了一场轰轰烈烈的抵制日货运动。这场运动一直持续到了抗日战争时期。

中国通长野朗,在第一次世界大战时期,曾经参加过日本军队攻打青岛德军海防要塞的战役,还随日本军队驻守过武汉等地。长野朗在这场中国抵制日货运动中,对中国知识分子和民众表示了一定程度的理解。同时,他又带着对中国排日运动的抵触感,采取了断然反对抵制日货的态度。例如,他在其著作《日中共存之路》[4]中,就曾这样写道:

> 以前的日中贸易,在立足点上曾出现过很多错误。日方的错误在于将贸易业者对华贸易的盈利当做了重点。但实际上,日中贸易应该建立在日中两国共存的理念之下。所谓日中两国共存,并非指日中两国政府的共同利益,而是指日中双方民众的生活保障。而中方的错误则在于排斥日货。贸易应该立足于日中两国民族共存的本义之上,而破坏了这一点,显然是极端错误的。因此,正常的日中贸易,应该建立在两国互通有

无的基础之上……

在这里,长野朗首先批评了日本方面。他认为,日本在对华贸易上目光短浅,见利忘义。他强调指出,对华贸易不仅仅是为了中日两国政府的利益,更重要的是为了中日两国国民的生活。随后,他批评了中国方面的排日运动和抵制日货运动。他认为,中方的做法亵渎了"日中两国民族共存"的本义,破坏了"互通有无"的原则,损害了两国国民的共同利益。对于中国人民的抵制日货运动,长野朗从一开始就明确地站到了反对的立场上。他在《民族与国家》[5]一书中,详细地分析了国际上存在的政治排他的共性和中国抵制日货的特性,并且在这种思想认识的基础上,宣扬其"反对抵制日货论"的观点。

长野朗是这样分析的:在主权、领土及民族感情等问题上发生摩擦时,必然会导致政治排他。政治排他主要有两方面的内容,一是文化排斥,二是人民排斥。而后,随之而来的还有经济排斥。经济排斥的主要表现是,在进口和市场方面排斥外国商品。排斥即是抵制外国货物,停止国际交易活动。而停止国际流通领域里的活动,会对两国民众的生活造成极大的负面影响。而所谓抵制,主要是弱国对强国所采取的行动,其种类繁多,程度上存在诸多差异,影响也不尽相同。长野朗所说的抵制,是指国际上存在的政治及经济排他的共性。

那么,对于中国抵制日货的原因和特性,长野朗又是怎样分析的呢?在《民族与国家》[6]一书中,长野朗做了详细的描述。他写道:中国最初的排外运动,是1905年针对美国而发起的。那个时候,运动的中心是中国的商人团体。在那之后,针对日本的一系列排斥事件,主要是由广东方面的商人团体发起的。然而,自1919年一直持续到1941年的排日运动,最初是以学生为中心,商人几乎是被牵着走的。其主要原因是,在此之前的欧洲大战使中国的思想界发生了变化,知识分子和青年学生首先受到了影响;其次要原因是英美人的排日宣传鼓动,即英美人办的学校指导中国人的学校,英美基督教青年会的干事领导着中国学生会。

长野朗还看到,从1923年和1924年起,苏俄操纵的共青团干部取代了基督教青年会的干事,开始领导学生会和商人团体。起初,主要是从事国货生产和销售的商人积极参与排日运动,大部分商人团体则是被迫展开行动的。随后,全国的商人团体都主动参加到了运动中来。共产党领导反日运动以来,从1925年的五卅运动开始,工会组织就作为排日实行机关登上了历史舞台。而且,运动的规模,也从抵制日货逐步发展成了针对整个外国企业的罢工活动。

此后,国民党开始领导排日运动。国民党党部取代学生会和工会组织掌握了领导权,商人团体变成了实行主体。学生在排日运动中的作用减弱了,工会组织的活动也随着共产党的衰退而转入地下。然而,1927年的日本出兵山东、1931年的九一八事变、1935年的华北五省自治等问题,使学生再次变成了抗日的急先锋。长野朗摸清了中国抗日运动发展变化的脉络,客观地道出了抵制日货运动的历史原委。对于这种状况,他是这样看的:

> 日中事变前的抵制日货运动发展成了全国性的运动,这是近年来中国国家主义运动的结果。列强各国对中国的压迫,促使中国人民产生了国家主义的思想观念。欧洲大战后,民族自决的风潮波及了中国,在这里掀起了一场国家主义运动。国民党的政策也促使这场运动进一步地发展壮大,抗日和国家统一成了中国国民运动的重点。此外,国民党和共产党把排日团体扩展成为全国性组织。在他们的指导下,全国上下趋于团结。而且,交通和通讯的发达,也使全国联络变得方便容易起来。[7]

长野朗认为,中国抵制日货运动背后的主使者,是英美、国民党及共产党等政治势力。而在舞台上亮相的,则是青年学生、商人团体和工人阶级。支撑这样一场抵制日货运动的,是民族自决和国家统一的思想潮流。即抵制日货运动的思想基础,是民族主义和近代国家观念。这些思想意识、政治团体、行动主体,都归结到反日抗日的问题上来,使得抵制日货运动大规模地开展起来。他敏锐地观察到了其前因后果和发展历程。

与长野朗同时代的长谷川如是闲,是当时日本著名的学者和思想家。长谷川经历了明治、大正、昭和三个时代的历史波澜,早就看到了中国民族主义思想的萌芽,察觉出中国知识界和民众的觉醒,认为中国的民族自决和国家独立是大势所趋。他建议日本应该承认中国发展进步的现实,正确对待其社会的根本性变革[8]。可以说,在对待现实中国的问题上,长野朗也达到了与长谷川如是闲相同的思想认识水平。

二 "反对抵制日货论"之理由

长野朗非常关注中国的抵制日货问题,还异常警惕英美两国支持中国的排日运动,更不赞成国民党和共产党参与领导反日运动。长野朗进一步地将日益恶化的中日关系与抵制日货运动联系起来思考,准确地判断出抵制日货运动的本质性变化。例如,中国抵制日货运动的主要原因是什么?单纯的抵制日货运动,又是怎样逐渐演变为长期武装抗日的呢?针对这些问题,长野朗在《再看中国》[9]一书中,做了如下的分析:

> 对于满洲事变(九一八事变)前后的排日运动,我们应该将其完全区别开来分析。最初,排日运动是在发生"辰丸事件"时被掀起来的。在此后的大正四年(1915年),发生"对华二十一条"问题时又再度出现。但都没有酿成什么大的祸事。然而,始自大正八年(1919年)的排日运动,则具有一定程度的思想背景,其性质也应受到重视。也就是说,自大正八年至今,在这场连续十七八年的运动中,始终贯穿着一种方针和策略……

中国从抵制日货到长期抗日,或者说从经济战过渡到武装反抗,使日本的状况变得极为严峻。长野朗认为,在排日的问题上存在着多种复杂的远因和近因,其根源是中日两国民族在比肩发展过程中产生的冲突。对华"二十一条"与五四运动,出兵山东与九一八事变,以及随后发生的"华北五省自治"等一系列事件,都成了抵制日货与武力抵抗的原因。他认为,是东北三省问题激化了中日两国间的对立,中国一定要将日本势力从山东半岛和中国大陆驱逐出去,还有可能会趁势进攻到日本来。另外,长野朗还假借中国人的口吻,故作姿态、危言耸听:"现在中国在武力上不敌日本,而日本在经济上依存于中国。因此,中国首先以抵制日货的手段在经济上打击日本,然后等日本更加衰弱之时,再使用武力攻击日本。"[10]

在七七事变发生之前,长野朗就曾分析说,作为弱者的中国人,是在以抵制日货为武器来对付日本的侵略扩张政策。长野朗在政治上具有很强的认知能力和敏锐的洞察能力,他在《民族与国家》一书中所预言到的灾难性事态,就好像是事先看到了太平洋战争爆发后的现实一样逼真。

如上所述,中国通长野朗具体介绍了中国抵制日货运动的内容、原因和影响,尤其是详细分析了中国抵制日货运动的历史缘由和当前形势。然而,长野朗是以一种乐观和缓的态度来看待这一问题的。他认为:"抵制日货的原因有很多种,其中大部分原因是源自国际关系的不合理,如果国际关系趋于正常,这些原因也就有可能被消除了。但其中也确实存在着并非一朝一夕就能解决的问题。而伴随着人类文化的进步,这些问题也许会被渐渐消除吧。"[11]他在这种分析研究的基础上,做出了以下的论断:

> 对某一国家有厌恶感,即在人类共存的层面上看,认为这一国家的行动是不合理的。在这种情况下,国民会根据个人的意愿,不去购买这一国家的商品。这种行为,处于国家权利的管理范围之外。而且,面临他国的

侵略，本国利用其合法机关，选择抵制他国商品作为最佳的自卫手段，确实也是属于其主权范围之内的事。但是，抵制他国商品是国际共存层面上的一种障碍，应该把它当做战争一样，共同努力消除掉，而不应该用它来代替战争。要想彻底解决这个问题，就要逐渐消除国际上的利己行动，增进国际间的和亲共存。[12]

一国的国民对另一国抱有厌恶感，自主自发地不去购买这一国家的商品，这的确不是国家权力能够干涉的范围。面对敌国的侵略，以抵制敌对方的进口商品为方法进行抵抗自卫，这也不应该受到责难。但是，如同要在世界上消灭战争一样，抵制进口商品的行为也应该被消除，因为不能利用抵制进口商品的行为来代替战争。长野朗认为，要想彻底解决这个问题，国际间平等交易的思想意识，与"和亲共存"的实践活动是非常必要的。他希望中日双方，无论是政府机构还是民间组织，都应该努力维持正常的外交经贸合作关系，以求共存共生。

中国的抵制日货运动，严重地打击了日本的对华贸易，给日本的经济发展带来了极大的负面影响。长野朗极其重视日本的国家权益，他毫不犹豫地站在了"反对抵制日货论"的立场上。但另一方面，他对中国抵制日货的具体情况，也表示了一定程度的理解，显示出了一种超然的乐观主义的态度。他呼吁消除国际间的紧张关系，防止中日间发生战争，倡导国际共存、人类各民族间的文化交流和经济方面的互通有无。长野朗冷静地面对现实，提出了解决抵制日货问题的根本理念。

但是，长野朗的分析和提议具有两面性。在几个关键的部分，他或是岔开了话题，或是敷衍塞责。比如，关于抵制日货运动的责任问题，长野朗认为还是应该由中国来负。他觉得政治问题并非那么重要，最要紧的还是要维持现状，解决好抵制日货的问题。但他从根本上就搞错了，因为只有日本停止了侵略中国的行动,才能彻底解决中国抵制日货的问题。在中日两国间的诸多悬而未决的问题上,他往往提出有利于日本的解决方案,这也是他一贯的手法。总而言之,中国通长野朗从心里反对中国的抵制日货运动。

结　语

综上所述,中国通长野朗"反对抵制日货论"的特点有四:

其一,在政治层面上,长野朗很清楚,是日本帝国主义势力在中国的侵略扩张行径,引发了中国人民的抵制日货运动。他对事实的介绍分析是比较客观的,但他对责任主体的追究却不彻底,尤其是在国家主权的问题上表现得模棱两可。

其二,相对于政治问题,长野朗更为关心的是经济问题。他认为,英美人参与中日间的事务,国民党或共产党领导抵制日货运动,这些都不利于日本的生存与发展。为了日本的所谓"自存"和"生命线",他竭力维护日本在中国的经济地位和经济利益。他希望中国的市场体系在日本的驱使下进行运转,并为日本的国家利益而服务。

其三,长野朗对华态度具有两面性。对于中国抵制日货问题,他一面表示理解,另一面又采取了坚决反对的态度。他批评日本时轻描淡写,袒护日本显而易见。他指责中国时非常刻薄,甚至把中国维护自己正当权益的行动,说成是狭隘的心理表现。

其四,是解决问题的方法论。至于如何解决抵制日货问题,长野朗的提案还是比较谨慎的。他反对使用武力,主张采取妥协、合作、共存等和平的方式。作为一个知识分子,他没有丧失最起码的理智、良知和道德的底线。这一点还是应该肯定的。

参考文献

[1][日]长野朗遗著:《自治论》(年谱),自治论刊行会发行、日土人村建设研究院,1979年。

[2]刘家鑫:《关于长野朗的中国观》,日本新潟史学会:《新潟史学》(第43号),1999年。

[3]李新、李宗一主编:《中华民国史》(第二编、北洋政府统治时期、第二卷、1916—1920、巴黎和会与山东问题),中华书局,1987年,第385页。

[4][日]长野朗:《日中共存之路》,坂上书院,1937年,第202页。

[5][6][7][11][12]长野朗:《民族与国家》,坂上书院,1941年,第184、187、186、196、214页。

[8][日]田中浩:《长谷川如是闲的中国认识:从辛亥革命到满洲事变》,中央大学:《经济学论纂》(第34卷,第5、6合并号),1994年。

[9][10][日]长野朗:《再看中国》,大都书房,1937年,第369、370页。

附记:本章由刘家鑫、白兵撰写。原文刊登于《通化师范学院学报》(2008年1月,第1期,总第154期)。略有改动。

中国通长野朗的"中日合作联盟论"辨析

本篇提要：抗日战争前与抗战时期,被称为中国通的日本人长野朗写了许多介绍当时的中国、评论中日之间各种问题的论著。在他的对华观中不乏一些良好的思想要素,但也蕴涵了许多不健康的思想意识。譬如,他在中日合作与联盟的问题上,存在着不少的偏见与荒谬之处。长野朗"中日合作联盟论"的主要目的在于,政治上为日本占领中国制造理论依据,经济上替日本筹划掠夺中国的自然资源;他的"中日合作联盟设想"狭隘霸道,充满着侵略扩张主义的思想意识。

关键词：中国通;长野朗;"中日合作联盟论";抗日运动;侵略扩张

有关日本的中国通长野朗的情况简介,已在前面提到,本章不必重复。详情可以参阅其最后的著作《自治论》[1]一书。此外,有关长野朗的对华观与其中日关系论问题,笔者也已在《关于长野朗的中国观》[2]等文章中作过比较详细的解释。对于日本侵略中国的行径,长野朗表现出了非常矛盾的心态,对交战状态下的中日两国前途,他感到十分忧虑。他希望中日两国尽快结束战争状态,建立良好的全面合作伙伴关系,他提出了"中日合作联盟论"的观点。那么,长野朗"中日合作联盟论"的具体内容是什么?他究竟为什么要宣扬这一观点呢？笔者以长野朗的著作为第一手资料，结合有关的历史事件，深入探讨其思想实质。

一 基本认识

自20世纪初开始，在全世界范围内，民族主义成为时代的潮流，弱小国家人民的民族解放与独立自主要求登上了历史舞台。但是，日本帝国主义仍然信奉弱肉强食的所谓"生存竞争原理"，顽固地坚持前近代式的陈腐观念，肆无忌惮地走上了侵略中国和亚洲各国的帝国主义道路。譬如，1931年日本蓄意挑起九一八事变，占领了中国的东北三省。六年之后，又发动七七事变和八一三事变，将战火烧遍了大半个中国。日本借口从亚洲赶走西方列强，口头上标榜中日合作，鼓吹建立"大东亚共荣圈"，其真实目的却是要独占中国、称霸亚洲。那么，中国通长野朗又是如何看待这个问题的呢？

根据长野朗的著作《观察新中国》[3]的记载，1938年二三月份，长野朗到中国的华北地区和中东部地区进行了实地考察调研。他看到，中国处处是战场，好端端的城市和乡村化为一片焦土，战争难民生活悲惨，平民百姓哀鸿遍野。他感到悲伤，也很苦恼。他有些怀疑日本的对华方针是否妥当，忧虑日本的发展方向和中日战争的前途。

长野朗觉得，中国已经进入了抗日战争的关键时刻，就连三四岁的幼儿都对日本抱有强烈的反感。面对中国人民如此根深蒂固的反日情绪，日本应该怎么办呢？很显然，光靠口头上的亲善和一点点恩惠是不够的。长野朗提出了一个深刻的问题，即日本必须要仔细探讨一下"事变的根本"问题，并且应该认真思考，总结经验，吸取教训。他于1938年10月在上海做短期逗留，将其所见所闻写进了他的《上海八日记》[4]中。他写道：

日本攻占的地域非常广阔，但坦率地说，这些地区还未着手进行战后重建工作。可以想象得到,掌控如此广袤的地域是非常困难的。其难点似乎比比皆是,需要付出巨大的努力才行。然而,日本政府在此之前就应该下定好了决心。置身当地仔细观察,我的这种感觉就更加强烈了。

在这几部论著里,长野朗袒露了其怀疑和忧虑的心情,他希望日本政府"下定好了决心"以后再行事端。那么,我们不禁要问,日本需要决断什么呢?事实上,这一时期的日本当局(近卫文麿内阁),是被一群头脑简单的陆海军军人所控制,仓促间发动了侵华战争,而胸中并没有成熟的计划和明确的目标。长野朗对中国的抗日情况作了客观的分析,他非常忧虑中日两国的前途,开始思考中日间如何妥协和收拾战争残局。他希望尽快地打破武力至上的思维方式,想从困顿的现状中找出解决中日战争的方案来。

长野朗在其著作《中国未来记》[5]一书中,对中国的抗日状况做了如下的分类。他认为,第一类是青年学生,他们在感情上觉得,即便是中国与日本同归于尽也不足惜,比起屈服日本来,倒不如干脆成为英国或苏联的附属国。在这种思想意识的驱使下,他们毫不惧怕将来中国和整个东亚地区会变成什么样。第二类是亲苏派(共产党系)和亲英美派的大联合,由蒋介石总负责,配合苏联和英美的行动,成立了抗日统一战线。第三类是中日合作论者,他们感到中日两国必须携手合作,但面对日本的进攻,却又采取顽强抵抗的态度。中日合作论者分析说,假如日本承认中国的国格和独立国地位的话,停战讲和也未尝不可。

长野朗熟知中国的抗日状况,更了解中国人民的抗日情绪,但他衷心希望中日两国人民感情融和,不要结下仇恨。例如,他在《日中共存之路》[6]一书中,这样讲道:

> 世界的历史和地理,是无论什么样的力量都无法加以改变的。历史

上日本与中国的关系不能改变,日本和中国是邻邦这一事实也不能改变。有着悠久历史渊源的日中两国,虽然不时地会出现争端,但还是应该保持友好亲善关系。倘若日中两国像德法两国那样,成为永久结怨的国家,那么对日中两国来说都是非常悲哀的。邻邦的关系非常紧密,就像兄弟间容易起争执一样,时而发生争端也是在所难免的,但是争执过后就应该冰释前嫌,不能使之成为宿怨……

如此说来,这可真是一番至理名言般的大道理。除此之外,长野朗还举了几个有真凭实据的例子,来说明中日两国的关系。他说,纵观历史,日本与中国之间也发生过数次战争。比如日本于大化改新①时代,曾试图占领朝鲜半岛,与唐朝的援军在白村江进行海战②,但战后不久就修复了外交关系。蒙古人建立的元朝,遣兵十万攻打日本③,在博多海面上战船沉没,日本也因此损失惨重,两国从此结下仇恨。丰臣秀吉入侵朝鲜④时,日本与明朝军队在朝鲜激战,但丰臣秀吉死后,仇恨也就随之消逝了。在近代历史上,日清战争(中日甲午战争)时,双方也曾激烈交战。然而,后来两国国民并未结下很深的仇恨,两国的关系也很快就得到了恢复。长野朗认为,中日两国间一时的争斗并不算什么,但两国必须避免结下宿怨。那么,为什么中日之间要避免结怨呢?长野朗作了以下的解释:

> 要想保证东亚的安全,就要依靠日中两国的力量。日中两国正如汽车的两轮、飞鸟的双翼,缺一不可。但日中两国并不懂得这样的道理,都自以为仅靠本国就能保证东亚的安定。中国变得强大,对日本有好处,这是值得高兴的;而日本变得强大,则会使中国更加安全。日中两国只有共同谋求正常发展,才能给东亚带来安全和幸福。如果两国中的某一方意图削弱对方的话,那么,不久也会使本国走向灭亡。假如中国灭亡,日本

不能存立；日本灭亡,中国也会随之灭亡。这是有识之士们再明白不过的道理了。[7]

历史的事实,也许如其所言。在这里,长野朗强调了中日两国利害关系的重要性。他认为,中日两国是"同生共死"和"唇齿相依"的关系,必须要以"同伴意识"和"同体同心"的关系团结起来。与长野朗同时代的另一位中国通后藤朝太郎也持有这样的观点,他们两人的想法非常相似[8],让后来人读者大有"英雄所见略同"之感。长野朗的想法是,中日两国"和亲"要从中日两国国民的"感情融和"开始。要达到"感情融和",就必须要消除妨碍它的因素。不能否认,长野朗有替日本帝国主义侵略中国进行辩护的嫌疑。但他从内心里祈求"日中不要结下积怨",这也是个无可置疑的事实。

二 "中日合作联盟论"的实质

长野朗客观地分析了中国的抗日状况和中国人的国民性格,从主观上希望中日两国不要结下宿怨。为了解决中日间的悬案、尽早结束眼前的战争,他不断地思索着一个问题。这就是他的"和亲共存"和"日中合作"的观点。这一观点,是他在探讨东北三省问题时萌生的,它的思想基础源于其中日共存理论。例如,长野朗曾在《中国三十年》的《民族之战》[9]一节中,就这一问题作过这样明确的阐述：

汉人的大发展波及了满洲,与日本民族的大陆发展相碰撞。在这里,东亚的两大民族开始直接对立,两国间发生了日清战争(中日甲午战争)、满洲事变(九一八事变)和日中事变(七七事变)。因此,日中事变的解决,倘若没有触及到民族发展的根本性问题,那就不能奢望东亚的真正和平。日中两大民族必须共存,而且双方都要承认对方的独立和人格。中国也应该改变一下以往利己的民族侵略态度,在和亲共存的原则之下,与日本进行真诚的合作。

长野朗认为,中日两国间矛盾冲突的根源是东北三省问题,两大民族的争斗也是从这里开始的。中日两国,一方想要谋求发展和扩张,另一方要防止被侵害,因而发生了两大民族的战争。长野朗责备中国的"不当行为",将中国人民移居东北看成是"民族侵略"。他还把日本占领中国东北三省说成是合理合法,掩盖日本帝国主义侵略扩张的事实,竭力维护日本的经济利益。长野朗痛感到中日两国必须"共存共荣",他多次强调了日本与中国结合的必要性。但是,他所提倡的"和亲共存",很明显的是维持所谓的"和平现状",是与伪满洲国或汪精卫傀儡政权之间的"友好亲善",而他所鼓吹的"日中合作",则可理解为"以日本为霸主的中日政治、军事和经济联盟集团",亦即不平等的全面战略合作伙伴关系。

在此基础上,长野朗进一步延伸了其和亲共存和中日合作的观点,并将它纳入了日本当局的"大东亚共荣圈论"的范畴。例如,他在《国际上的原则》[10]一节中指出:"泛亚细亚运动以日本和中国为主体,两国间也有种种不同的意见。日中关系的恶化,最终导致了七七事变的发生。"但是,长野朗又自以为是地吹嘘说,中国建立起了新的"国民政府",在其逐步健全完善的同时,中日关系会有所改善,这些都会有助于确立起"大东亚共荣圈"。这种说法,暴露出他认同日本帝国主义搞侵略扩张的思想意识。

七七事变使中国的抗日运动更加高涨,但事变结束后,所谓的"和平运动"也开始了。长野朗认为,中国和日本绝不是相互冲突的,而应该是共存的。他热切盼望日本出现伟大的政治家制定贤明的政策,在中国掀起第三次革命,建立起新的政府(指汪伪傀儡政权),这样就能够实现中日合作。要想达成中日合作共存的目标,第一、有必要进一步充实完善伪满洲国,第二、高度重视中日两国人民之间的感情融和,第三、在政治结合的基础上,经济上的合作也成为可能,连军事方面的共同行动也可提上日程。长野朗描绘了一幅理想的和平蓝图,他认为只要中日合作联盟,就能再次迎来亚洲的和平。[11]

长野朗始终强调日本向海外发展的必然性、必要性和正当性。他认为,日本在对外侵略扩张的过程中,遭遇到了汉民族的抗日运动,而日本民族的海外发展,与汉民族近代国家意识的冲突又是不可避免的。那么,怎样才能克服中日之间的诸多困难呢?长野朗在思想认识上,经历了对中日两国前途的忧虑,对中国人的国民性格的质疑。他经过认真研究深思熟虑,最终提出了一个解决方案。他认定,中日两国要想永远"和亲共存",就必须要结合为一体,搞成"中日合作联盟"。

然而,以日本帝国主义为主体的"中日合作联盟"到底是个什么货色呢?关于其实质内容,我们通过长野朗设想的"日中在共同国防中的责任分担",就可以轻易地看出长野朗的葫芦里边到底卖的是什么药了。例如,他写道:"现在的战争是科学战,而科学战就需要技术与原材料。日本的技术发达,可以将其提供给中国;而中国将原材料,像铁、锡、锑、铅、铜、锰、钨等提供给日本。"[12]为了充实军备,让日本与中国分别负责技术与资源。

我们不要忘记,长野朗说这种话的时候,正值日本军队侵占着中国的半壁河山,中国大地上到处燃烧着战火,弥漫着硝烟。在这种状况下,何谈什么中日合作与联盟!实际上,他是要求中国听命于日本的统治,任凭日本掠夺中国的自然资源,牢固地控制住中国的经济与市场。这就是中国通长野朗"中日合作联盟论"的真实内容。

结 语

综上所述,长野朗的"中日合作联盟论"特点有三:

其一是出于政治上的考虑。长野朗认为中国应该接受日本的建议,与日本搞合作联盟。但长野朗明显地无视了中国的主权和中国人民的感情,他与日本帝国主义的侵略扩张行径同流合污,默认日本把中国变为日本的附属国、殖民地。

其二是带有强烈的经济目的。长野朗为了日本的所谓"自存"和"生命线",强调日本在中国的经济地位,坚持对日本单方面有利的中日合作联盟。他坚决反对中国人民抵制日货运动,竭力维护日本在中国的巨大经济利益。他希望按照日本的意志,无偿开采和使用中国的自然资源,让中国的市场体系为日本的国家利益服务。

其三是从思想认识上,长野朗希望尽快结束中日战争,再次确立正常的中日关系。他不断深入思考中日间悬案的解决方法,追求中日间的"感情融和、和亲共存、合作联盟"。然而,他的思想中蕴涵了日本的傲慢与霸道,其"中日合作联盟论"并非是平等的合作与联盟,而是在日本主导之下的、符合日本侵略扩张意志的合作与联盟。

注 释

①大化改新:指日本于孝德天皇大化年间(645—649)、在中大兄皇子领导下所进行的政治改革。当时,有不少留学生从中国唐朝回国。他们在这些留学生的影响下,力求以天皇为中心,把日本建成中央集权的律令制国家。他们首先采取强硬手段,灭掉了朝臣苏我氏的独裁势力,将土地和人民收归国有。其次,他们还模仿中国,建立年号制度,将实行改革的这一年定为"大化元年"。

②白村江海战:即"锦江河口之战"。日本齐明天皇在位(无年号)的公元663年,唐朝帮助新罗进攻百济、统一朝鲜半岛。中大兄皇子为救百济而出兵朝鲜,在白村江海战中大败而归。其后,中大兄皇子害怕唐朝与新罗联军的进攻,而迁都近江(今滋贺县)避难。后其即位为帝,是为天智天皇,专心内政。

③元朝进攻日本:1279年,元世祖忽必烈灭南宋统一中国。在此前后,曾两

次派兵远征日本。时值日本龟山天皇文永十一年（1274）和后宇多天皇弘安四年（1281）。镰仓幕府执政者、北条时宗倾全国兵力顽强抵抗，大败元军。这两次战役，在日本被称为"文永之役"和"弘安之役"。另外，也常用"蒙古来袭"一词表示那两次战争。

④丰臣秀吉入侵朝鲜：丰臣秀吉（1536—1598），日本安土桃山时代的武将，本能寺之变后，统一日本。曾任关白，称太阁。其地位与作用，相当于中国的摄政王。实行强硬的对外政策，妄图夺取朝鲜，而后称霸大陆。后阳成天皇在位的文禄元年（1592）和庆长二年（1597），丰臣秀吉曾两次派兵入侵朝鲜，但遇到朝鲜军民和中国明朝援军的猛烈抵抗。在最后的大海战中，日本的五千余艘战船沉没于大海，只有少数船只和将士逃回日本。丰臣秀吉发动的两次对外侵略战争均遭失败，不久丰臣秀吉病死。

参考文献

［1］［日］长野朗遗著：《自治论》（年谱），自治论刊行会发行、日土人村建设研究院，1979年。

［2］刘家鑫：《关于长野朗的中国观》，日本新潟史学会：《新潟史学》（第43号），1999年。

［3］［4］［日］长野朗：《观察新中国》，东世社，1941年，第6、150页。

［5］［11］［12］［日］长野朗：《中国未来记》，东亚公论社，1939年，第31页、107—138、134页。

［6］［7］［日］长野朗：《日中共存之路》，坂上书院，1937年，第10、11页。

［8］刘家鑫：《后藤朝太郎的日中关系论：从日本出兵山东到七七事变》，日本新潟大学研究生院现代社会文化研究系：《现代社会文化研究》（第11号），1998年。

［9］［日］长野朗：《中国三十年》，大和书店，1942年，第287页。

[10][日]长野朗:《民族与国家》,坂上书院,1941年,第327页。

附记:本章由刘家鑫、王瑛撰写。原文刊登于《长春师范学院学报》(2008年5月20日,第3期,总第115期)。略有改动。

中国通长野朗的"英美离间论"辨析

本篇提要:抗日战争前与抗战时期,被称为中国通的日本人长野朗写了许多介绍当时的中国、评论中日之间各种问题的论著。在他的对华观中不乏一些良好的思想要素,但也蕴涵了许多不健康的思想意识。譬如,他在中英美合作问题上,存在着不少的偏见与荒谬之处。长野朗提出"英美离间论"的主要目的在于,政治上排斥英美在华扩展势力,经济上维护日本的在华经济利益,思想意识上抵制近代西方思想文化对东方的影响。

关键词:中国通;长野朗;英美离间论;排日活动;中日关系

日本人中国通长野朗的个人情况,已在前面有所介绍,其详情可以参阅其最后的著作《自治论》[1]一书。另外,有关长野朗的对华观与其中日关系论问题,笔者已在《关于长野朗的中国观》[2]等文章中作过比较详细的解释。在长野朗的荒谬思想观点中,有关英美两国的对华关系问题尤为突出。长野朗认为英美两国在挑拨中日关系,提出了"英美离间论"的观点。那么,长野朗究竟为什么对英美两国抱有如此强烈的反感呢?其"英美离间论"的根据又是什么呢?笔者以长野朗的著作为第一手材料,结合有关的历史事件,来深入探讨其思想实质。

一　基本认识

中国清朝统治的中后期,即从1840年的鸦片战争开始,以英国为首的西方帝国主义列强以武力从海上打开了中国的门户。此后,西方列强逐步压迫战败的中国,强迫中国签订了许多不平等条约。帝国主义列强践踏中国的主权,分割中国的领土,强行设立租界,在中国驻军,实行治外法权。列强各国还强夺中国的关税、盐税、铁道的管理监督等利权,并擅自开发中国的资源,霸占消费品市场。在近一个世纪的时间里,诸多国难降临到了中国人民的头上,这种屈辱的状况一直持续到了南京国民政府统治时期[3]。

20世纪20年代后期,英美两国出于对本国利益的考虑,不断调整对华政策,加强对华经贸合作关系,扩大对华文化教育事业。欧美各国在中国的活动日渐活跃和频繁,给心胸狭窄、神经过敏的日本人造成了极大的思想压力。长野朗自青年时期起就对英美抱有偏见,面对英美压迫日本的形势,长野朗感到极为不满,并表示格外的忧虑。

西方势力对东方弱国实行政治压迫、军事侵略和经济掠夺,长野朗将此情形称之为"白祸"。早在1924年,他就出版了《白祸困扰的中国:通往亚细亚联盟之路》[4]一书。他在书中,详细地介绍了西方白色人种征服东方有色人种的情况,并且认为英美列强会首先压制中国,进而侵占日本。东方的中日两大民族,正面临着西势东渐、国家灭亡的危机。面对这种"白祸"席卷而来的现实,长野朗感到非常焦虑不安。他在考虑,怎样才能避开这种危机。在上述著作〈第二章、英美的日中离间〉[5]中,长野朗首先分析了中日两国的自然资源和社会发展状况,继而描绘了一幅理想的中日合作关系蓝图。他认为,只要中国和日本联合起来,再做好物质上的准备,就能够对抗欧美势力的侵蚀了。

但长野朗又认为,对日本的一番好意,中国不但不理解,还起了疑心和猜忌。而作为第三者的英美唯恐中日两国关系密切,采用挑拨离间的手段,致使中日两国不和。长野朗以第一次巴黎和会上发生的山东权益问题为例,来证明这一事实。他说道:"在欧洲大战中,英美两国强忍妒火,对日本独占中国冷眼相加。他们在巴黎和会上,就开始离间日中两国关系。"之后,他开始批判英美两国在中国的排日活动,指责英美暗中帮助中国开展反日运动,认为他们的行为极大地损害了中日关系的正常发展。例如,他在上述著作[6]中,站在捍卫日本权益的立场上,观察这一三角关系,指出了英美排日的主要目的:

> 英美煽动排日的主要目的有二。第一,是利用排日的气势,打倒亲日派,使亲英美派掌握政权;第二,是为了恢复在战争(第一次世界大战)中被日本侵占的经济地位,从而大力开展抵制日货活动。而且,他们也基本上达到了目的,贸易得到了长足的发展,借款合办企业工作陆续取得成功,亲日派也丧失了地位……

1914年,西方列强均卷入第一次世界大战,无暇东顾。趁此机会,日本政府派兵攻占了青岛德军要塞,控制了青岛至济南的胶济铁路。并且,到1915年时,还以最后通牒的形式,向袁世凯的北洋政府提出了对华"二十一条"要求。此举充分暴露出日本帝国主义妄图灭亡中国的本质。这个无理的要求,给中日之间蒙上了一层阴云,急剧恶化了两国的关系。在1919年的巴黎和会上,美国总统威尔逊起初支持中国的申诉,主张承认弱小国家的民族自决权。但是后来,日本代表歪曲事实、强词夺理,并以退出会议相威胁。英美等五大国屈服于日本的压力,拒绝了北洋政府代表顾维钧等人的要求,最终牺牲了中国的权益,向日本做出了妥协[7]。之后,山东权益问题的表决结果,在中国引发了大规模的反日运动。

与此同时,欧美及世界各国的有识之士,也积极地支持中国人民的反日运动,尤其是居住在中国的英美两国人士,在报纸上发表排日言论,募集排日活动经费,不遗余力地组织动员,多方面地协助中国的反日运动。对于这样的事实,长野朗不去分析日本的错误与责任,反倒从维护日本国家利益的角度出发,将其解释为英美的"离间计"。长野朗的这种仇视英美的思想观点,即使到了十几年后的1937年,也未见有任何的改变。

七七事变的爆发,给蒋介石政权的国家建设事业,带来了毁灭性的打击。长野朗承认这一事实,但他却认为,日本出兵中国完全是由蒋介石政权的亲英美政策造成的,是南京国民政府与西方各国、尤其是与英美两国相勾结,掀起反日运动的结果。他认为,日本占领中国并不是日本的本意,其真正的目的在于驱逐欧美势力。可是,他并未替中国设身处地地着想。面对日本帝国主义不断的侵略,中国需要英美和苏联的支持与援助。其他西方国家与中国,在政治军事领域里的合作也在不断加深,经贸合作关系更是日臻密切。长野朗对此充满了警惕与敌意。他在自己的著作《战苑中国的习俗》[8]中,以《英美的排日煽动》为小标题,表明了自己的观点:

> 自大正八年(1919年)持续开展起来的排日运动,在其背后,明显的有英美人在进行煽动。排日运动如此根深蒂固的主要原因之一,就是英美两国的鼓动唆使。在他们煽动的排日行为里,隐藏着离间日中两国的意图,潜藏着对日经济侵略的动机。他们首先利用排日运动的气势,打倒亲日派,让亲欧美派掌握政权,这样就可以轻而易举地获得其权益。其次,为了恢复在大战(一战)中被日本侵蚀掉的经济地位,而开展抵制日货运动。

事实正如长野朗所观察到的那样,英美友人们将中国的学校和教会作为活动的场所,筹措资金调动人员,从南到北,犹如在全中国张开了一张无形的大网,支持中国反对日本帝国主义。他们还充分利用在中国的广播宣传机关,从舆论上对中国的报纸施加影响,将反日思想普及到青年学生与民众的心中。当时,英美的各种团体成为抗日团体,就连传教士都成了抗日积极分子,领事馆、工商会馆和戒烟会均变身为抗日机关。长野朗叹息道,排日运动扩大到了中国全境,且带有强劲的持久性,英美的排日宣传确实取得了实效!

长野朗分析说,九一八事变以后,中国的对日策略是,表面上虚与委蛇、假装亲善,但"在私底下,他们却继续进行着彻底的抵制日货行动,在军事方面进行消极抵抗。在此期间,采取以夷制夷的对策,以英美来牵制日本,努力使国际关系朝着对中国有利的方向发展。而日本的国际关系,则逐渐恶化、陷入孤立。英美俄与中国之间关系愈加密切,从而形成了一种对日包围的阵势"[9]。这样一来,中日善邻友好的约定,不就变成了一纸空文了吗?!他愤怒地批评了中国的对日政策。

长野朗一面呼吁中日两国应该联合起来,将欧美势力从东亚驱逐出去。而另一面他又指责说,中国的对日政策是联合欧美牵制日本,因此破坏了日本与欧美的关系。我们要问的是,如果中日联合驱逐白人势力是最重要的,那么,日本与欧美关系的重要性又该置于何地呢?在这两者之中,到底哪个才是日本外交的基轴呢?关于这个问题,长野朗的思想观念显得模糊不清,思维逻辑自相矛盾。这种思想意识自相矛盾的现象,也恰好映衬出了当时的日本政府,即国策制定者们自以为是、执迷不悟的思维状态。

二 "英美离间论"之偏见

七七事变后,即1937年的10月,长野朗到北京、天津一带进行过实地考察。他以旅行记的形式写了《透视新中国》一书。在书中的《事变后的北中国》[10]一章里,记录了英美人利用租界,给中国人大开方便之门,进行抗日宣传的情况。英美人在租界内的排日活动和反日宣传,使长野朗产生了强烈的不满。他认为,日本也到了应该解决租界地问题的时候了。他催促日本当局做出决断:是将日本租界地立即归还给中国还是继续保留，与此同时摧毁其他国家的租界，抹杀其存在。对此，日本必须要认真考虑作出选择！

长野朗认为，欧洲列强渗透进中国东北三省是侵略行为，而日本的"进入"和"占有"则不是扩张行径。他指出，日本推行"大陆政策"（侵略中国政策）时，遇到的最大障碍就是英国。以七七事变为起点的中国人民抗日战争，其实并非中日两国之间的战争，而应该将其视为日英两国之间的战争。例如，他在《以中国为舞台的列强资本战》一书里，以《近年来英国的活跃》[1]为题目，做了如下的阐述：

> 近年来，在中国最为活跃的就是英国。然而，它是站在日本的对立面上进行活动的……最近，英国采取了一种包围的态势，它煽动中国，操纵俄罗斯，甚至驱使德国，引诱美国和法国，用以对抗日本。实际上，可以说日中事变（七七事变）就是日本与英国的战争，日英的利益是完全对立的……英国控制着世界上大部分有色人种，而日本的兴起，则敲响了有色人种觉醒的晓钟。日本进入中国引起了英国的衰退，冲破了英国在亚洲的第一线，对第二线也产生了影响。英国则想要防止这种情况进一步恶化。总之，日英两国的对立是一种宿命。

长野朗异常敏感，他指责英国和欧美各国的对日态度，其发言将列强间的矛盾暴露无遗，把他们争夺中国权益时分配不公的实情公布于众。另外，"黄种人对白种人"的斗争模式，是日俄战争以来的旧话题。他提及这一话题的目的，就是想要淡化和掩盖日本侵略中国的事实。他将日本军队占领中国，说成是从东亚地区驱逐白人势力的正义行动。他还预言，随着事态的发展，这终将演变成为日英间的对立决斗。确实，在他说出此番话的三年之后，日本与英美荷兰之间爆发了太平洋战争，这一事实倒是印证了他出众的预见性。

长野朗看到,当时中国的政局,正朝着国民党中央政府集权统一的方向发展,而蒋介石选择了抗日作为其统一的手段。中国既然已经将抗日当做招牌,就必须要得到英国的援助。他指出:英国大大地加强了对华工业投资的力度,帮助中国开采矿石和生产钢铁;在交通方面也投资不小,协助铺设铁路和修整公路;进行金融投资,维持关税制度和发行新纸币;扩大中英经济贸易。尤其是中英在南方的经济合作,给日本造成了巨额亏损。

在上述著作的《日中事变与英国》[12]一章中,长野朗继续分析了七七事变后中国的国际关系。中国在英国的援助下积极进行抗日战争,其他各国在英国主导下编织了一张大网,力图包围日本。蒋介石政权以亲英美派为中心,又与亲苏派联合,实施强硬的对日政策。而英国运用所有手段,动用一切势力打击日本。长野朗认为,七七事变也是按照英国的计划进行的。他先是将事变发生的责任推卸给英国,而后,又把中日间战争的爆发,归罪于中国人民的反日运动和中英合作。他所说的事变是众所周知的,其中的是非曲直也是世人皆知的,但他却混淆是非、颠倒黑白,把日本说成了无辜受害者。

长野朗将英国比喻为日本的"天敌",对其非常仇视。他关注着英国的动向,且感到越来越失望。"一时间盛传的对华日英合作问题,在报纸上引起了很大的反响。但英国的对华活动,一开始就没有与日本合作的必要,中国也完全依靠着英国的援助。因此,所谓的对华日英合作完全没有现实性。就这样,中国的抗日运动继续发展,随着经济建设的兴盛,英中合作也会不断地发展"[13]。长野朗感到:中国与日本,原本是一对天然的伙伴,但英国主导的中英合作严重地伤害了日本。英国不仅使日英合作成为空想、化作泡影,它还破坏了至关重要的中日关系。由于英国正反两方面的干扰和阻挠,日本遭到了惨重的失败。对日本来说,英国的存在无异于眼中钉、肉中刺。

第一次世界大战结束后,西方各国的世界观和国际认识发生了一些变化。欧美等工业发达国家,也希望求得长时期的和平与稳定。在凡尔赛条约的约束下,列强各国的军备竞赛受到了一定的限制。在后来的华盛顿会议上,美国总统威尔逊曾经明确指出过,要尊重世界各弱小国家的民族自决权。其原因是,人们开始重新认识人类文明本身的价值。20世纪初,震撼全世界的第一次世界大战,给各国带来了惨痛的教训,列强各国也不得不自我反省。所谓"文明",并非西方的特产,西方固有文明也存在着缺陷。而中东、远东的文明也有其存在的价值[14]。同时,世界开始进入了一个新的时代。其表现为:弱小国家的民族主义意识昂扬,爱国意识高涨。他们要求废除不平等条约,反对侵略扩张和殖民地主义,推进民族解放,实行民族自决,建立独立自主的民族国家。

进入20世纪30年代,中国急于接近英美,力图增强国力,保障安全。日本对此抱有很强的警备心,想把中国与欧美割离开,并拉入自己的阵营。但是,日本的对华政策无视世界潮流,成了人类社会进步和建立协调国际关系的障碍。西方各国在殖民地问题上,均采取圆滑妥协的政策,而日本却无视世界发展趋势,奉行霸权主义政治,不断地采取军事行动蚕食邻国,梦想建立日本主导的中日合作和亚细亚联盟。与英美相比,日本进入中国的形式古老且野蛮[15],这表现出日本帝国主义政治意识的后进性。在这一点上,长野朗也是个时代的落伍者。因为他没能看清世界发展的整体趋势,不具备宽广的国际眼光。

英美究竟为什么会在政治上与中国达成妥协,又是在怎样的国际形势下,给予中国经济援助的?长野朗没能做出准确的判断。他仅仅考虑到,英美援助中国是出于经济目的,瞄准的是中国的市场。他只看到,英美为了将日本势力驱逐出中国,宣传排日思想,鼓动抵制日货。他尤其敌视英国,认为英国在中日之间进行着对日本极为不利的活动。"英美离间论"的偏见,就这样在他的头脑中形成并固定下来。他顽固地坚持日本本位主义的思维逻辑,始终未能跳出明治中期以来日本对华政策观的怪圈。应该说,国权主义型的中国通长野朗,对世界形势的迅猛发展和中日关系应有的状态,缺乏正确的理解和认识。

结　语

综上所述，中国通长野朗"英美离间论"的特点有三。

其一，在政治上，长野朗深受日本近代以来"兴亚论"和"大亚细亚主义"思想的影响。他认为，无论是从历史文化还是地理位置的角度考虑，中国都应该与日本进行合作与联盟。因此，必须坚决排斥第三国的介入，竭力消除英美的挑拨离间。

其二，带有强烈的经济目的。长野朗认为英美介入中日之间，挑拨离间两国关系，非常不利于日本在中国继续获得巨大的经济利益。他为了日本的所谓"自存"和"生命线"，坚决维护日本在中国、尤其是在东北三省的政治权利和经济利益。

其三，是思想意识在起作用。长野朗一直崇尚中国的传统思想文化，高度评价东方文化的重要性，强调回归传统东方社会风尚的必要性。他在心理意识上，抵制近代西方思想文化对东方的影响，抵制资本主义物质文明，反对极端利己主义和白人种族主义。

参考文献

[1][日]长野朗遗著:《自治论》(年谱)，自治论刊行会发行、日土人村建设研究院，1979年。

[2]刘家鑫:《关于长野朗的中国观》，日本新潟史学会:《新潟史学》(第43号)，1999年。

[3][日] 姫田光义等:《中国近现代史》(上卷、鸦片战争、不平等条约体制)，东京大学出版会，1989年，第27—116页。

[4][5][6][日]长野朗:《白祸困扰的中国:通往亚细亚联盟之路》，燕尘社，1924年，第19、27页。

[7]李新、李宗一:《中华民国史》(第二编、北洋政府统治时期、第二卷、1916—1920、巴黎和会与山东问题),中华书局,1987年,第385页。

[8][9][日]长野朗:《战苑中国的习俗》(现代中国全集、第一卷),坂上书院,1937年,第309、313页。

[10][日]长野朗:《透视新中国》,东世社,1941年,第41页。

[11][12][13][日]长野朗:《以中国为舞台的列强资本战》,坂上书院,1938年,第321、361、360页。

[14][日]野村浩一:《近代日本的中国认识:面向亚细亚的航迹》,研文出版,1981年,第232页。

[15][日]上原一庆等编:《东亚近现代史》,有斐阁,1998年,第137页。

附记:本章由刘家鑫、李冰撰写。原文刊登于《通化师范学院学报》(2008年11月20日,第11期,总第164期)。略有改动。

日本明治时期的汉学复兴思想研究：
以田冈岭云为中心议题

本篇提要：明治时期的日本人普遍崇尚西欧国家的思想文化，孜孜不倦地学习西方的科学技术，摈弃东方传统的中国古学。评论家田冈岭云指出了日本汉学界所面临的危机，大力宣传中国古学的优越性，积极倡导"汉学复兴论"。田冈岭云既批判了明治文明的弱点，又不否定西学在日本的地位，还希望将中国古学与西学融为一体，创造出中西合璧的日本式新文明。

关键词：明治时期；田冈岭云；汉学复兴论；中国古学；西学

一　汉学家田冈岭云

田冈岭云(1870—1912)，毕业于东京大学汉文专科，是日本明治时期的社会和文学评论家，也是一位最出色的汉学家和中国通。田冈岭云一生论著甚丰，除多部评传和译著之外，还著有《岭云摇曳》《明治叛臣传》等多部经典作品集[1]。作为评论家，田冈岭云为日本近代文学的发展作出过重要的贡献。比如，他慧眼识珠，高度评价了泉镜花①、德田秋声②、幸田露伴③和樋口一叶④等一批青年才俊。在岭云的推崇下，这些人物都享誉明治时期的文坛。又如，右翼评论家德富苏峰⑤，在当时的日本社会上享有极大的盛名。但是，岭云对其评价却不高,称:"其(德富苏峰)有文才,但见识不足;喜近卑俗媚世,然无深刻之处,不足以感人肺腑"。后来的事实证明,他的论断是无比正确的。

岭云一生中写有数百篇评论文章,其文字针砭时弊,且言辞犀利。他在30岁时,达到了人道主义的思想境界,非常同情社会最底层的民众,并大胆地评论社会问题。因其许多作品具有非战论思想,故而,其生前的几部主要著作都被当局禁止出版。

岭云一生中曾三次来华。第一次,是在上海当了一年的日语教师;第二次是当随军记者,采访八国联军攻打天津的战役情况;第三次,是任教于江苏师范学堂。第一次来华的工作经历,使他开始认识到"国粹主义"思想的偏激狭隘性。第二次来华的随军采访,让他摆脱了"国权主义"意识的束缚,逐步确立起以人道主义为基调的思想观点[2]。

青年时期的岭云,曾拜基督教思想家内村鉴三⑥为师,并深受其影响,以其"莫当伪君子"之教诲当作一生的做人准则。在上海工作期间,岭云曾与康有为改良派人物们多有交往。在岭云的中国弟子当中,后来出现了王国维这位出色的国学大师。

岭云的思想内容和学术成就,曾被长期埋没。战后日本学术界,对岭云的人生、思想和学术成就做了论述和评价。如家永三郎《数奇的思想家的一生:田冈岭云其人与思想》[3],西田胜《近代文学的潜势力——爱国者田冈岭云的一生》[4],小田切秀雄"《岭云摇曳》第一、二解说"[5],昭和女子大学近代文学研究室编《近代文学丛书》(第13卷、田冈岭云)[6],以及西田胜《近代文学闲谈:田冈岭云》[7],等等。

在上述论著中,各位先达都对田冈岭云的人生、思想和学术成就做了论述和评价。比如,小田切先生在其解说中,针对岭云与汉学的关系做过如下的发言。

正像《岭云摇曳》第二册收录的"汉学复兴之机遇"一文所显示的那样,他将近代的"西洋"与近代以前的"东洋"两相并列,并在此基础上主张两者的统一。此类做法完全没有摆脱掉汉学家的弱点。"东洋思想"是以近代以前的中国思想为中心的,它在明治以后的日本近代的现实问题上,到底在何种程度上,在哪些范围内,又以怎样的方式真正地发挥了作用?在未做具体研究之前,就直接主张两者的"统一",这在逻辑上未免有些勉强。但实际上,汉学的教养与欧洲近代的思想和方法,掺杂融汇,并且不断地相互排斥、融合、分裂,发挥出了多种功能。[8]

从上述评论可以看出,田冈岭云一心谋求近代西方与近代之前的东方,在思想、文化、科学技术等方面达成统一。对此命题,小田切先生认为,这是日本汉学家的一厢情愿,有些逻辑不通。他认为,应该事先了解近代以来中国传统思想对日本起到了哪些作用,又具有哪些现实意义。诚如所言,有关田冈岭云是如何看待中国传统思想文化的,他是怎样思考汉学与近代日本之关系的,又为什么提出汉学复兴问题的,先行研究未做阐述。笔者将依据田冈岭云的原著,解读其"汉学复兴论",并深入探讨其丰富的思想内涵。

二 汉学危机意识

明治二十九年(1897)元旦,田冈岭云在《帝国文学》(第2卷、第1号)杂志上,发表了《汉学复兴论》一文。此文,后来被收进文集《岭云摇曳》(第二册)[9]之中。在该文中,岭云首先说明了明治维新后日本社会的发展变化情况,然后指出了汉学在日本无人问津、倍遭冷遇的现实。他万分担忧日本汉学家后继乏人、学科濒临灭绝的危机状况。

岭云认为,明治维新运动只知道破旧而不知立新。西方(欧洲)的思想与文化滚滚而来,在东亚大地上泛滥成灾。与此同时,旧时的思想与文化被束之高阁,视为废物。日本国民心性轻佻好奇,趋新不顾旧。两千多年来,日本因袭汉学,受其滋养,中国古学对日本有天高地厚之恩、催生再造之德。而今人人别说学习,就连提及都觉可耻。当今世人趋于名利、利欲熏心,略懂欧洲事务者,即被社会上视作珍宝。这些人最易沽名钓誉,这种现象诱使人们孜孜不倦地学习欧洲语言和文化,而忽视传统的汉学。加之,人人崇尚当世实用之学,以专攻技之长为能事,立志修炼其功、不遗余力。

岭云还认为,中国古学不仅限于文学或哲学,中国原本就是个创造文明的国度,其文化丰富多彩、自不待言。他提议,日本人必须研究其根本。不要说中国只有形而上学、自然科学不发达。观尧典,无不惊叹古代中国历法之先进。算数和医药等学问领域,在古代也已相当发达。这些都是相当有价值的。然而,当今日本社会放弃东方之传统文化,无视中国古学的重要意义,一心向往西方的文化和技术。

岭云近乎悲哀地看到,在当时的日本社会上,汉学已经威风扫地,汉学界里苦斗的师徒将空无一人。那么,怎样才能解决这一问题呢?至此,他明确提出了"汉学复兴论"的主张:

> 如果现在将其复兴的话,那将是海阔天空,满目辉煌。汉学于我辈之毁灭,我国将会失去发扬东洋文明之缘由,东洋文明既不得发挥,谈何集世界文明之大成!我国民如欲旷其天职,自今日起必须大力振兴汉学。如若现在不开始振兴的话,耆宿百年之后,何人能继汉学之传灯?!再逾四载,历史即将进入20世纪,一部分耆宿驾鹤西去未逾十年,今日实为汉学复兴之机遇。机遇一旦失去,汉学复兴之事难矣。汉学不得复兴,我帝国之前途渺茫。

近世日本260余年间,德川幕府闭关锁国。明治维新运动,使日本由近世封建主义演变为近代封建资本主义。自此,憎懂日本开始走向世界,并迅速与西方列强接轨。明治时期的日本,不但在思想、政治和军事上发生了翻天覆地的变革,而且在经济文化、社会生活方面也发生了巨大的变化。人们对欧洲国家的事物,不分青红皂白、善恶美丑,均采取积极接受的态度。与之相反的是,对于东方传统文化,尤其是中国的思想文化却等闲视之。

在《汉学复兴论》一文中,田冈岭云认为,当下奋起直追复兴汉学还来得及,如果那样做了,那将是功德无量、前途辉煌。否则,日本就失去了振兴汉学、发扬东洋文明的天赐良机。他预感到,日本当世的汉学家一个接一个地故去,他们的事业将后继无人,这门学问即将绝后。而且,他还认为,汉学的复兴与否关乎日本国家发展战略的大局。汉学复兴不了的话,将会严重地影响到日本的未来。岭云不仅担心汉学本身面临的危机,由此及彼,他更对日本国家的前途,表现出了一种强烈的危机意识。他的逻辑是,如果耽误了复兴汉学的工作,将不利于日本社会的发展,还会严重影响到"日本帝国"的前途。

三 复兴汉学之理由

在《汉学复兴论》一文中,田冈岭云极力推崇古代中国的思想文化,提出了汉学复兴论的思想观点。为支撑这一观点,他举出了几个理由。

首先,岭云强调了汉学的优越地位。他从宏观上分析说,自有文字记载开始,至今日的大清国,刘汉兴起,嬴秦衰败。虽然兴亡不绝于后,但上下四千年,其文明之源可谓常新。在此世界上,中国的文明独一无二。而今日,许多问题等待穿凿,有待于深入研究。

其次,岭云对汉学的悠远深邃有着十分的把握。他从微观上指出,中国的天文学、数学、医学以及其他自然科学,原本疏笨迂远。但他觉得,经过进一步深入考察研究,将会有新的收益,一定会放出新的光芒。他肯定地说,其中包含有许多真理,即便不是真理,或许也能启发我们获得创新的契机。中国古代科学之中，一定会有几许珍珠与真金。

再有，岭云从客观现实出发，举出了具体的理由。他认为，从世界地理的角度思量，中国与日本同为东方国家，中日两国同文同种。中国的文明，自古就对日本产生了极其深远的影响。在世界上，日本人最能理解中国之文字，最得咀嚼中国之思想。西方文化固然要学习，但首先要学好同文之国、同种之民、同为东亚之国的中国汉字。况且，汉字又是最容易学的。先学中国之文化，而后涉及欧洲之学术，这是一种顺理成章的顺序。

岭云具有博古通今的洞察能力。他认为，东西方各有其不同的思想与文明，自古以来两洋相隔不相望，故其发展进程各有偏颇之处，各具其长，又各有其短。他提出，将此两洋之特殊之处合二为一，投入同化的洪炉之中进行熔化，可以铸造出完美的世界性文明。他在考虑，由谁来完成这一任务才合适呢？中国是东方文明的代表，但其食古不化、因循守旧，不堪担此大任。在当今的世界上，最能融化中国思想的是独一无二的日本，而且在东方最能融化西方思想的也是日本。日本应该担起大任，力争让世界性文明开花结果。

明治时期的日本人，在对内问题上主张自由民权论，但在对外问题时则立刻变为国权论的立场。他们的思想意识溢于言表，透着一股当仁不让、舍我其谁的霸气。不管日本几斤几两、能否胜任，总想图谋先声夺人。在这一点上，田冈岭云也不例外。岭云自少年时期开始，就受到了这种思想意识和思维方式的熏陶。在其潜意识里面，总有日本这一国家的形象，并且认为这个国家应该有一种"以天下为己任"的"雄图大略"。

田冈岭云对古代中国的思想文化推崇备至，客观地论述了中国思想文化的优越性。他充满自信、满怀希望，此中不乏些许虚幻的梦想与愿望。他觉得只要日本人恢复学习汉学，利用中国文化里面的精华，再抽出西方文明的精髓部分，将两者融合同化，变成日本的"利器"，日本就能领导东亚各国，在世界的东方有所作为。他对日本过于自信，其说法也带着一股傲慢之气。至此，岭云开始透露出其汉学复兴论的真实意图。

四 目的与步骤

　　田冈岭云说明了复兴汉学论的目的，还设想了具体的步骤。他的意思是说,向别人学习的目的是为了自己的发展,并非意味着被对方同化。要考虑对己有利、有所取舍,避免不加分析、盲目追从。岭云承认这样的事实,即古代日本在许多方面都未能胜过中国文明。但他决不服输。他以为,中国文明实为学界之沧海,可随手拾其遗珠。而日本为最合适的拾遗珠者,可为担此大任者。值此19世纪末、20世纪初,日本理当奋起,在思想文化上成为世界文明的集大成者,在政治上成为东亚各国的盟主。他还十分自信地表示,中国的思想文化为世界文明中的一大宝库,日本握有其秘密钥匙,日本人将开启宝库的大门,否则,将被欧洲人所打开。在此,他明确地吐露出倡导复兴汉学的真实目的。

　　至于复兴汉学的步骤,岭云也做了十分周到的安排。他说道,要求日本国民将汉学作为第一着眼点,未必说的是时间性问题,仅仅说的是要有个顺序。从空间上来讲,也并不是说如果想要学习汉学,就不要修习西学,两者可同时学之,也可后来学之。他特别提醒醉心欧洲文化者:"关键是切莫本末倒置","不在于问其先后,只期待有其心思。"

　　岭云还不厌其烦地赘述说,倡导复兴汉学,未必是要人人去寻章摘句,或工于文字的穿凿附会。作为弘扬东洋文明之人,日本人理应努力复兴汉学。不是说西学为夷狄之学就要摈弃之,而要"以夷狄之长,补自己之短"。他再三强调:"欲要取彼,必先知己。为混融彼此,才要学己。"最后,他苦口婆心地叮嘱日本人:"莫要忘记研习汉学为先为重。"

　　田冈岭云既强调了中国古学的主体性和重要性,也没有排斥西方思想文化在日本的地位。他没有否定西学的实用性,还客观地肯定了西学对日本社会发展的重要意义。那么,如何才能摆正这两者之间的关系呢?岭云所说的"关键是切莫本末倒置"和"莫要忘记研习汉学为先为重",就是希望日本人要以汉学为根本,而以西学为辅助。

不仅《汉学复兴论》一文,在其他几篇文章中,岭云也涉及了与复兴汉学相关的问题。尤其是在《反对废除汉字》和《研习古学之关键》[10]这两个姊妹篇文章中,他批判西欧一边倒的现象,驳斥废除汉字的观点,宣扬了研习中国古学的深远意义。

五 思想特点

综上所述,田冈岭云的汉学复兴论,主要有以下三个思想特点。

其一,田冈岭云对于日本的欧化主义报有疑虑,以警惕的目光审视着全盘西化的社会现象。他为盲目崇拜西学的人们敲响了警钟,建议人们要慎重对待中国的传统思想文化。他看穿了明治文明的轻薄肤浅的特点,批判了资本主义物质文明的功利性。他还指摘了日本人心浮轻率的本性,劝戒人们改变急功近利的做法。

其二,如何将近代西洋与近代以前的东洋,由"对立"引向"统一",这是近代以来东亚各国知识分子们苦苦思索的同一难题。清末中国的高级官僚张之洞等人,就曾经提出过"中学为体、西学为用"的思想观点。田冈岭云也希望调节、融和这两个相互对立的矛盾体,并使之成为一个完美的统一体。他想以"中国古学"加"西学",创造出日本所需要的"和魂洋才"。其汉学复兴论观点所体现的,也是这种"中体西用"的基本思想。

其三,田冈岭云的汉学复兴论,并没有仅仅停留在弘扬中国的传统思想文化上。其觊觎中国文化主导地位的"野心",是显而易见的。进而,他希望利用中国古学的精华将日本做强做大。这,才是其本原意识和真实目的之所在。他的观点接近"日本主义"的文明论,其汉学复兴论的背后,是带有国权主义烙印的"日本东洋盟主论"。公正客观地说,这种以日本本位主义为出发点的论调,是其汉学复兴思想中的一个瑕疵。

注 释

①泉镜花(1873—1939)：日本小说家，本名镜太郎，生于金泽市，师从尾崎红叶。所作《夜行巡查》《外科室》等"观念小说"，构筑了独特的美学世界。是近代浪漫主义文学的代表作家。著有《照叶狂言》《高野圣》《妇系图》和《歌行灯》等。

②德田秋声(1871—1943)：日本小说家，本名末雄，生于金泽市，曾入尾崎红叶门下，日本自然主义文学的代表作家，确立了取材于身边的私小说（第一人称小说）。著有《霉》《鲁莽》《化装人物》和《缩影》等。

③幸田露伴(1867—1947)：日本小说家、评论家、考据学家。本名成行，别号蜗牛庵等。现代女作家幸田文的父亲。江户人，电信修技学习毕业。集小说、评论、史传和古典研究等方面丰富知识之大成。昭和十二年(1937)获得首届文化勋章。昭和十八年(1943)获第3届野间文艺奖。著有小说《风流佛》《五重塔》，历史小说《命运》和评注《芭蕉七部集》等。

④樋口一叶(1872—1896)：日本女小说家、歌人。本名夏子，生于江户（东京），师从半井桃水。描写以东京为背景的年轻女子的生活，笔调浪漫而有情趣，因患肺病早逝。著有《大年夜》《浊流》《十三夜》《青梅竹马》《岔路》和《日记》等。

⑤德富苏峰(1863—1957)：日本评论家、历史学家。本名猪一郎，生于熊本县，同志社大学肄业。小说家德富芦花之兄。创刊《国民之友》《国民新闻》。作为在野进步派曾形成一股势力，后转向国家主义。昭和十八年(1943年)获文化勋章，昭和二十一年(1946年)退还勋章。著有《近世日本国民史》等。

⑥内村鉴三(1861—1930)：日本基督教徒、评论家，江户人，札幌农业学校毕业，留学美国，无教会主义基督教的创始人，创刊《圣书之研究》杂志。参与足尾铜山矿毒事件诉讼，日俄开战时主张非战论。著有《我是如何成为一个基督

教徒的》等。

参考文献

[1][日]腰原哲郎:《明治的评论:〈岭云摇曳〉》;《日本文艺鉴赏事典》(第二卷、1895—1903、近代名作1017篇介绍),行政发行出版,1987年,第435、437页。

[2][日]山田博光:《田冈岭云:〈战袍余尘〉》;村松定孝等编:《日本近代义学中的中国形象》,有斐阁选书,1975年,第27、32页。

[3][日]家永三郎:《数奇的思想家的一生:田冈岭云其人与思想》,岩波新书(青版190),1955年。

[4][日]西田胜:《近代文学的潜势力:爱国者田冈岭云的一生》(近代文学研究丛书),八木书店,1973年。

[5][日]小田切秀雄:《〈岭云摇曳〉第一、二解说》;田冈岭云著:《岭云摇曳》,新声社,明治三十二年(1900)11月20日。复刻版《岭云摇曳》(明治文献资料丛书、社会主义篇V),明治文献刊,1965年。

[6][日]昭和女子大学近代文学研究室编:《近代文学丛书》(第13卷、田冈岭云),昭和女子大学光叶会,1959年。

[7][日]西田胜:《近代文学闲谈:田冈岭云》,三一书房,1992年。

[8][日]小田切秀雄:《〈岭云摇曳〉第一、二解说》,复刻版《岭云摇曳》(明治文献资料丛书、社会主义篇V),明治文献刊,1965年。

[9][日]田冈岭云:《岭云摇曳》(第二册),第72—80页。

[10][日]田冈岭云:《反对废除汉字》《研习古学之关键》,田冈岭云:《岭云摇曳》(第二册),第107—110页。

附记:本章由刘彩霞、刘家鑫撰写。原文发表于哈尔滨社会科学院主办《学理论》杂志(2011年2月,中旬刊,总第575期)。局部内容做重大修改与添加。

吉田松阴教育思想的双重性质论析

本篇提要：吉田松阴是日本近代初期的思想家，他在松下村塾中培养出一批出色的学子，这些人物后来成为推动日本走向近代化道路的主要动力。松下村塾的教育内容具有正反两个方面的功效，松阴的教育思想兼具双重的性质特征。其思想对日本的发展进步起到了积极的启蒙与促进作用，但其呼吁日本进行海外扩张的政治主张则是一种非常有害的性质要素。

关键词：吉田松阴；近代日本；松下村塾；教育思想；双重性质

吉田松阴，是日本江户幕府末期的著名志士、思想家和教育家。松下村塾享誉日本，松阴生前在这里执教。曾在这座私塾里学习的一批学子，后来参与领导了日本的倒幕维新运动，成为声名显赫的功臣、政治家或军事家。幕末明治维新以来，这些人对近代日本的发展进步做出了巨大的贡献，有功于日本的国家社稷。但从国际政治的角度上看，他们的所为关乎到了整个东亚地区的安危。显而易见，这些人的是非功过是和他们少年时期在松下村塾所接受的教育分不开的，更与松阴设置的教育内容与松阴特有的教育思想密切相关。那么，吉田松阴为松下村塾规定了哪些教育内容，其教育思想中又包含着哪些性质要素呢？笔者将从松下村塾的教育内容入手，深入论析吉田松阴教育思想中的双重性质问题。

一 吉田松阴与松下村塾

吉田松阴(1830~1859),长洲藩藩士,曾在江户师从佐久间象山①研究兵法。在美国海军提督佩里②访日期间,为了寻求强兵富国之路,松阴曾于1854年试图随美国军舰偷渡海外,不幸失败被捕入狱。松阴学识渊博才思敏锐,且心胸豁达人格高洁,很受乡人的赏识。1855年,松阴以戴罪之身,在家乡萩町的松下村塾担任主讲教师。1858年12月,因"安政大狱"③松阴再次被捕入狱。1859年11月21日,松阴被幕府处以极刑,年仅29岁即走向了人生的终点。从开始施教到被推向刑场,在不到三年的岁月里,松阴以不倦的教诲引导着松下村塾的所有弟子,实践了其"罪囚之余"而竭力去"教诲一邑弟子"[1]的誓言。松阴一生留有《西游日记》《讲孟余话》和《留魂录》等几部著作。

松下村塾不向学生收取学费,学生也不限身份和年龄。因就学人数越来越多,松阴与族人多次自费扩建校舍。1857年,久坂玄瑞④和高杉晋作⑤等人陆续来到松下村塾,成为松阴的门生。由此,一批尊皇攘夷运动的领导人在这里孕育而成,这些人物后来都影响了近代日本的历史演变和发展进程。曾经师从松阴的木户孝允、伊藤博文和山县有朋等人,最终完成了明治维新的大业,并将日本社会引导到近代化的道路上。松阴曾为松下村塾写下一副对联:"自非读万卷书,宁得为千秋人,自非轻一己劳,宁得致兆民安。"[2]松阴的浩然之气和博大胸怀影响了一代年轻的学子,他的未竟事业由其弟子们圆满完成。

二 松下村塾的教育内容

松下村塾的教育内容,可以归纳为如下的三个方面:

首先,松下村塾的学生必须博读经史子集,这是吉田松阴执教的一贯主张。在日本教育史上,一直以来,无论是官办学校还是私立学校,都会采用汉学的经史子集为核心教材。松下村塾也不例外。松阴不仅在教学中大量采用了汉学的教材，而且鼓励学生们要博览群书。在《村塾记事》中，他明确指出："天下之书，盖有四大别，曰经、史、子、集，通习四者，各究其精，是谓博学。"[3]据统计，松下村塾所使用的汉学教材，主要有《论语》《孟子》《左传》《史记》和《资治通鉴》等。此外，还穿插了一些日本书籍，比如赖阳山⑥的名著《日本外史》，以及充满尊皇攘夷色彩的会泽恒藏⑦的《新论》等。松阴在给友人的信中，表达了让弟子们博读经史子集的殷切希望。他写道："介足下，寅闻昔东方朔年二十，学书三冬，文史足用。曹植十岁余，诵读诗论，辞赋十余万言。陆云六岁，荀勖十余岁，皆善属文。陆绩六岁，见袁术。孔融十岁，造李膺。望足下读国史，明于汉事，而茫乎国事，学人通病。"[4]可见，通过熟读经史子集，达到"学者以圣人为师，以立志为先"[5]的境界，这是松阴对松下村塾学子的第一期望。另外，通过熟读经史子集，鉴于中国的历史，明于日本的国体，进而献身于国事，这是松阴对松下村塾学子的最终期待。

其次，松下村塾的学生要洞察内外时局，这是吉田松阴始终如一的要求。松阴的读书生涯是在家庭、牢房和游历中展开的。其中的游学不但丰富了他的学识，更开阔了他的视野。因而，他鼓励学生们到全国各地去游学，从社会实践中获取知识。遍访各地名人，博取众家之长。为使学生们能够具备洞察内外时局的意识和素质，松阴做了两件对学生影响非常大的事情。一是在村塾里设立了一个叫做《飞耳长目帐》的记录册，供学生浏览阅读[6]。这里面，记载了大家亲自调查到的全国各地的实情和风俗，它类似于现代的新闻报刊。二是松阴在讲课之前一定要挂上一幅世界地图。作为军事学家，他在教学中特别强调，学生的头脑中必须要有一个清晰的地理构图。松阴谆谆地告诫弟子曰："离开土地，人类无法生存；脱离人类，历史无法形成；欲探求人事，必先观地理。"[7]

再次，松下村塾的学生要通晓文武两道，这是吉田松阴执教的宗旨。松阴出身武士之家，自幼通晓《武教小学》和《武教全书》。这两本书籍，皆以中国和日本的古代兵法为中心内容。成年后,松阴又专门拜佐久间象山为师学习军事。松阴有一段话极富哲理性,他说:"学兵者,不可不治经也。何也,凶器也,逆德也。典常既得,则凶逆可以济仁义,学兵者之治经,于是乎足矣。"[8]因而,他为松下村塾苦心经营了一个教案,以利于学生同步学习文武两道。为了配合这样的教学计划,在整个学习过程中,还设立了特别的野外活动。比如,在村塾的周围,松阴经常带领学生进行击剑训练。此外,每月还有一两次,组织学生到城外野地搞阵法演练。比如《皇城守护策》,就是以20名学生为一个小队所进行的一种实战训练课程,它是配合传授文化知识的一种专门培训方法。

三 吉田松阴的教育思想

那么,吉田松阴为何要如此这般地要求学生兼修文武两道呢?早在日本弘化四年(1847)读孟子的养心学说时,松阴就曾即兴赋《寡欲录》。其中就有这样的表述:"所谓学者,非读书作诗之谓,尽身之职而供世用耳,又当以武士。所谓武者,非粗暴之谓,事君而不怀生耳。"[9]他的意思是说,生存于时势政治和社会中的学者,才称其为有学问的学者;终结于事君的武士才称得上是真正的武者。这种思想认识,不仅贯穿在松下村塾的整个教学活动中,也成为日本武士道精神的典范。后来,它更被日本军国主义所利用,成为欺骗统治人民、实施对外侵略扩张的重要工具之一。[10]

1858年,吉田松阴连续写下了几篇重要文章,表达了他的开放型学术思想和国际性视野。在《愚论》《续愚论》和《对策一道、附论一则》中,松阴明确提出:"船舰之于海国,譬之兽之有足,鸟之有翼。"[11]他强调指出,日本决不能采取被动的屈于强国的开国政策,而应制定积极的借鉴强国的开国攘夷政策,并呼吁幕府迅速组建国家舰队,以积极的态度应对国际形势的发展变化。为此,他提出了两项切实可行的方案。其一是选派优秀人才到国外留学,直接学习外国的军事。他认为:"国有异制,人有新意固矣,苟有俊才巧思之人,周游诸国,历观名城坚寨,又与彼所谓筑城家者辩论讲究,必求至极。"[12]所以,只有派出优秀的人才,亲自出国考察学习,才能创建出适合日本的国家舰队;其二是在日本国内自主设立近代化军事学校。他建议:"大城之下,宜兴建兵学校,教诸道士学校中,置操演场,习炮枪步骑之法,立方言科,讲荷兰及鲁西亚米利坚英吉利诸国之书。"[13]意思是说,军事学校中的教学必须按照外国书籍的原文去教授学生,只有这样才能直接了解并学习到外国的先进技术和经验。正所谓"师夷之长制夷之短",增加军备强兵富国。

近代以来,国际社会弱肉强食,西方势力不断东渐,东亚弱国将沦为西方强国的殖民地。面对这种残酷的现实,作为一个杰出的军事战略家,吉田松阴抱有强烈的危机意识。松阴的思想意识不但直接作用于他本人的言论与行动,也在相当的程度上影响了日本国家的政治走向。他主张学习西方,不仅仅是为了使日本能够摆脱沦为殖民地的危机,更多的则是为了使日本尽快像西方国家那样,成为发达富强的国家,并与其平起平坐地参与国际社会的竞争。

然而,这一思想逐步发展延伸,终将导致出极大的危险,那就是诱导日本也像西方国家那样去侵略其他弱国[14]。在《幽室文库》中,他曾有过这样的表述:"乘间肯虾夷,收琉球,取朝鲜,拉满洲,压支那,临印度,以张进取之势,以固退守之基。"虽然这只是他对日本开国后的一种粗略构想,但这一设计方案最终演变成日本的基本国策。其侵占吞并"朝鲜、满洲和支那"的顺序,更被后来的日本军国主义者奉为信条并付诸实施。

四 双重性质要素

吉田松阴曾经充满信心地说道:"今松下,在城之东方,东方为震,震,万物之所出。又有奋发震动之象。故吾谓,萩城之将大显,其必始于松下邑也欤。"[15]松阴的弟子们精于文武两道,出类拔萃,雄才大略,灿若星辰,但其中也不乏臭名昭著者。譬如,著名志士高杉晋作和久坂玄瑞等人,牢记其师的谆谆教诲,继承了尊皇攘夷大业。在松阴被判刑杀害后,他们组建奇兵队征讨幕府,为开辟日本的新纪元抛头颅洒热血,奇兵队成为日本近代海军的先驱和雏形;木户孝允,明治维新三杰之一,为推翻幕府统治、建立新政府并推行新政,立下了卓越功勋;正木退藏,成为最优秀的教育家之一,曾任东京工业大学的首任校长,为近代化事业输送了大批人才;而一代枭雄伊藤博文和山县有朋,则先后担任内阁总理大臣,组织、发动和领导了中日甲午战争和日俄战争,把日本引向对外侵略扩张的道路。

就其结果而言,松下村塾的教育内容具有正反两个方面的功效,而吉田松阴的教育思想也兼具了双重的性质特征。其一,从日本国内的角度来看,它作为启蒙性指导思想,为日本指明了前进的方向,使日本推翻了近世封建主义制度,建立起近代封建资本主义制度,引导日本加速了近代化的进程,并在东亚地区成为首个独立主权的强国,这是松阴教育思想的正面要素;其二,从国际政治的角度来看,它从政治思想上和军事战略上,为日本的海外扩张制定了具体的目标和步骤,呼吁日本"脱亚入欧"与西方列强并驾齐驱,而且还要像列强那样侵略中国、朝鲜和琉球等近邻各国,这乃是松阴教育思想中不容忽视的负面要素。

注 释

①佐久间象山(1811—1864):日本江户末期军事学家。精通西学、炮术,提倡"东洋道德,西洋技术"。培养出胜海舟、吉田松阴等人。后遭攘夷派志士暗杀。

②佩里(M.C.Perry.1794—1858):美国海军军官,东印度舰队司令官兼遣日特派大使。1853年和1854年两次率舰队来日本,迫使日本缔结《日美亲善条约》,开放下田和函馆两处港口。

③安政大狱:日本安政五年(1858),幕府实权人物井伊直弼镇压尊皇攘夷运动的事件。

④久坂玄瑞(1840—1864):日本幕末尊皇攘夷派志士,长洲藩士,吉田松阴的弟子。元治元年(1864年)指挥蛤御门之变,失败后自杀。

⑤高杉晋作(1839—1867):日本幕末攘夷派志士,长洲藩士,曾在吉田松阴的松下村塾学习。文久三年(1863年)炮轰外国船只时,曾组织奇兵队。翌年,负责与四国外国舰队媾和,后建立长洲藩的军事体制,并击溃幕府军队。

⑥赖阳山(1780—1832):日本江户后期的儒学家、历史学家。在江户师从尾藤二州。作为尊皇攘夷派志士的精神支柱,具有很大的影响。著有《日本外史》等书。

⑦会泽恒藏(1782—1863):日本江户末期水户藩儒者,号正志斋。为水户学的发展做出贡献,著有《新论》等书。

参考文献

[1][日]山口县教育会:《吉田松阴全集》第3卷,岩波书店,1935年,第53页。

[2][日]萩市教育委员会:《吉田松阴先生御遗稿》,松阴遗墨展示馆,1963年3月31日,第12页。

[3][日]山口县教育会:《吉田松阴全集》第4卷,岩波书店,1935年,第542页。

[4][日]山口县教育会:《吉田松阴全集》第2卷,岩波书店,1935年,第7页。

[5]山口县教育会:《吉田松阴全集》第4卷,第541页。

[6][日]奈良本辰也:《吉田松阴》,新人物来往社,1984年,第136页。

[7][日]松本三之介:《政教社文学集》(明治文学全集37),筑摩书房,1980年,第139页。

[8][9][日]山口县教育会:《吉田松阴全集》第1卷,岩波书店,1935年,第354、346页。

[10]鲁霞:《松下村塾教育的历史断想》,《大连大学学报》(社会科学版)、第26卷、第3期,2005年6月,第88—89页。

[11][12][13]山口县教育会:《吉田松阴全集》第1卷,第593、597页。

[14]鲁霞:《近代中日知识分子开放思想的比较:以吉田松阴和谭嗣同为中心》,《大连大学学报》(社会科学版)、第23卷、第1期,2002年3月,第26页。

[15]山口县教育会:《吉田松阴全集》第3卷,第52页。

附记:本章由李月、刘家鑫撰写。原文刊登于内蒙古师范大学《语文学刊》(2011年8月5日,第8期,总第370期)。略有增添与改动。

简论幸德秋水的社会主义思想

本篇提要：19世纪末，欧洲的社会主义思想传入日本。当时的日本，出现了几位早期的社会主义者。幸德秋水即是其中之一。他积极倡导和平，宣传反战思想，参与组织日本的工人运动，谋求实现日本式的社会主义。在日本的社会主义运动中，秋水起到了先驱引导性的作用。而且，在社会主义思想传播于中国的初期，他还产生过非常重要的影响。

关键词：幸德秋水；社会主义思想；中国革命；自由民权运动；无政府主义

在近现代的东亚地区，日本是最早接受并传播欧洲社会主义思想的国家。这一时期，曾出现过几位早期社会主义思想家和活动家，如幸德秋水、片山潜[①]和堺利彦[②]等。其中的幸德秋水最为著名。他是一位最重要的先驱者和组织者，曾奋斗在社会主义运动和反战斗争的最前沿。日本社会主义思潮的兴起和传播，在一定程度上，也为中国早期共产主义知识分子群体的形成奠定了思想理论基础，而幸德秋水的社会主义思想对社会主义思潮在中国的广泛传播起到了积极的推动作用。那么，幸德秋水的社会主义思想是怎样形成的？其思想对中国又产生过哪些深远的影响呢？这些都是非常值得深入分析探讨的问题。

一　思想形成

　　幸德秋水，日本明治时代的社会主义者和无政府主义者。秋水本名传次郎，1871年生于日本高知县中村市，曾任《万朝报》记者，后组建平民社，创办《平民新闻》。1911年作为"大逆事件"的主谋被日本当局处死，遇害时年仅四十岁。秋水幼年丧父，家境贫寒，由母亲一手养大；九岁上私塾，诵读孝经，博览汉籍，学会儒学的思考方法。曾拜自由党领袖林有造学习英语，后来游学大阪，师从著名思想家中江兆民③。秋水接受了兆民的自由、平等与博爱的思想，对明治官僚体制持批判之态度，希望能通过议会并运用普通选举手段实现社会主义。艰难的家庭生活境遇和特殊的成长经历，促使他热衷于自由民权运动。

　　幸德秋水具有优秀的基本素质，才能极其出众。从其思想成果来看，中江兆民对其影响最大。兆民的辛勤栽培，使少年秋水在汉籍的学习上产生了质的飞跃。对汉籍的精心研究，又让他从中提炼出了儒学的思考方法。此外，中江兆民的民主主义思想，让秋水看到应该如何通过实际生活来理解社会平等、法国革命和唯物论。后来，秋水又以《中央新闻》社社员的身份，潜心学习翻译，并掌握了观察世界政治形势的要领。

　　1894年，中日甲午战争爆发。日本帝国主义的对外侵略扩张行径令他大失所望。日本政府声称，要将亚洲大陆从欧美帝国主义的压迫下拯救出来，但事实上却在效仿西方列强，使用血腥残暴的手段，掠夺中国的领土，追求国富和国权。他清醒地认清了日本蒙骗世人的真实面目，并意识到这不是一场值得期待的改革，而是一种赤裸裸的强盗行径。

　　中日甲午战争后，幸德秋水的注意力集中到了如下的三个重点上，其一是如何推翻藩阀政权的腐败统治，其二是崇尚和平，其三是崇敬天皇。尤其是他崇敬天皇的意识，一直到他成为社会主义者以后也没有改变过。这些思想意识，都为秋水社会主义思想的形成提供了客观条件，为其宣传社会主义的政治理想做好了一定的铺垫。

1898年2月,幸德秋水加入《万朝报》报社,以记者身份参加自由民权运动。他原本认为,通过政治改革可以树立自由党的旗帜,实现自己的政治理想。但是次年,伊藤博文等老一辈自由党的党员们却背叛了初衷。他们创立了政友会,随心所欲地玩弄权术,操控政坛。这种现实彻底击碎了秋水的政治梦想,他的情绪一度十分低落。为发泄心中的苦闷,他起草了《祭奠自由党》一文,用以悼念灭亡的民权理想,告白自己心中的痛楚。

经片山潜等好友的推荐,秋水曾于1898年成为社会主义研究会的一员。此会的宗旨是,努力把日本基督教徒的信仰输出到社会上去,让人民关注社会并使之自然发展。他潜心研究社会主义理论,在《万朝报》上发表了多篇文章,希望在现有的政治格局下实行改革,形成了其独特风格的社会主义思想。应该指出的是,在劳资纠纷频繁出现的社会形势下,秋水所追求的社会主义思想,仅仅是一种变了形的资产阶级民主主义思想而已。

日俄战争期间,他曾与堺立彦和内村鉴三④等人一样,在《平民新闻》上发表文章,倡导反战,呼吁和平。当时的日本人固守社会进化论的思维模式,不懂得自由道德的教义。从那时起,他开始思索如何才能让日本人民完成这种过渡和转变。幸德秋水著《20世纪之怪物帝国主义》一书,便是当下之产物。秋水在该书中强调,全体国民都应积极行动起来,参与到追求"理""义"和"仁政"等儒学式普遍真理的活动中去。

后来,幸德秋水的思想主要体现在三个观点上:第一,打破藩阀政治,反对贵族世袭制度。主张各党派团结起来,实现政党内阁,同时健全在野党,监督实施国民政治。第二,关注帝国主义列强在中国和亚洲各地的动向,以及日本政府的态度。应该指出的是,此时的秋水,其思想具有一种"内外有别"的两重性。他敏锐地洞察到帝国主义列强的本质,十分了解其侵略政策的危害性。同时,他又在日本政府的对外扩张殖民政策问题上,倾向于支持国权论。第三,关心社会问题。中日甲午战争以日方的完胜而告终,这极大地刺激了日本的产业,尤其是军事工业迅速发展,经济结构和国民生活也有了很大的改善。

然而,工业的迅速发展,引起了物价的飙升,人民生活再度陷入艰难困苦之中。秋水通过兆民的自由民权思想,从辩证的角度透析着这些社会现象。他对自由党失去了信心,想探寻一条新的出路,采用非政治手段解决日本国民面临的道德窘境。他认为,必须按照新的思想意识,从上至下实行社会改革,只有这样做才能真正解决实际问题。

1904年,幸德秋水与堺利彦共同翻译了《共产党宣言》。这是最初的日文译本,它标志着马克思主义思想在日本的接受和传播。秋水为了实现正义、和平与平等的理想,对社会主义问题阐述过自己的观点。他认为,社会主义思想是一种回避国际舆论和战争,禁止行使暴力的意识形态。但1905年后,秋水受到俄国第一次革命的影响,思想意识上出现了重大的变化,从此转变了自己的政治立场,成为无政府主义者。

二 思想影响

在19世纪末的亚洲,日本成为最早进入资本主义阶段的国家,而清末中国仍处在被动挨打的地位。为了寻求革命的真理,学习近代科学和先进技术,中国的青年知识分子纷纷来到日本。在先驱者们的指导下,中国革命的力量不断壮大。幸德秋水在《平民新闻》上发表不少文章,还出版了几部著作,宣传社会主义思想。中国的进步思想受到他的启发。

幸德秋水呼吁道:日本若想顺利地完成社会主义民主革命,必须要有亚洲各国的帮助。其中,中国和日本的合作是重中之重。他主张亚洲各国的革命者应该联合起来,而中日两国的革命更不应该分开。在宣传革命思想时,他一直与在日留学的中国青年们保持着密切的交往和深厚的友谊。他与中国民主革命之父孙中山先生等革命先驱者密切交往,相互影响。1903年后,他经常与中国革命的领导人讨论实施社会主义的问题,同情和支持中国革命。他深切地感到,只有社会主义才能救中国,才能完成中国民主革命的任务。

秋水曾发表多篇文章,专门论述了中国的民主革命和社会主义运动等问题。其中,他主要介绍过国际共产主义运动史和马克思主义学说,批判罪恶的资本主义制度。他曾预言,在不久的将来,中国一定会成为世界革命史上的第二个俄国。他还希望,正确把握国际社会主义运动的趋势,不断摸索应对日本国家新挑战的理论武器。从这两点来看,秋水开辟了前人未及的思想路线,拓宽了社会主义的理念。

尤其是,中国共产党的创始人之一李大钊先生,也深受幸德秋水著作的启发与其思想的影响。李大钊在日本留学时,曾阅读了秋水的两部著作《社会主义神髓》和《20世纪之怪物帝国主义》,从此开始崇拜社会主义思想,并深入探索社会主义理论。俄国十月革命后,李大钊成为在中国传播社会主义的第一人。他从思想理论上和组织上为中国的共产主义运动做出了卓越的贡献,是中国新民主主义革命的伟大导师和先行者。

后来,幸德秋水的思想发生了变化,由社会主义转变到无政府主义。此时的思想传播效果,跟他以前相比正好相反。最终,经过几十年艰苦卓绝的奋斗,中国的新民主主义革命获得了成功,并探索出一条符合本国国情的社会主义道路。可以说,秋水不仅为日本本国的社会主义事业做出了贡献,还影响了当时处于各种社会思潮迷茫之下的中国思想界,使先进的中国知识分子看到了前进的方向。

结 语

幸德秋水是日本最早期的社会主义思想家和评论家。其思想可概括为如下几项主要内容:社会主义如何代替资本主义,怎样实现社会主义革命,未来社会主义的构想,等等。秋水运用传统的儒家观念与其特有词汇,阐释了日本独特的社会主义思想体系。他积极宣传自由、平等和博爱的思想,希望营造出国民互拥、人人互敬的社会生活环境。他在论著中,猛烈地批判了帝国主义,揭露其丑恶的嘴脸及本质。他站在弱小国家的立场上,表达了其反对帝国主义列强对外侵略扩张的思想理念。他主张人类应该消灭资本家、贵族和军事权力,建立和平安定的社会主义政权。秋水堪称是亚洲社会主义思想的引路人。

秋水的思想内容包括三点:自由民权主义、社会主义、无政府主义。并且,他还经历了两个转变:从自由民权主义到社会主义,又从社会主义到无政府主义。虽然如此,秋水依然应该被看做是日本社会主义运动史上举足轻重的人物。特别是,社会主义思想在中国的传播,秋水起到了积极的启蒙与促进作用。因而,可以说,要想了解中国的社会主义思想与社会主义革命的起源问题,那么,首先应该考察一下日本早期社会主义的发展历程。其中,幸德秋水又是绝对不可或缺的首要人物。其社会主义思想的形成、思想成就和思想影响,对其后中国的社会主义革命所起的推动作用是无比巨大的,其功绩也是不可磨灭的。

注 释

①片山潜(1859—1933):日本社会主义者。生于冈山县。美国留学归国后,领导成立工会,并活跃于国际舞台。后再度赴美,成为共产主义者,当选为第三国际执行委员。病逝于莫斯科。

②堺利彦(1870—1933):日本社会主义者。生于福冈县,号枯川。与幸德秋水等人创刊《平民新闻》杂志。明治二十九年(1906)组建日本社会党,又参与创建日本共产党,以后转向社会民主主义。

③中江兆民(1847—1901):日本明治时代的思想家。名笃介,土佐藩人。从法国归国后,致力于自由民权思想的普及。曾任《东洋自由新闻》的主笔。明治二十三年(1890)当选众议院议员,后来思想转向国权论。有译著《民约译解》和

著作《三醉人经纶问答》等。

　　④内村鉴三（1861—1930）：日本基督教徒、评论家，江户人，札幌农业学校毕业，留学美国，无教会主义基督教的创始人，创刊《圣书之研究》杂志。参与足尾铜山矿毒事件诉讼，日俄开战时主张非战论。著有《我是如何成为一个基督教徒的》等。

参考文献

[1][日]幸德秋水全集编集委员会：《幸德秋水全集》，明治文库，1968年。

[2][日]神崎清：《实录：幸德秋水》，读卖新闻社，1971年。

[3][日]大河内一男：《幸德秋水与片山潜：明治的社会主义》，讲谈社，1972年。

[4][日]大原慧：《幸德秋水的思想与大逆事件》，青木书屋，1972年。

[5]韩一德、王树隶：《李大钊研究论文集》，河北人民出版社，1984年。

[6][日]森下彻：《幸德秋水的和平思想：以〈平民新闻〉为中心》，大阪教育大学：《历史研究》（历史学研究所年报），2008年。

　　附记：本章由孟琪、刘家鑫撰写。原文（英文版）发表于《语文学刊》（2013年2月25日，第2期，下旬刊，总第436期）。略有增添与改动。

第三篇

史海钩沉

日语中"支那"一词
蔑视中国之意的历史成因

本篇提要："支那"一词在古印度语中是赞美中国的一种称谓。但是，近代以来，日本人把这一词汇用于蔑称中国。笔者根据几位日本学者的观点和考证，综述一下日语中"支那"一词蔑称中国之意义形成的过程，并试图分析一下日本人对华观的深层心理意识。

关键词：日本人；"支那"；蔑视；甲午战争；日俄战争

曾任日本东京都知事的右翼政治家石原慎太郎，习惯地将中国称为"支那"。日本前首相森喜朗，也曾经把七七事变叫做"支那事变"。在日语里，"支那"这一称谓由来已久，它表现了日本人蔑视中国的思想意识。毫无疑问，我们中国人坚决抵制这种蔑称。尤其是，它一经日本政要之口，就遭到中国政府和人民的强烈反对。日本人傲慢的态度和轻率的做法，经常引起两国之间的外交纠纷和感情冲突，严重地干扰着中日关系的正常发展。

笔者希望就这一伤害我国人民感情的问题，依据日本学者们的研究成果，归纳分析一下近代日本人蔑视中国思想意识形成的过程。通过深入探讨"支那"这一称呼所引出的问题，从历史的角度，重新审视一下当今日本政客和右翼文人们使用"支那"一词的真实用意。笔者相信，这项工作不仅仅在学术研究上有重要意义,而且还有益于深入了解日本人的传统对华观和基本心理意识,并在此基础上采取积极有效的策略措施。

一 发端说

日本东北学院大学原教授村山磐先生,在其著作《战争与步兵第四联队——其历史是荣耀还是悲剧》[1]一书中,以"蔑视清国"为小标题,对日本人蔑视中国的问题作了概括性描述。村山先生写道,1894年,日本为了夺去朝鲜半岛和中国东北三省权益,实行其"大陆政策",公然挑起了中日甲午战争(日语叫"日清战争")。在日本军队向中国开战的同时,日本的各新闻媒体纷纷报道丰岛海战、牙山战役和平壤战役中日本军队连战连胜的情况。记者们争先恐后地美化战争,为日本军国主义政策大唱赞歌,宣扬白神源次郎和原田重吉等军人的"英勇无畏"精神。这类大肆宣传、无耻吹捧的文章,充塞着每天报纸的版面。连日里,传达胜利消息的号外声与欢呼声,响彻日本全国的大街小巷。

在这场对外侵略战争中,日本国民没有出现过任何反对战争、要求和平的呼声。日本民众普遍地以狂热的态度,迎接了"日清战争"的到来。一般民众中所形成的战争热,不久即转化为对东亚邻国的优越意识。与此同时,产生出了一种蔑视中国和朝鲜的情绪。譬如,在当时的日本军歌集里,有一首以《日清战争》为题的响遍日本全国的军歌。其中有一段歌词是这样写的:"名分正,这场战争。正正堂堂,奋勇直前。无悔于天地,而今要将清国佬,歼灭于千里之外……"歌词中,将可耻的对外侵略行径说得那么冠冕堂皇。

又比如,在当时,日本近代社会学的开拓者、文学博士外山正一作过一首《前进、前进、日本男儿》的歌词。他在歌词中写道:"轰啊!用大炮,杀那文明之大敌。刺呀!用利剑,戳那蛮族的巢窟。推进东洋之文明,靠我们之力量。出击出击!为君为国!"外山博士是"东京帝国大学"文科教授,曾历任东京帝国大学总长和内阁文部大臣。如此这般、气势汹汹地煽起战争热浪的,正是当时这些低俗的日本学者和所谓的知识分子。

村山磐先生认为,以中日甲午战争为契机,中国问题被记者报人们肆意杜撰,或不断地被歪曲捏造、推波助澜。在人为制造的侵略战争的热浪中,日本人变得越发傲慢狂妄起来。直到后来日本帝国主义全面崩溃为止,日本人的那种蔑视中国的情绪,被众多的日本国民传承授受,演变为其后的扩张主义政策和对外侵略战争。总之,把中国人叫做"清国奴",这种蔑视情绪和憎恨心理,在日本人中间并非是天然形成的,它是由那些不负责任的知识分子和记者报人们煽动误导出来的。也就是说,蔑视中国的罪魁祸首,应该是当时日本的知识界。他认为,为侵略战争而呐喊喝彩的现象,正是日本人蔑视中国之情绪的起源或发端。

然而,在另外两位日本学者实藤惠秀、实藤远父子看来,日本人蔑视中国的情绪虽然始发于中日甲午战争期间,但其明显的倾向则是在日俄战争期间才形成的。也就是说,其真正的开端要晚十年左右。那么,对于这个问题,实藤父子是如何解释说明的呢?

二 形成说

日本著名学者实藤惠秀和实藤远两先生,在共著的小册子《亚细亚之心、日中文化交流的进程》[2]中,首先对比了中日甲午战争时中日两国的状况,然后解释了日本人蔑视中国的问题。他们写道:甲午一战,日本战胜,除去兵力和装备的原因之外,更重要的是政治上的原因。中国方面,是清朝统治者的军队在对日作战,而不是全中国人民都在参战。与此相反,日本在明治维新后,以全新的近代国家的面目出现,在军事部署上做了充分的准备,全体国民也一致响应了国家的号召。而意外取得的胜利,又将日本国民带到了欢乐的巅峰。

实藤先生认为,国民热爱祖国,把国家战胜当作自己的事而高兴,这绝非是件坏事。但是,日本国民的爱国心是排外性的。以此为契机,这种意向逐渐形成了一股风气。这是决意要侵略扩张的日本政府对国民进行教育的结果,更是日本民族排斥其他民族,欺辱弱小国家人民的岛国劣根性所使然。这一点,很快就在轻蔑污辱中国人的问题上显现出来。

在当时的日本,军人们神气十足,不管走到哪里都受到敬礼。儿童们玩捉迷藏,也是模仿士兵打仗的样子。他们冲着过路的中国人,叫喊着"日本胜了,支那败了",还辱骂中国人为"清国小子"。中国人感到满腔的愤慨和国家战败的屈辱悲哀,也只能装作没听见,避开日本孩童的纠缠走过去。警察们即使看到这种场面,也是装聋作哑,置若罔闻。这种恶劣的做法,也成为将中日关系引向悲剧的重要原因之一。

从日俄战争开始之前,日本为了达到赶走沙俄、逐步独霸中国的野心,他们在中国留学生中间精心地栽培了许多亲日分子。然而,同盟会等反清组织成立后,中国革命运动中的民族主义精神有了长足的发展,而这种带有民族主义色彩的革命思想,恰恰成为日本侵略中国的障碍。日本为了彻底根除这些思想,首先于1905年公布了《取缔留学生之条例》,又于1907年查封了《民报》,驱逐孙中山等中国革命运动领袖。与此同时,还通过舆论机构和教育手段,向日本国民强行灌输诬蔑中国的思想意识。为了达到侵略扩张的目的,日本统治者不希望自己的国民跟中国人友好交往,他们利用各种机会,夸大其词地宣传中国如何落后、贫穷、愚昧,竭尽贬低、污蔑中国人之能事。

实藤先生认为,这种轻蔑中国人的倾向,出现在日俄战争的酣战期间,也就是《取缔留学生之条例》公布之前半年。中国留日学生黄尊三,著有《三十年日记》一书。实藤父子引用其中的记载,来佐证自己的观点。日记中写道:"六月初二日(1906年),我们刚走出了讲堂,马上就有日本警察来到了学校。他们查了一名留学生的随身物品,没得到什么,就离去了。大家的愤怒心情,已经是不可抑制了。我对此事也是心有余悸,那天竟然一夜未能安眠。在此地,我看到了弱国人民无自由可言的事实(笔者从日文意译)。"

接下来,由明治末年(1905年)以后过渡到大正时期(1912年元月始—1926年12月),这种轻蔑侮辱中国人的现象愈演愈烈。有一中国留日学生,以不肖生的笔名作《留东外史》一书。实藤先生还曾引用其中内容,来做进一步的说明。在当时,"支那人"或"清国奴"这两个词汇,简直就成了日本人侮辱中国人用的专有名词。一提起中国人,日本人就显示出无比厌恶的表情。比如,其举例道:"日本人连吃中餐,也装作不愿意吃的样子。他们觉得,我是日本人,在世界上是一等国民,如果说喜欢吃支那这种贫弱国家的风味饭菜,就会降低了我自己的身份。"

总之,日本官方制定各种规定,限制中国人的自由,驱逐中国的留学生,毫无顾忌地侵犯中国人的人身权益,肆意侮辱毁坏中国的形象。这种非友好的倾向,日益露骨,不断升级。这,导致了众多的日本人动辄辱骂中国人是"支那人、清国奴"[3]。

笔者认为,关于日本人蔑视中国的起始发端问题,其实村山先生与实藤父子的基本观点并无太大出入。只是村山的描述着眼于中日甲午战争时期,而实藤的解释则更侧重强调了后来形成蔑视风气的日俄战争时期。我觉得,可以权且将日俄战争前后,看成是日本人蔑视中国的定形期较为妥当。然而,要想进一步了解有关这个问题的更加确切的发生、发展、结束的全过程,还需要看一看另一位日本学者的专项考证。

三　源流考

近世(1550—1853)以来日本人是如何称呼中国的?特别是从近代初期到战败投降(1853—1945)的近一百年间,日本人为什么要把中国称作"支那"?又为什么出现了蔑视中国的情况?其历史的源流何在?有关这一问题,日本山形大学原教授佐藤三郎先生,在其论文《关于日本人把中国称作"支那"的考察:近代日中交涉史上一断章》[4]中,做了一个系统性的考证。下面,就让我们来听一听他如是说。

佐藤先生这样写道：中国自古以来，由于革命而导致朝代更替，其国名也随之变更。因此，日本人在称呼中国的时候，也往往以朝代名称之，如"唐""宋""明"等等。另外，还多用超越时代和朝代的一般性总称。17世纪中叶明清鼎革，20世纪初期由清至民国，中期又有新中国的成立。对此，日本人在使用中国各朝代名或国名的同时，作为总称，分别叫作"中国""中华""中土""华夏""支那"。除此之外，还以过去的朝代名称，叫做"汉""唐""唐土"，或以其过去的首都名，代称为"南京"。这期间，自明治初期至太平洋战争结束后（1868—1945）的一段时期内，"支那"这一称呼，在日本社会上则颇为盛行。

在日本人之中，有坚持"国家主义"观点的人。他们认为，中国人称自己为中国或中华，是以中国为本位的夜郎自大式的语言表现，日本人用之有伤日本国民的自尊。故此，这些人采取坚决抵制的态度。另外，在中国人那里，使用"支那"一词又遭到强烈的批判。加之，一部分日本人又反驳说这种批判毫无道理。围绕这一词汇的使用问题，在中日两国国民之间，时常出现感情对立的现象，这是一件令人痛心的事情。

"支那"一词，在17世纪末以前的日本文献中极少出现，进入18世纪以后，最早见于新井白石①的《采览异言》（1713年）。于同年刊行的寺岛良庵②的《和汉三才图会：异国人物部》第13卷里，也有几处"震旦""唐土""中国""中华""支那"的标记。在当时一般的日本人中间，把中国作为文化上的先进国家，而使其理想化的氛围尚且浓厚。新井白石与寺岛良庵之类文人，对中国的思想文化怀有极大的敬意。由此可以想象出，"支那"一词里包含着一种积极性的价值观。

近世日本，德川幕府对外实行彻底的锁国政策。有些日本人，在海上航行时遇上恶劣天气，随着风浪漂流到朝鲜、中国、俄国，甚至更远的地方。他们被遣返回国后，都要接受幕府的严格审查。因此，除了供词以外，还留下了一些《漂流记》。其中有关中国的地方，使用"唐国"为最多，加上"唐""唐土""唐山"

约占总数的三分之二,将中国人记载为"唐人"的近八成,而写作"支那"者则极为少见。

进入19世纪以后,日本人称中国时,除叫"清""清国""唐""汉"以外,使用"支那"一词的现象逐渐增多。而且,与以往那种尊敬中国的语气略有不同,从此时开始,已经带有傲视中国的语意了。例如,1808年,佐藤信渊[③]在其著作《海防策》中,曾高度评价过清国的实力,认为无论付出多大的代价,也要与中国保持密切的关系。可是,到了1822年时,他却在《宇内混同秘策》一书里宣称,日本有吞并亚洲的天赋之使命,并且应该首选地大物博的"支那"。更显著的例子是,1855年,吉田松阴[④]在给其兄的书简中,称中国为"支那",并且将中国视为日本要征服的对象。

当然,"支那"一词在19世纪前半叶,并非所有的场合都是以同样的语义来使用的。如幕府的高级官员横井小楠[⑤],在其著作《富国论》中说:"支那与日本乃唇齿相依之国,视其倾覆,唇亡齿寒,今非坐视旁观之秋。"他认为,日本与中国处于同一命运共同体,应该一起抵抗西方列强的侵略。为此,必须始终保持亲密关系,相互信赖和援助。在这种论点中,感觉不出任何侵略性的意思。再有,当时并非所有的人都弃"唐国""汉土"而改用"支那",即便是同一人物,也有许多并用两种以上词汇的情况。1849年,前述佐藤信渊在其所著的《存华挫狄论》里说,日本出于对抗西洋各国之考虑,也要温存中国,此为上策。他在文章中,将"大支那"一词与"清国""中华"等词汇一并使用。但是,从此开始,"支那"一词在日本逐渐被广泛使用,且不能否认它已经开始带有贬义的成分了。

佐藤三郎先生认为,出现以上这种变化,是与当时的历史背景有关的。19世纪中叶的中国,在西方殖民主义势力的进攻下步步后退,鸦片战争中败北,被迫接受不平等条约。英法联军攻占北京,皇帝蒙尘。同时,又发生了太平天国起义,清王朝已露出崩溃的端倪。这些信息不断地传到日本,日本人对心目中圣人君子的中国产生了怀疑。各种文献显示,在这一时期,"支那"一词的使用频率有所增高。如萨摩藩主岛津齐彬⑥,在给福井藩主松平庆永⑦的信件里说:"支那孤立退婴,安于旧习;其将来前途令人心寒,不堪设想。"1862年,幕府向清朝派出的贸易考察团员高杉晋作⑧等人,亲眼见到了清朝内忧外患的状况,并将其感想写进各自的日记里,他们多用"支那"一词来表达当时的情形。另外,在某些《漂流记》里,也通篇使用"支那"和"支那人",而不用其他称谓。

四　演变观

接下来,佐藤三郎先生继续考证了近代以来"支那"一词的演变过程。他证实,明治维新(1868)以后的日本,有关中国的称呼发生变化,在明治新政府的公用文书、官员的书简日记、各种刊物及报纸上,"支那"一词同"唐国"等词并用,进而"唐国""汉土"等词汇的使用逐次减少,取而代之的是"清国""支那"等词汇,使用这两个词汇的情况越来越普遍。在当时小学的教材里,几乎都将中国记载为"支那"。也就是说,从中日甲午战争爆发以前开始,"支那"一词就已经在日本国民之间呈定形状态,而且,轻蔑中国的感情意识也付之其间了。1912年元旦,中华民国诞生。同年2月,清朝灭亡。虽然如此,日本的官民仍然不称"中华民国",而是继续称呼"支那、支那共和国"。这种现象,一直持续到太平洋战争结束以后的一段时期。

古代印度人把中国当做东方的文明之国,"支那"一词,本来是他们赞美中国的一种称谓。中国的文人学者,如黄遵宪、章炳麟、梁启超等人都曾使用过,日本的文人们也是在一种敬畏和亲近感的情绪下才使用的。但很显然,时值中国内忧外患,日本人深刻地意识到了清帝国的衰微之势。另一方面,日本人又一股风潮似地争相崇拜西方文明,越发轻视中国传统的思想文化,"支那"一词逐渐变成了贫弱、懒惰、因循守旧、傲慢不逊、无能、不清洁的代名词。随着时间的推移,进入明治时期以后,这种情况变得愈加严重了。

明治十年代即1877年以后,在日本人之间开始使用"取支那"这一说法了。

这一时期的日本人，开始酝酿轻蔑侮辱和侵略中国的气氛了。不光政治家官僚如是说，就连知识分子也是恶意抹黑中国。比如，启蒙思想家福泽谕吉⑨，在其《世界国尽》一书中，将中国说得一无是处，贬为最低等的国家。尤其严重的是，受到这种社会思想的影响，许多小学教材均把日渐衰落的清帝国同蒸蒸日上的日本对照来写。受到这种教育的日本青少年长大成人后，不能指望他们对中国怀有尊敬亲近的感情。从年轻一代人的双唇里冒出来的"支那"一词，那里面潜藏着一种傲视、轻蔑中国的心理意识。不仅如此，就连专门研究中国问题的日本汉学家们也被称为"支那通"，遭到社会上人们的鄙视和不屑。

日本人轻蔑中国的倾向，甲午战争以后愈演愈烈。清朝政府派去的留学生走在大街上，时常被日本儿童无端戏弄，还被骂做"支那人""清国小子"。许多留学生不堪侮辱，刚去不久旋即愤然回国。这一时期的中国人，对于日本人称呼中国为"支那"，逐渐地感悟出了其中的恶意，但还未公开表示反对。1912年，历史进入民国时期，中国人民的民族主义精神和近代国民国家意识有所增强，对抗日本的民族情绪不断发展变化。尤其是1915年，日本肆意强加给中国"二十一条"，妄图骑在中国人民的头上，把中国变为日本的附属国、殖民地。1919年，在巴黎和会上，日本又从德国手中强夺了中国山东的主权。这些问题出现以后，中国的反日浪潮高涨起来，随后爆发了五四运动。

在日本人肆无忌惮地轻蔑侮辱中国的情况下，中国人特别是留日学生们再也无法忍耐下去，他们开始起来抗议反对日本人的做法。留日学生们平日饱受日本人的欺辱，他们想促使日本人反省，要求日本人停止使用"支那"一词。日本政府在对华文件中写作"支那"，国际外交文书里写为"National Republic of China"。两者本来共出同一语源，但是从日本人的嘴巴里吐露出来的"支那"一词，其语感与欧美人的截然不同，它附加上了某种特殊的意义，让留日学生们感到了极大的不愉快。

譬如，1920年，留日回国生王拱壁在《东游挥汗录》一书中，将日本人用"支那"一词侮辱取笑中国人之事,做过非常形象的解释。郭沫若在1936年9月号的《宇宙风》杂志上指出,日本人不但把中国叫做"支那",还经常使用"日支""英支""鲜支""满支"等称呼,意图把中国排在最低档次的位置上,竭力贬低中国。他敏锐地观察到这一问题,深刻地分析其原因,表达了当时中国留日学人的反感情绪。郁达夫也痛感于此,他在小说里,表现了自己被日本人称为"支那人"时的屈辱悲愤之情。

1930年5月,南京国民政府根据中央政治会议的决议案,向外交部发出了一道训令,称:"今后凡有使用'支那'之文字的日本公函,一概拒收。"(笔者从日文意译)当时,日本的一些有识之士也表示担忧,觉得中国人讨厌被称为"支那",日本应该反省此事。中国政府训令之事传来,在日本社会上引起了不小的震荡,惹起了世人的关注,赞否两论,争吵得沸沸扬扬。在中国政府的强硬态度面前,同年10月29日,日本政府经过内阁会议讨论决定,将"支那共和国"的称呼变更为"中华民国"。

虽然如此,日本国民的抵触情绪很大,他们仍旧继续广泛地使用"支那"一词。1937年七七事变后,日本政府又开始称呼中国为"支那"。这种情况,一直持续到战败投降以后的一段时期。1946年,作为战胜国的代表,中国与新联合国的其他主要成员国一起,共同处理战败国日本的问题。中国国民政府派出代表团常驻日本。中国代表团向日本政府提出强烈抗议,要求日本停止使用"支那"一词。

佐藤三郎先生考证的最后部分是这样写的,战败国日本不得不顾及中国人民的感情,于1946年6月7日,以外务省总务局长冈崎胜男的名义,向各省厅发布了《关于避免使用"支那"之称呼》的文件。而后,日本政府各有关部门又向各报社杂志社、各大专院校下发了同样的通知。其结果是,日本全国的报纸杂志和广播电台逐步改称"中国",各级学校的教材也统一为"中国"。1949年10月1日,中华人民共和国诞生,日本人又将新生政权下的国家称为"新中国",以后逐渐约定俗成。

五　特征论

综上所述,关于日本人称中国为"支那",并以此蔑视中国人的问题,村山磐先生认为,日本国民仇视中国的情绪起源于中日甲午战争。村山集中批判了新闻媒体的胡乱炒作和知识分子的不负责任。实藤惠秀和实藤远两先生认为,在日俄战争时期,日本人蔑视中国的情绪才真正形成大气候,其主要原因是日本的国家政权及其侵略政策造成的。可以看出,这三位学者的论述,都带有痛恨日本帝国主义的强烈的感情色彩。

很显然,佐藤三郎先生的态度则较为冷静客观。他将这一问题,当做一个纵向的历史性问题进行考证,其使用的文献资料翔实可靠,论述内容具体详细,研究结果更有说服力。其考证的结果表明,"支那"一词散见于近世和近代日本的各种文献中,距今已有近三百年的历史。然而,在美称中国的词义里掺杂进蔑视中国的成分,其语意之变化由来已久。可以说,这种变化自19世纪初期,即近二百年前就已经发生了。

笔者觉得,在其后的时代里,这一词汇伴随着日本人蔑视中国的思想意识,走过了如下的历程,即:鸦片战争时期在书面上大量使用,中日甲午战争时露出头角,日俄战争前后趋于明朗并定型,五四运动时肆无忌惮,七七事变后变本加厉,战败投降后不得不黯然收场。战后的日本成为经济大国后,不甘心屈尊于中国人之下,又开始露出了狐狸的尾巴。

近代以来的日本人,采取了极端蔑视中国的态度。它是以往日本人敬畏崇拜中国的一种逆反心理之表现。所谓蔑视,到底指什么？归根结底,日本人认为,鸦片战争后的中国人拒绝接受西方近代的思想文化,其本身不具备建立近代国民国家的政治能力。日本在甲午和日俄这两场战争中取得胜利之后,这种思想意识日益恶性膨胀。直至日本帝国主义灭亡为止,日本人对中国的蔑视,直接牵涉到否定中国国家主权的问题[5]。

反过来看中国,经过中日甲午战争和日俄战争,日本帝国主义加紧对华蚕食侵攻掠夺。尤其是妄图灭亡中国的"二十一条"给中国人民敲响了警钟,它使"沉睡的雄狮"猛醒过来,促使中国人民团结一心,走上争取独立自主和民族解放的道路。日本人对中国的蔑视态度,唤醒了中国人的民族觉悟,使之产生了强烈的自强意识。

代结语

回过头来,让我们再看一看,为什么某些现代日本人还要称中国为"支那"。通过以上的叙述,读者应该能够认清其内在的心理意识和思想实质。按理说,现在"支那"一词业已变为死语。但日本人中间,尤其是一些右翼反华政客和所谓的学者作家之流,他们依然顽固地使用"支那",只是不敢那么明目张胆,而是将它改为日语的片假名"シナ"来书写罢了(读作sina)。但其读音和蔑视中国的语意,仍旧没有根本性的改变。

时至今日,日本国内仍有一些饭馆自称"支那饭店、支那荞麦面条"。日本地图上,仍在沿袭战前的说法,将中国的东海和南海称作"东支那海、南支那海"。有些老人说话时,也经常有意无意地带出"支那"等词语。当今世界,各国人民谋求进步、争取和平发展。中日两国之间那段不愉快的历史,也早已成为过去。但一些日本人仍旧抱着帝国主义时代的亡灵不放,他们时常沉渣泛起,奏出几声与时代精神不相协调的音符。

这种现象说明了一个问题,那就是一百多年以来日本侵略中国,而现代的日本人对不光彩的历史未能进行彻底的反省和清算。战前与战后,许多日本人的对华观没有多大的改变。日本人蔑视中国的意识潜藏在其深层心理之中,时而有形无形地流露出来。在这一原则性问题上,日本政客与文化人的世界观和价值观发生扭曲和变形,最容易导致全体日本人民道德意识的混乱和低下,致使他们丧失独立思考的自觉性和辨别是非的能力[6]。如果这种情况持续下去的话，若干年后，那又将是一件很危险的事情。

注　释

①新井白石(1657—1725)：日本江户中期政治家、学者。名君美，江户人。师从木下顺庵，奉仕六代将军德川家宜。在七代将军家继时曾实施币制改革，推进了文治政治，被称为"正德之治"。著有自传《折柴记》和《西洋记闻》等。

②寺岛良庵(生卒年不详)：日本江户中期中医大夫，大坂人。著有《和汉三才图绘》一书，为内附插图的百科全书。

③佐藤信渊(1769—1850)：日本江户后期农政学家。出羽人，在农政、经济、国防论方面，独自提出土地、资本的国有化等理论。著有《经济要录》和《农政本论》等。

④吉田松阴(1830—1859)：日本幕府末期的思想家。长洲藩士，研究兵法，在江户师从佐久间象山等人。美国海军提督佩里访日时，企图偷渡海外未遂，被幕府逮捕入狱。在萩町开办松下村塾，培养了高杉晋作、久坂玄瑞等一批尊皇攘夷运动领导人。后因"安政大狱"被处死。

⑤横井小楠(1809—1869)：日本幕府末期思想家。熊本藩士，提倡公武合体、振兴产业、强化军备，以绝对主义为其奋斗目标。明治维新后参与政府工作，后被暗杀。

⑥萨摩藩：日本江户时代的一个藩国，管辖今鹿儿岛县和宫崎县(部分)及琉球，藩主岛津氏。元禄时代(1688—1704)以后领有77万石。幕府末年，该藩与长洲藩一起，成为倒幕运动的核心。为幕末维新期推出了很多优秀人才，对政局的发展有指导性作用。岛津齐彬(1809—1858)：日本幕府末期的萨摩藩主，岛津齐兴之子，岛津久光的异母兄。精通兰学的文明开化论者，推行藩政改革和富国强兵政策。简而言之，萨摩藩为现今鹿儿岛县的旧称，藩主在某些场合

也被称作"大名",相当于中国古代的地方诸侯。

⑦福井藩:即今福井县一带,位于日本中部地区、北陆西部,县府为福井市。松平庆永(1828—1890):也称松平春岳,日本幕府末期大名,福井藩主。在将军后嗣问题上推荐一桥(德川)庆喜,与大老井伊直弼对立,受幽禁处分。后致力于藩政改革。在明治政府中历任议定、民部卿、大藏卿等职。

⑧高杉晋作(1839—1867):日本幕末攘夷派志士,长洲藩士,曾在吉田松阴的松下村塾学习。文久三年(1863年)炮轰外国船只时,曾组织奇兵队。翌年,负责与四国外国舰队媾和,后建立长洲藩的军事体制,并击溃幕府军队。

⑨福泽谕吉(1835—1901):日本明治时代的启蒙思想家,庆应义塾的创建者。丰前中津藩人,先在绪方洪庵的适塾学习兰学,后转学英语,并随同幕府派往欧美的使节团出国。创办《时事新报》,提倡应用科学和独立、自尊。著有《劝学篇》和《文明论之概略》等。

参考文献

[1][日]村山磐:《战争与步兵第四联队:其历史,是荣耀还是悲剧》,步兵第四联队会发行,1987年8月15日。

[2][日]实藤惠秀、实藤远:《亚细亚之心:日中文化交流的进程》,淡路书房,1956年7月30日。

[3][日]实藤惠秀:《日中非友好的历史》,朝日新闻社,1973年1月25日。

[4][日]佐藤三郎:《近代日中交涉史的研究》,吉川弘文馆,1984年3月10(引用论文原载:日本《山形大学纪要》,第8卷,第2号,1975年2月)。

[5]刘家鑫:《中国通的对华观的特征》,日本新潟大学研究生院现代社会文化研究系:《环日本海研究年报》,第8号,2001年3月。

[6]李明:《日本的"中国论"的检证:1920—1930年代的中国非国论》,日本中京大学社会科学研究所:《社会科学研究》,第9卷,第2号,1988年。

附记：本章由刘家鑫撰写。原文发表于《天津外国语学院学报》（2002年6月，第9卷，第2期，总第34期）。此前曾做重大修改，收录在笔者所著《日本近代知识分子的中国观：中国通历史人物的思想轨迹》（南开大学出版社，2007年9月）一书中。此次重录，再做添加与改动。

试论明治政府地税制度改革的近代性问题

本篇提要：日本明治维新期间，明治新政府进行了一系列的政治经济改革，地税制度改革即是其中之一。地税改革至关重要，它的成败直接关系到其他改革能否顺利进行。在地税制度改革过程中，明治新政府本着与时俱进、跨越式发展的基本精神，始终坚持改革的近代性与前瞻性。从几个典型的政策案例，可以看出明治政府是怎样进行地税制度改革，又是如何坚持其近代性的。

关键词：明治政府；近代性；检查例；岩仓议案；地券

明治元年（1868），日本开始进行明治维新运动。明治新政府在政治制度和经济制度等方面实施了一系列的改革。1871年废藩置县政策的实施，使明治政府奠定了中央集权型国家政权的施政基础，得到了全国范围内的征税权，使困扰已久的财政问题露出了解决的曙光。地税制度改革是明治维新改革中极具重要意义的一环，它上承全国政令统一之胜果，下启工业建设之浪潮。可以说：正是由于地税改革快速有效地解决了土地及财政问题，才保证了维新后的各项改革工作顺利地进行，并最终取得了成功。

第二次世界大战以前，日本学术界有"劳农派"和"讲座派"，两派之间发生了论争，其焦点问题是明治初期的地税制度改革是封建性还是近代性。因当时的学者所能利用的史料有限,两者的论点各有偏颇。战后,关于明治时期地税改革的研究全面展开,20世纪的60年代达到了高潮。以福岛正夫、关顺也、有元正雄、丹羽邦男等为代表的日本历史学家的研究成果频出,使地税改革研究达到了相当高的水平。在诸多明治维新研究的课题中,对于地税制度改革的性质之争,始终是学者们力争解决的一个关键性问题。

笔者认为:关于明治政府在地税制度改革中所体现出的近代性问题,仍有进一步深入分析研究的必要和余地。在地税改革事业中,有几项政策最具代表性,比如:初始计划,《检查例第一则》,驳回《岩仓议案》,发行"地券",等等。笔者将重新分析以上几个方面的具体内容,并详细论述明治政府是如何坚持地税改革之近代性的。

一 初始计划

在明治政府的精心设计和强力推进下,和其他的改革项目一样,地税制度改革如期进行。一直以来,国内外学术界的主流意见是:明治政府作为大资产阶级、大地主阶级利益的代表,是想通过地税制度改革来压制普通农民,使农民阶级的利益成为近代日本跳跃式发展的牺牲品。从地税改革实施的过程来看,上述观点在某种程度上符合部分史实。但实际上,明治政府的决策,及其面对变化时的利益取舍过程,远比这要复杂得多。其政府行为的特征,也不是如此的简单。

众所周知,明治政府成立初期,财政状况极其窘迫。以石高计算,中央政府可支配的石高总数为820万石,只占全国石高总数的27.3%。明治元年(1868)6月27日,明治政府发布《第367号太政官布告》,通告了中央政府捉襟见肘的现实情况[1]。尽管如此,在取得全国征税权后,立刻牺牲农民的利益并非是政府的初衷。相反,政府做出了以租税"公平化一、修养民力"为基础的近代税收制度构想。

明治四年(1871),大藏省向正院(决定政策的机构,由太政大臣、纳言、参议组成,下设行政8省)提出了其租税改革整体方案。日本学者丹羽邦男将此方案归纳为以下三点:1. 税制改革由国内税改革和海关税改革两部分组成;2.国内税方面,增征物品税、印纸税、专卖特许税等新税种。根据新税的增收情况逐步轻减农民负担的重税;3.海关税方面实行保护性关税原则[2]。此提案于明治五年(1872)3月得到了正院的批准。从中可以看出,在中央政府的最初计划中,牺牲广大农民的利益并非是第一选择。

明治政府的计划,是希望通过建立近代化的税收制度、土地制度、教育制度等,使日本尽快进入近代文明国家的行列。在未发表的《告谕人民书》中,他们明确地表达了对近代化的认识。比如,在《告谕书》的开头部分就有这样的表述:"政府遵从大多数人民的意愿,订立规则,颁布法律。为达成人民的意愿而在各处设政府管理机构,其政府官员代表人民处理行政事务。"虽然这里所说的"人民",未必包括所有贫困百姓在内的全体日本人。但至少可以看出,明治政府主要领导人还是认识到尊重人民的利益和意愿是使新政权取得广泛支持的关键。

此外,该《告谕书》还对税收原理进行了阐述。譬如:"国家必要的经费是,为达成国内人民之意愿而消耗之费用,国内人民统一按一定比例缴纳,自为当然之务"、"此按比例缴纳之钱款,即为租税"等等①。可见,在新政权成立的初期,明治政府从政权性质到具体政策都具有鲜明的近代性。

日本政府于1872年2月,与美国就修改不平等条约问题进行了谈判。双方在恢复关税自主权、废除领事裁判权等问题上意见相差甚远,因此交涉终止[3]。谈判的失败,使日本不得不重新回到作为一个贫弱国家所要面对的严酷现实之中来。外交的失利,使试图依靠关税组建近代租税体系的计划成为泡影,谋求稳定国内局势的"宽租"原则也自然实现不了了。尤其是在欧美考察团②归来后,日本农民面对的事实是:明治政府将扶植工业、保护商业金融业作为政府工作的重点,力图超常规发展,而农业将被排在后面。

这一时期,政府财政吃紧,海外贸易前景不畅。在这种形势下,暂时放弃原有的"亿兆均一、修养民力"的近代化税收设想,牺牲部分农民利益,成为新政府必须选择的路线。此后,出于保护新生资本主义工商金融业的目的,明治政府决定对工商业部门课以轻税,并且暂缓增设新的消费税种。同时,对农民课以重税,制定以地税为主的租税体系,还将"保证新地税政策实施初期政府收入不减"作为了税收及相关政策的基本原则。这样的政策转变,实为迫不得已的一种短期行为。

二 《检查例第一则》剖析

接下来,笔者尝试详细分析新地税政策中的技术环节—《检查例》,力求澄清其中的近代性成分与传统性成分。所谓《检查例》,即明治六年(1873)7月颁布的《地方官心得》第十二章的第一则和第二则。它是在衡量土地所有者申报的地价时,政府方面的"腹案"(计算标准),在地价算定上具有广泛的适用性[4]。在此,笔者想以列表的形式,解释说明适用于自耕农的《检查例第一则》。

表1 检查例第一则

设收获金额为x 地价为P
$P = (x - 15x/100 - P/100 - 3P/100) \cdot 100/6$
地价　收获金额　种子肥料金额　地方费　地租　利息率
(100%)　　(15%)　　(34%)　　(51%)
$P = (100x - 15x - P - 3P)/6$

表1根据有元正雄〈地税改革中地价的决定〉一文中的列表整理而成。参见:明治史料研究联络会编《明治维新与农业问题》,御茶水书房,1959年,第90页。

首先,不可否认,《检查例第一则》只是明治政府方面的一厢情愿,因为它严重地脱离了农业生产实际情况,将生产费用仅设定为收获量的15%,只承认了种子费与肥料费,其他如农具磨损费、畜力费、仓储费等都未加以计算。

表2 明治前期以"一反步"为种植单位的大米实际生产所需费用统计表

	年度 地域	收益	生产费用				生产费用 合计
			种子费	肥料费	劳务费	农具磨损费	
1	1877年 福岛县	石 2.025	日元 0.276 2.7%	日元 3.500 34.6%	日元 3.210 31.7%		日元 6.986 69%
		日元 10.125 100%					
2	1888年 福岛县	1.600 8.044 100%	0.25 3.1%	3.070 83.1%	4.600 57%	0.200 2.5%	8.120 100.7%
3	1877~1886年平均 新潟县	1.619 7.046 100%					4.453 63%
4	1877~1887年 2府22县平均	1.345 5.557 100%	0.216 3.9%	1.894 32.3%	3.515 63.4%		5.625 100.6%
5	1888~1890年全国 平均	13.356 100%		2.724 20.5%	3.739 27.9%	1.780 13.3%	8.243 61.7%

表2出处同上表1,第91页。"反步":面积计量单位,一反步约合992平方米。因篇幅所限,本表均将明治年份换算成公元年份。

其次,根据上述(表2)可以推断出:1.种子肥料费在20%—40%,与《检查例》相比多出5%—25%;2.劳务费根据计算基准的不同约占27.9%—63%。《检查例》忽视了占如此大比重劳务费的存在,这一点是其致命的缺陷[5]。

《检查例第一则》中不太科学的计算标准,最终导致了地租额过高。但实际上,相对于幕府时期的单纯根据收获量划分几公几民(公,即幕府和领主;民,即农民)的缴租方法,在一定程度上该《检查例》还是有了实质性的进步。因为,它毕竟开始承认了农产品生产过程中所必需的附加费用,并明确地将地方税和国税进行了划分。最为重要的是,它还采用了以利息率进行资本还原的地价计算方法,创造出了近代租税计算方式的雏形。这说明,明治政府在地税改革开始阶段,就已经构建起了近代化地租制度的框架。只不过由于财政困难所迫,个别的比例不得不脱离实际,以至于让后来的许多批判矛头指向了《检查例》"额度过高"所带来的封建性表象。

其实,任何一个性质上有根本变化的政策,都需要一个磨合适应的过程。在明治政府当时所面临的情况下,要求新的地税政策从制定到实施立即完成由封建性向近代性的转变,是绝对不可能的。因为不能忽视封建传统的惯性、人民及统治者思想意识的惯性,新的政策也需要一定的成熟时间。换句话说,《检查例》能从诞生起就带有近代性成分,这一点足以证明了明治政府在坚持近代性方面的努力。亟待解决的是,等财政困难缓解、客观条件允许时,通过调整比例来恢复地税制度改革本来的近代性面目。

三 驳回《岩仓议案》

岩仓具视③是明治维新的功臣,在明治政府中担任要职。他参与了许多新政策的制定工作,在推行地税制度改革过程中也处于重要领导地位。有关地税改革问题的《岩仓议案》,是在特殊的情况下出现的。明治十三年(1880),粮食价格高涨,东京市场的大米平均价达到了每石10日元57钱。由于政府规定地租为"金纳制"(即以货币交纳地租的制度),农民在地租方面的负担略有减轻。政府的年度收入实质上减少,中央财政再度出现困难。

在这个背景下,岩仓提出了以下议案,其大意为:今日国家出现财政困难的原因,虽不能说与增发国债毫无关系,但其根本原因还是在于地税改革中"地租全额金纳制"的确立。"金纳制"的施行使农家获利甚大,边陲的普通农民也开始厌食杂谷而改吃大米。导致其他的士商杂业者的食粮渐告匮乏,米价高涨并开始依赖进口大米。农夫因侥幸之富,而日渐奢侈。这样一来,不仅大大助长了物品进口的势头,而且农民流于怠慢游惰,使田地荒芜。农夫独得侥幸之富,而士族则遭金禄公债下跌之苦,商人贷于各藩的款项不得收回等,渐渐陷入困境。挽救这种形势的方法,是将地租的四分之一恢复为"米纳制"(即以实物交纳地租的制度),使米价回落。农民中的佃农和贫农,希望日常用品恢复廉价。假如恢复"米纳制"的话,将对此做法产生不满情绪的也只是中农以上人群,大约不过一千万人。以前,在米价跌落的时候,为了拯救农民的困苦,政府曾于明治十年(1877)发布过《第80号布告》,允许地租的一半为谷物缴纳。现逢米价腾贵,将地租的四分之一恢复为"米纳制"并无不妥[6]。

岩仓具视,在中央政府中的地位仅次于三条实美④,是位于政府核心领导层的重要人物之一,但岩仓的这个议案最终没有被采纳。其议案被否决,一方面证明大久保利通⑤等其他领导成员顶住了岩仓的压力,并未因一时的利益得失而使政府的政策失去连贯性。另一方面,岩仓的议案具有倒退的性质,没有获得其他领导人的认可。这表明,明治政府在坚持保证租税额的前提下,不愿损害有关政策的近代性。

诚然,恢复部分"米纳制",会有助于缓解当时的财政危机。但米价的起伏带有偶然性,这种偶然性在当时的社会条件下会反复出现。"米纳制"作为一种临时性的措施,必然会随着米价的逐渐平稳而被取代。恢复"米纳制",就会使明治政府的财政再一次回到被收缴实物(大米)所左右的窘境。而政府最不愿意看到的,就是地税制度改革偏离正常轨道,失去政策的连续性。

不可否认,一直积极参与明治政府工作的岩仓具视,在有限度地恢复"米纳制"的问题上目光短浅。岩仓认为,贫苦的农民就应该过着最低标准的生活。从这一点上不难看出,作为过渡时期的统治者,岩仓带有根深蒂固的传统等级观念。最终,明治政府没有采纳岩仓的这种带有"条件反射"性质的议案,而是通过调整财政政策,压低物价,增征其他税种(包括地方税、食品税)等方式缓解了财政危机。明治政府这样做的结果是,既补充了新的税种,进一步完善了日本近代税收体制,又增加了应付、解决新的财政困难的经验。更重要的是,中央政府以实施这一政策为契机,逐步把握住了地租税制度中"金纳制"的近代性,使地税改革按部就班地步入正途。

四 发行"地券"

所谓"地券",是明治政府发行的一种证明书,是券面登记人对自己的土地拥有所有权的法律证明[7]。明治政府发行地券的首要意图,并非是想让土地马上变为私有化,而是要使其成为推进土地税制改革的一种手段。政府通过发行地券,力求详细了解土地面积、地价和地况,把握国民经济的实态,制定地方制度、地方民政的实施计划。

　　德川幕府时代,土地所有权归属于封建领主,地主和农民都负有按时交纳贡租的义务。而土地改革中所强调的一点,就是由追认农民的土地保有权,直至赋予农民土地私有权[6]。私有权凭证效用,是将领主阶级取消后才得以实现的。明治政府根据神田孝平的《田租改革建议》发行的"壬申地券[7]",以及政府后来根据陆奥宗光的《田租改正建议》发行的"地税改革地券[8]",都有作为土地保有或土地私有凭证的效用。对地主和自耕农来说,获得法律承认的土地所有权,自然是期盼已久之事。可是,获得土地所有权,就必须接受政府强行规定的"算定地价[9]",而算定地价直接关系到所要负担的地租额。在增租地区,地券上的算定地价不符合农民土地的实际情况,发行工作遭到了农民的抵制。

　　地券不仅是政府定价征税的依据,也是掌握全国土地状况的一项必要措施。接不接受地券并不是一个可以选择的事情,中央政府对不接受地券者制定了严厉的处罚措施。明治八年(1875)6月18日,发布了《第106号太政官布告》,规定:不接受地券者,将不享有土地所有权,有关土地的任何交易均不受法律保护。以往,作为家族财产的土地,可以不经手续直接过渡到家产继承人的手中。新的法规,打破了这种农村旧习。在明治八年(1875)10月9日发布的《第153号太政官布告》中,更进一步地明确规定了继承人必须办理继承地券手续,否则将不享有土地所有权,政府坚持了地券必须分配到具体个人的根本原则。其间,内务省和司法省均对此提出异议,但都被太政官慎重考虑后分别予以驳回[8]。

　　对农民来说,在初期阶段,"土地私有权"并未给他们带来实际利益,只是在土地交易和土地转让时有了法律的保障和约束。强制确定地价,强制收取地租,使农民丝毫没有因拥有土地私有权,而获得在缴租方面的任何发言权。但是，对于中央政府来说，通过发行地券，使原来所有权不明的典当地、荒地、转让地、买卖地、未登记田、新开垦田等确定了所有者，使土地脱离农村旧习的影响，进入了全新的法制管理时代。明治政府强制发行地券，将土地分配到个人，就等于走完了近代资本主义土地制度中最基础的一步。由此确定了随后一系列土地政策的最基本的接受单位、地券的持有者，同时也为培养资本主义制度下的新兴地主阶级打下了基础。

由地券带来的土地私有权的产生，是对领主阶级消失后，农村土地所有权的重新组合。地券制度的确立，清洗掉了一部分在农村中普遍存在的所谓"永久佃耕权"，为地主阶级整合土地拓宽了道路。政府发行地券的另一个目的，就是确立地租个人负责制，为将来通过利益分配而牢固地掌握住地主阶级，做好了制度上的铺垫。

明治政府坚持强制发行地券，在保证地租收入的前提下，尽可能地实现当初的近代化设想。换句话说，是为了在将来条件允许时，可以通过减轻租税额迅速恢复地券的近代化面目。明治初期土地私有权的确定和以资本还原计算地价的方式，使日本由封建土地所有制，走上了资本主义土地制度近代化的道路。

结　语

从总体上来看，明治政府的地税政策是在西方近代租税制度的影响下产生的。不能否认，它在某种程度上，带有高额和强制收取的日本特有的封建性。然而，使地税改革政策带有封建性始终不是政府的本意。只是初始时租税额定得过高，在确定收获量和地价的过程中，农民在议会没有任何租税审议权[9]。除此之外，土地保有权或私有权及金纳、自由耕作、固定税率、利息率资本还原定价等，以这些为特征的近代租税体系均已形成。只不过，是高额租税及强制收取等做法，给地税改革蒙上了些许封建性的假象。

事实上,明治时代前期,经过地税制度改革后,地主和自耕农所负担的地租是呈逐年下降趋势的,即便是在实施财政紧缩政策期间也不例外。中央政府在明治十年(1877)实行减租后,为了弥补1000万日元的税收缺口,增加了一些新税种,包括在人民生活必需品方面的增税。甚至将原来的国税以地方税、人头税的名义加以增收[10]。但对农民地租负担逐年减轻的趋势,政府并没有过分地加以阻止。由此可见,明治政府从未放弃过在租税制度近代化和农民负担合理化方面的努力。

笔者分析了几个具有代表性的政策案例,介绍了明治政府地税制度改革的具体立案及实施情况,论证了新的地税政策中坚持近代性的问题。综上所述,特点有三:1.明治政府在地税制度改革过程中,极力去除封建传统性,积极坚持新政策的近代性与前瞻性;2.为使维新运动不断结出硕果,让国民经济走上正轨,明治政府在地税问题上坚持了政策的一贯性和连续性,坚决未走回头路;3.明治政府着力改变旧时代的统治意识,逐步调整了社会阶级关系,将幕藩体制下的农民政策变革为资本主义式的国家政策。

注　释

①上述《告谕人民书》的内容,转引自有元正雄论文《地税改革与地方政治》(岩波讲座《日本历史》近代1,日本:岩波书店,1980年,第174页)。

②欧美考察团:指明治四年—明治六年(1871—1873),日本为修改与西方各国签订的不平等条约及考察欧美而派遣的,以特命全权大臣岩仓具视为首的使节团。

③岩仓具视(1825—1883):日本皇族后裔,生于京都。幕末明治时代的政治家。为修改不平等条约而遍访欧美。历任明治新政府右大臣、大纳言等要职,是明治维新的核心领导人之一。

④三条实美(1837—1891):日本幕末明治时代的公卿,政治家,明治维新

的元老。1869(明治二)年4月任太政大臣,成为明治新政府最高领导人。此后,带领明治政府走出西南战争等事件带来的困境,大力推进维新改革。

⑤大久保利通(1830—1878):日本明治初期的政治家,萨摩藩(今鹿儿岛县)人。致力于讨伐幕府,坚决实行版籍奉还和废藩置县。后作为明治政府的中心人物活跃于政界,反对征韩论,采取内治优先的立场。

⑥"壬申地券":该地券发行时,并非要完全确立农民的土地所有权,更多的是确认农民原来的土地保有权。

⑦神田孝平(1830—1898):日本幕末明治初期的荷兰学家、政治家。美浓(今岐阜县)人。开成所(东京大学前身)教授。明治初期曾提出过著名的《田租改革建议》,后致力于介绍欧美文化。历任兵库县县令、元老院议官等。神田孝平于明治三年(1870)6月,向明治政府提交了《田租改革建议》。主要内容是:以土地交易时的实际买卖价格来确定地价,并按地价的一定比例加以课税。收税的方式应由"米纳制"改为"金纳制"。神田孝平的建议,成为地税改革的理论基础。明治政府以他的《田租改革建议》为蓝本,于明治四年(1871)发行"壬申地券"。明治六年(1873)地税改革实施后,"壬申地券"被停止发行。

⑧陆奥宗光(1884—1897):日本明治时期的政治家、外交官。历任神奈川县县令、大藏省改正局主任等职。后任外相,参与修改幕府与西方各国签订的不平等条约。明治五年(1872)6月,时任神奈川县县令的陆奥宗光向明治政府提交《田租改正建议》。它与神田孝平的《田租改革建议》的根本区别是:神田孝平的《田租改革建议》是将实际买卖流通过程中产生的土地价格,直接作为课税的根据。而陆奥宗光的《田租改正建议》是将与土地生产能力有关的各种条件综合在一起,通过计算确定土地的价格,并以这种"通过计算得出的土地价格"作为课税的标准。明治六年(1873),明治政府颁布《地税改革条例》后,停止发行"壬申地券",并以陆奥宗光的建议为蓝本,改发"地税改革地券"。

⑨"算定地价":指在地税改革中,明治政府对农民所持土地强行规定的地价。

参考文献

[1][日]安藤良雄:《近代日本经济史要览》,东京大学出版会,1989年,第43页。

[2][日]丹羽邦男:《地税改革与农业构造的变化》,《日本经济史大系》(近代上),东京大学出版会,1965年,第236页。

[3]吴廷璆主编:《日本史》,南开大学出版社,1994年,第406页。

[4][5][日]有元正雄:《地税改革中地价的决定》,明治史料研究联络会编《明治维新与农业问题》,御茶水书房,1959年,第89、91页。

[6][日]高桥龟吉:《日本近代经济形成史》第2卷,东洋经济新报社,1968年,第118页。

[7][8][日]福岛正夫:《土地制度史2》(第二编、近现代),北岛正元编:《日本史丛书》第7卷,山川出版社,1992年,第257、264页。

[9][日]中村政则、石井宽治、春日富:《经济构想》(日本近代思想大系8),岩波书店,1988年,第121页。

[10][日]丹羽邦男:《地税改革与秩禄处分》,《岩波讲座·日本历史》(近代2),岩波书店,1962年,第147页。

附记:本章由刘峰、刘家鑫撰写。原文刊登于黑龙江日报集团《活力》杂志(2006年6月,第6期,总第261期)。略有改动。

浅析明治政府地税制度改革的策略措施

本篇提要：日本明治政府于1873年开始实施地税制度改革政策，地税改革包括土地制度和地租制度这两个方面的内容，它涉及几个阶层的根本利益问题。这一政策在实施过程中，阻力很大，困难重重。明治政府采取了几种非常性的策略措施，保证了新地税政策的顺利实施。明治政府是如何梳理中央与地方之关系的？他们是怎样看待地方官员与农民阶层的对立情绪的？又是怎样利用地主阶级与佃农阶级之间矛盾冲突的呢？笔者通过分析新地税政策实施过程中出现的问题，探讨明治政府"转嫁矛盾"等项策略措施的真实所在。

关键词：明治政府；地方官员；农民阶层；佃农暴动；转嫁矛盾

1868年，日本开始了明治维新运动，明治新政府在政治经济文化教育等方面进行了全面性的改革，其经济改革中的"地税制度改革"是明治维新中的重中之重。只有快速有效地解决土地和财政问题，才能确保维新后的各项改革工作顺利地进行。地税改革包括土地制度和地租制度这两个方面的内容，它又涉及几个阶层的根本利益问题。

明治政府是在农民的支持下取得政权的，农民期望着新生政权能将自己从封建主义的压迫和沉重的地税负担中解放出来。1872年2月，日本政府向美国政府提出要求修改不平等条约的外交努力归于失败①。明治政府原本打算依靠关税来组建近代租税体系,外交失利使原有的计划成为泡影,严峻的现实迫使明治政府别无选择地建立起了以地租为主的租税体系,并将"保证新地税政策实施初期政府收入不减"[1]作为税收及相关政策的基本原则。它意味着农民还要继续承受沉重的地租负担。形势急转直下,不容乐观,新的地税改革政策遇到了许多阻力。笔者通过分析新地税改革政策在实施的过程中出现的问题,深入研究明治政府是如何积极应对和解决新的问题,又是如何避免矛盾升级发生冲突的。

一 高压收服与因势利导

明治四年(1871),日本明治政府实施废藩置县政策后,经历了一个中央政府与地方政府相互磨合的过程,中央政府着实下了一番工夫。首先要迫使地方政府完全服从于中央,坚决推行地税制度改革,不折不扣地执行新的地税政策。然后,把府县级地方政府变为抵挡农民运动的屏障,将中央政府与农民阶层的矛盾,转嫁为地方政府与农民的矛盾。

在地税改革初期,地方政府完全没有意识到地租收入对中央政府的意义。这时的地方官员和普通农民一样,对中央政府先前宣传的"近代化租税体系"及"宽租"政策仍抱有幻想,纷纷提出一些减租的计划。例如,冈山县政府与中央政府的斗争过程就是一个典型的事例。明治六年(1873)7月,地税改革正式开始之后,冈山县政府曾制定了以地主富农阶级利益为基础的、减租总额达20万日元的地税改革计划,并于明治七年(1874)1月上报大藏省。该计划被中央否决后,县政府不理解中央否决的理由,仍然相信自定计划的合理性。而后,中央政府再次对其计划加以否决,甚至以实行封建时代的"检见法"②相威胁,要求县政府必须执行中央下达的大米收获额的最低标准[2]。

此时,冈山县政府才开始意识到,中央政府已经改变了计划,不能兑现先前宣传的建立近代租税制度的承诺，意图在新地税政策下继续推行幕藩体制时沉重的贡租制度[3]。在中央政府的高压之下，以石部诚中为首的冈山县政府官员的思想意识发生变化，他们接受中央政府事务局开出的"目的额"（单位面积收获量的最低标准），站到了与地主富农阶级相对立的立场上[4]。这，意味着中央政府不仅掌控了地方政府，使其在推进地税制度改革时听命于中央政府的指挥，并且还能让其成为抵挡农民暴动的一条缓冲带。

实施废藩置县后，中央政府委派府县级官员治理县政，在最初的一段时期内，这些地方官员缺乏治理经验。所谓地方官员，即府知事和县令。他们虽然已经身居要职，但他们将自己定位于官与民的接点处，试图保持自己的独立性。这些地方官员的统治意识和政治动向，有时与中央政府的意向相左。中央政府刻意抑制地方官员的自立倾向，强制推行地方制度的改革，大搞财政的中央集权化。从某种意义上来看，中央政府的地税制度改革事业，就是在中央集权意识与地方自立意识的斗争中开展起来的[5]。

那么，在地方完全服从于中央的局面形成后，地方政府又是如何贯彻中央政府的意图的呢？地税改革的核心环节是确定土地价格，政府先前向农民公布的土地定价方式，与其实际执行的定价方式完全相反。从敦贺县政府的《郡村调查规则》中，可以窥见一斑。明治七年（1874）3月，敦贺县向大藏省咨询之后，按照大藏省的指示精神，发布了《郡村调查规则》，其中的"第2条"明确规定了"算出地价"的顺序。其原则是：农民阶层根据自身的实际情况申报土地面积和地价，经政府审查核对后批准，主动权在农民一方。[6]

但是，这种所谓的"主动权"只不过是表面上的。地价直接关系到农民阶层所要负担的地税额，地价定得越高，缴纳的地租越多。县政府估计，依靠农民阶层自身主动报价，很难达到中央政府地租总额的要求。在中央的强大压力下，石川县政府③于明治十年（1877）11月，未等农民阶层申报，就先下手为强，抢先公布了农作物收获量的"目的额"[7]。此时，隶属于县政府的"户长、副户长"已经逐渐向正式官吏转化,他们成为一道屏障,使中央政府在实际运作上,避免了与农民阶层的直接接触。增租县的官员要代表中央政府,在丈量土地、定收获额、定地价、劝说等实际工作环节上直接面对村民。相当一部分地区的农民阶层,因为缺乏远见卓识的领袖人物,看不出背后的主使者为何许人,便把视线所及的区县级政府官员当作了攻击的对象。因此,农民阶层发泄不满情绪,袭击地方官员的事件时常发生。

譬如,明治九年(1876)5月,和歌山县那贺郡16个村发生暴动。这一年开春以来,大米价格不断下跌,农民要求降低贡租,重新修订地价,但被县政府拒绝。5月6日,400余村民聚集在距县政府仅7里的粉川村粉川寺,意图举行暴动。他们打伤了前来巡逻的警察,之后临时解散。当天下午4时,又有近300村民聚集在距县政府仅6里的观音寺,并扣留了两名巡警。农民的斗争情绪十分高涨,附近各村的村民也不断参加进来,大家意图直逼县政府。最后,县政府不得不向大阪方面求救,请来镇台兵才稳定了局势[8]。

又如,明治十年(1877)2月7日,富山县蛎波郡发生佃农暴动。此前,依照中央颁布的地税改革政策,蛎波郡被划入减租地区。但围绕着减租带来的利益分配问题,地主阶级和佃农阶级之间矛盾激化,发生了冲突。2月20日,县政府发布《告示》,说明地主利益的合理性,试图解决地主和佃农之间的分歧。此举非但没能得到佃农的谅解,反而传出流言,说《告示》是伪造的。县政府数次派出官员反复劝说佃农代表,佃农未认同政府的说辞,还向官员投掷石块以示抗议。第五大区区长岩田次贞被殴打,新盖房屋数间被毁。在《骚扰录》中,将此记载为"暴行至极"。此次农民暴乱持续了数日,最后也是县政府向名古屋方面求助,发来镇台兵才平息了农民暴动[9]。

为了保证租税额和安抚农民的反抗情绪,中央政府将一部分地方官员当作了牺牲品。例如,在地税改革初期,冈山县令石部诚中认为,农民申报的地税额与中央制定的"目的额"差距较大,曾以中立的姿态向中央反映了实情。明治八年(1875)9月27日,中央政府地税改革事务局④总裁大久保利通,亲自给冈山县政府下达了《裁定通知》:1.否决县政府提议的《坪刈入法》;2.认定农民的申诉为无理要求;3.要求县政府必须执行"目的额。"[10]经过几个回合的较量,高压之下,县政府服从中央的命令,开始强制推行"目的额",由此引起冈山县政府与地主富农阶级不和,势不两立。然而,农民的抵抗决心之大,超出了县政府的预测,导致全县内的正副户长、改正代(事务员)以"事实困难、力所不及"为由全体辞职。因无法控制局势,石部县令称病请辞,中央依愿予以免职。[11]

因办事不力而被免职的高级地方官员,还有石川县令桐山纯孝、爱知县令鹫尾隆聚等人。爱知县春日井郡改正担当官(地税改革事务负责人)荒木利定,虽然完成了"目的额",但因为其手段过于残酷,民愤极大,也被免职。

在部分县郡,曾经出现农民阶层试图和中央直接接触的特殊情况。比如,爱知县东春日井郡的地主富农代表林金兵卫等人,越过县政府向中央政府事务局直接投诉。在全局上,农民缺乏强有力的暴动领导人,没有思想纲领、斗争策略及行动计划,均未达到目的。事实上,区县级政府官员和实际工作负责人,介于中央政府与农民阶层之间,的确起到了一条缓冲带的作用。他们在政治上的独立性已经基本丧失,完全变成了中央政府推行政策的工具。他们承担中央布置下来的任务,处理中央和农民之间的矛盾,也解决了不少问题。另外,农民阶层的斗争意志和力量,也在与这些地方官员们的斗争中消耗殆尽。

二 威逼利诱与分化瓦解

明治政府的第二个策略措施是,在农民阶层内部做文章,尽量将农民阶层与中央政府的矛盾转嫁到农民阶层内部。其方法主要有两种,一是吸收一部分上层农民参与执行政策,使之与下层农民之间产生隔阂。另一个是通过制定总的土地政策,使利益分配不均衡,导致地主阶级和佃农阶级之间出现分裂。下面让我们先来看一下,明治政府是如何通过政策实施环节的人员安排,来诱使农民阶层内部产生矛盾的。

明治八年(1875)7月8日,中央政府发布了《地税改革条例细则》。在关于如何确定收获量这一问题上,作出了详细的规定。其顺序为:1.确定全县范围内的单位土地面积和平均收获量;2.决定"村位"(自然村的等级);3.决定村内的"地位"(土地的等级);4.决定各"村位"的收获量。在"第2步"中有以下具体说明:实地丈量时,土地状况、收获量等问题要向"老农、顾问人"(有经验的年长农民)咨询。以咨询的结果为依据,初步确定"地位"级别。然后,将"区户长"及"顾问人、勘定人"等召集于调查办事处,商议其是否恰当,并最后确定级别[12]。也就是说,农民中的"老农、顾问人"及原本属于农民的"区户长"及"勘定人"等,参与了"村位"及"地位"的决定过程。爱知县政府,于明治九年(1876)9月22日颁布了《地位评定规则》,在该规则的"第4步"中也有这样的规定:关于"地位"等级的评价,由村内有产者中选出的评定议员来进行。[13]

中央政府为了软化农民对地税改革的抵抗,将一部分上层农民从农民阶层中分离出来。这些非官非民的人组成的集团,将中央政府和占大多数的下层农民隔离开来。这些下层农民看不出,地价确定不合理的根源在于中央政府"坚决保证地租总额不变"的总方针。地方官员也不能直截了当地向农民解释说,强制确定地价是中央的意志,自己只是在执行上峰的命令。增租地区的农民不了解内幕,他们对自己的"地位"产生疑问时,自然会将矛头直接指向那些"老农、村中实力者、户长"等人。尤其是,那些做基层工作的"户长、村吏"等人,经常受到农民的攻击。明治九年(1876)12月,因那珂郡地主阶级拒绝佃农们延期贡纳的要求,29个村的佃农起来暴动。佃农小左卫门率众赴松草村,劫持了村吏会津源藏,抢得税金90日元。继而,暴动人群又冲至高部村,试图劫持副户长小仓新助,进而抢夺税金。[14]

农民阶层中的那一部分上层人物,被摆在了一个很尴尬难堪的位置上。与政府的过多接触,使他们与普通农民产生了隔阂。中央政府只不过把他们当作推行新地税政策的工具,让他们负责一切最基础、最容易引发矛盾的工作。这些上层农民也无法把握住自己在地税改革中究竟应该扮演什么角色。他们站在政府的立场上,就会成为佃农攻击的对象,而且政府也不会给予任何保障。站在佃农的立场上,又会与政府形成对立,要遭到政府的压迫。在上述那贺郡暴动的16个村中,部分正副户长站在佃农一边,向县政府提出了修改地价等要求。结果,县政府认为他们煽动佃农闹事,将5名户长拘禁[19]。所以,在利益分配关系严重对立的地税改革过程中,这部分人,就很容易与大多数下层农民发生冲突。而中央政府则坐山观虎斗,成为农民阶层内部矛盾冲突的受益者。

日本明治时代的农民阶层,包括地主和佃农两种人。从客观上来看,地主和佃农在土地利益上有着直接的冲突,农民阶层内部的分裂最容易出现在这两个阶级之间。在实施地税改革政策期间,明治政府制定总的土地政策,主观上希望地主阶级和佃农阶级的经济利益拉开距离,不搞利益平均分配。这样一来,客观上在地主和佃农之间制造了矛盾,使两者产生对立情绪,导致两者关系出现裂痕。

因地税改革及其相关政策引发的地主和佃农的矛盾,首先出现在地税改革结束后的"地价修正运动"中⑤。譬如:明治十六年(1883),大藏省否定了福井县越前七郡⑥的地价修正结果,导致当地农民不满。然而,此时的斗争内容已经有所变化。让我们看一下福井县丹生郡下司村和上石田村佃农斗争的例子,便可明白其中一二。

(1)明治十七年(1884)11月,丹生郡的下司村发布了《关于地税改革规定修正案》。其中写道:地税改革时决定的地价有不符事实之处,依据地券课赋的租税并不公平,因此规定地租与村费依据旧石高比例来缴纳。不服从本规定者,应按每旧高1石折合200日元向地主缴纳违约金。

(2)明治十七年(1884)12月24日,同郡的上石田村也发布了《关于地税改革的协议契约书》。其中写道:地税改革时本村的地租额接近倍增,因此佃租也应依此类推。

（3）明治十八年（1885）1月30日，上石田村的地主又发表了《关于未纳年赋金的誓约书》。其中要求说，明治十四年—明治十五年（1881—1882），两年的未交地租必须缴纳，佃农自留地的地租也必须缴纳。[16]

由此可以看出，佃农对地价不满，地主和佃农之间已经开始产生了矛盾冲突。地主试图进一步剥削压榨佃农，以此来弥补自身的利益损失。在地税改革初期，为了共同的利益而并肩战斗的不同阶级的农民阶层，在地价修正过程中却发生了分裂[17]。此后，地主和佃农之间的矛盾愈演愈烈，冲突越发尖锐，形成了有你无我的对立局面。

上述事例说明，地主打算单独解决与佃农之间的利益冲突。而此时，中央政府为了让地主阶级成为政权的基盘，开始介入地主和佃农之间的纷争，在背后支持地主阶级。《地税改革条例》颁布后，地租承担者变更为地主与自耕农，普通的佃农失去了与中央政府在地租上的直接联系。中央政府着意扶植地主阶级，却严重地侵害了佃农阶级的佃耕权等利益。明治八年（1875）2月，明治政府又颁布了《佃耕地处理要纲》，从法律上废除了妨碍地主制发展的"永久佃耕权"，新的土地法案为地主阶级自由兼并土地、随意提高佃租率铺平了道路。

在偏袒地主阶级的土地政策下，佃农阶级地位变得更加被动。针对地主阶级的剥削与压迫，他们主要以法律诉讼的形式，来保护自己的利益。但是，中央政府采取的是保护地主利益的政策，因而，法院的判决结果往往不利于农民。例如，明治十四年（1881），大阪地区佃农和地主之间因佃租额发生纠纷。佃农生活窘迫，不得已选出代表向地主请求降低佃租额。地主非但不同意，反而要提高地租。请求无效后，明治十四年2月，佃农向法院起诉。像这样的诉讼案件多达五六百件，均为佃农方败诉[18]。可见，由于地主阶级有国家政权的支持，在与佃农阶级的斗争中占据着优势。

佃农在接到不公正的判决后，自然会有反抗的举动。比如，明治十四年，在千叶县东葛饰郡,因新开垦地所有权纠纷处理不当,多次发生佃民暴动[19]。一般说来,佃农败诉后,主要会出现三种情况和结果:1.在官员和警察的劝说下,暴动队伍自动解散;2.在被高等法院判决败诉后,再次向县政府或中央政府内务省申诉;3.接受败诉判决后,转而向地方政府和开垦公司请愿和诉苦,在得到了一些安抚照顾后恢复平静。

佃农如何对待法院的判决?又将斗争的矛头指向了何方?通过观察,我们就不难看出,本该发生在中央政府和佃农之间的矛盾,已被悄然转移了。从以上三种结果来看,佃农败诉后,都不曾有人对中央政府制定的《佃耕地处理要纲》本身产生疑问。也就是说,佃农阶级没有将斗争的矛头直接指向中央政府,也没有对中央机关和法院采取过激行动。佃农只是将希望寄托于起诉、逐级上诉和申诉,想以此来维护自身的利益。

佃农阶级不受政府的保护,他们是农民中的弱势群体,在农村中非常孤立。他们缺乏卓越的领导人,不具备斗争智慧,除偶然性地袭击地主以泄愤怒之外,无法对政府和地主的欺诈压迫做出有力的反抗。佃农们不仅被盘剥坑害,还被愚弄欺骗,往往连被谁骗的都搞不清楚。法院受政府操控,偏袒地主阶级,一味地求助于这样的法院是毫无意义的。地主阶级仗势欺人,势利两得。中央政府更是乐见其斗,坐收渔翁之利。

明治政府没有减轻对农民阶层的总的剥削。政府通过调整政策,控制利用法律机关,支持地主阶级将损失转嫁到佃农阶级身上。佃农仅仅看到地主利用政策损害了自己的利益,将自身的斗争热情和力量,消耗在一次又一次不可能获胜的诉讼之中。

三 转嫁矛盾之策略的原因

明治政府先以高压态势收服地方政府官员为己所用,而后是兵来将挡水来土掩,顺利地将农民的怨气与过激行动引向地方政府和官员,巧妙地躲过农民直接面向中央的斗争浪潮,从而有效地避免了大规模暴动的发生。另外,中央政府通过处理农民阶层内部的利益分配纠纷,威逼利诱并牢固地掌握住地主阶级,使地主阶级更加依赖于中央政府。与此同时,在地主和佃农之间制造差别,有效地分化瓦解了农民阶层。

中央政府已经预想到,以"高额"为原则的地租政策是不会得到农民阶层支持的。政府一方面做好了充分的准备以应付农民的反抗,另一方面要求地方政府强制推行地税改革。中央政府的地税改革事务局没有直接接触农民,国家也没有动用军队镇压农民暴动,不与农民发生武力冲突,而是把地方官员、警察、治安队作为挡箭牌摆到农民面前,敷衍塞责。此外,中央政府还采取了一些特殊的策略措施,图谋转嫁矛盾。比如,在农民内部造成利益分配不均,分散农民的注意力,消磨其斗争意志和力量,防止反抗升级。

在地税改革期间,明治政府的"转嫁矛盾"策略既十分奏效又非常隐晦。对明治政府来说,最大限度地发挥中央政府的指导能力,全力以赴地保证工业的快速发展,是最主要的工作任务。士族和农民这两个阶层的举动,最容易分散政府的精力和迟滞工业发展速度。明治政府维新改革的一系列计划,严重地侵害了士族的自尊和农民的利益。因此,这两个阶层内部蕴藏的不安定因素,对新生政权构成了严重的威胁。

明治初年,士族阶层的经济利益受损,但这并非是士族挑起内战的最大原因。这个阶层更看重的,是其凌驾于普通百姓之上的政治地位。而这种特权上的要求,正是与中央政府的近代化政策相抵触的。中央政府以"西南战争"为契机,重点解决了士族阶层的问题。之后,中央政府的工作重心有所转移,这就是要着重防范来自农民阶层的反抗。而想方设法阻止农民之间的团结,是最有效地消耗农民斗争力量的策略之一。

农民阶层与士族阶层有着本质上的区别,它不是通过战争手段就能解决的问题。相反,明治政府的近代化事业,其最大的推动力就是农民所提供的税金和劳动力。一旦同农民发生内战，无论结果如何，都会延缓日本近代化的发展进程，还会损害本来就十分衰弱的民力。在压制农民反抗的前提下，又不把农民逼上起义造反的绝境，还能开发农民的生产能力。这对于明治政府来说，是一个与工业近代化两头并重的政治课题。

明治政府对农民（尤其是佃农）的压榨，不能简单地看作是阶级间的利益分配问题。在国力有限的条件下，要进行跨越式发展，有必要先让一大部分人处于贫穷状态，将这部分人所创造的价值，分配到能够最快提升国力的产业，从而缩短这些产业从诞生到成熟所需的时间。长久以来，日本的佃农阶级生活艰难饱尝困苦。要求他们理解政府的计划，并给予配合，那是不可能的。所以，中央政府既要做好镇压的准备，又要尽最大努力，避免发生针对中央的农民暴动。只有这样，才能集中精力，全神贯注地进行维新改革。

结　语

笔者就日本明治政府地税制度改革的策略措施进行了分析研究。关于其特点，我们可以分别从正反两个方面（农民与政府）来总结一下。

其一，日本明治初年，因地税改革而引发的农民暴动有一定的地域局限性及分散性，斗争的焦点只是局限在经济利益上，没有把经济斗争上升到阶级斗争的高度来认识，更没有提出带有阶级斗争性质的政治纲领。这一时期还未出现卓越的农民运动领袖人物，农民阶层、尤其是佃农阶级缺乏先进的政治思想和斗争理论作指导。佃农阶级的损失最大，但他们却始终没有看透的是，中央政府才是应该集中力量进行斗争的对象。

其二，日本明治政府倡导维新变法，致力于发展国民经济，实现工业的近代化，赶超欧美与之抗衡，取消不平等条约，将日本建成世界一流的工业化国家。为达到上述目的，中央政府内紧外松，采取非常性的策略措施，巧妙地控制农民暴动的规模，转嫁农民与中央政府之间的矛盾。并且，成功地进行了地税制度改革,实现了土地租税制度由近世封建主义向近代封建资本主义的转变,为建设工业化国家提供了良好的经济环境。

注 释

①1872年2月,日本政府与美国就修改不平等条约问题进行了谈判。由于双方在恢复关税自主权、废除领事裁判权等问题上意见相差甚远,因此停止交涉,维持原状。此结果,被看作是日本政府的外交失利。

②检见法:指预先调查农作物的长势,从而确定本年度贡租额的一种征税方法。存在于日本的室町时代(1336—1573)至明治初期。

③敦贺县于1876年被撤销,合并于石川县的管辖范围之内。因而,此后的交涉与诉讼等事务,均由石川县政府承接。

④地税改革事务局:明治政府中的机构之一,是地税改革事业的主管部门,1875年3月设立,1881年6月撤销,大久保利通曾为首任总裁。

⑤地价修正运动:1880年5月,明治政府发布了《第25号太政官布告》。其[第1条]的附加说明中规定,允许对已经确定的地价进行特别修正。据此,从1880年开始,各地农民及地方政府向中央申请修正地价,规模日益扩大,由此逐渐形成了地价修正运动。

⑥越前七郡:包括吉田郡、南条郡、丹生郡、坂井郡、足羽郡、大野郡、今立郡。1876年9月以前,归敦贺县管辖。此后,敦贺县被撤销,越前七郡改由石川县管辖。1881年,设立福井县,越前七郡又划归福井县管界。

参考文献

[1][日]有元正雄:《地税改革与地方政治》,《岩波讲座·日本历史》(近代1),岩波书店,1980年,第173页。

[2][4][10][11][日]有元正雄:《地税改革与农民斗争》,新生社,1968年,

第505、503、505、507页。

[3][18][日]福岛正夫:《土地制度史2》(第二编、近现代),北岛正元主编:《日本史丛书》第7卷,山川出版社,1992年,第238、323—324页。

[5][6][7][16][17]温娟:《关于明治初期地租相关事业推进过程的基础性研究》,浅溪出版社,2004年,第62、67、71、135—136、136页。

[8][9][14][15][19][日]土屋乔雄、小野道雄:《明治初年农民骚扰录》,劲草书房,1968年,第306、239、55、306、30页。

[12][13][日]近藤哲生:《地税改革的研究》,未来社,1967年,第47、84页。

附记:本章由刘峰、刘家鑫撰写。原文刊登于北京大学现代日本研究中心编《日本学》第15辑(世界知识出版社,2009年10月)。略有改动。

简析日军在太平洋战争中战败的武器因素

本篇提要：日本学者村山磐先生的《战争与步兵第四联队》一书，是一部比较详实的旅级战史记录。在该书中，村山先生详细介绍了日军陆军步兵第四联队从建立到败亡的历史过程，说明了该部队在许多重要战役中的作战情况。此外，他还以亲眼所见的历史事实，详细地对比分析了日美两军的武器装备的优劣问题。他尖锐地指出，日本高层的国防科学意识严重欠缺，日军各种武器装备远远落后于美军，这是导致日军在太平洋战争中失败的一个重要因素。

关键词：武器装备；日军；美军；太平洋战争；国防科学

在第二次世界大战期间，日本在侵华战争中长期保持了武器装备的优势。但是，与美国开战以来，日军的武器装备明显处于劣势。日本在近4年的太平洋战场上，遭受了一连串的惨败，原因是多方面的，其中武器装备应该被列为最主要的原因之一。而在装备中，陆军的武器尤显重要。有关这方面的问题，第二次世界大战史研究中已不鲜见。值得关注的是，日本学人是如何解释这一问题的，日方的战争亲历者又是怎样记述那段历史的。

日本东北学院大学原教授村山磐[①]先生，战争期间曾经在日军步兵第四联队中服役，亲历了日本的"南进"和缅甸战役。战后，他根据各种资料和自身的体验,写下了《战争与步兵第四联队:其历史,是荣耀还是悲剧》[1]一书。在这部著作中,村山磐先生详细介绍了其部队辗转东南亚战场的始末,说明了日军在几次重要战役上的兵力部署和战果情况。同时,他还对比分析了日美两军的武器性能问题。通过这部战史记录,我们可以重新审视一下日军战败的武器装备因素。

一　瓜岛争夺战中的步兵武器的对比

1942年4、5月间,日美海军展开了大规模的珊瑚海海战。日本海军损失惨重,受到太平洋战争爆发以来的第一次挫折。5、6月间,日美两军决战于中途岛,日本海军丧失联合舰队主力,制海权转移到美军手中,从此太平洋战局发生了重大变化。7月,日本改由陆路进攻新几内亚的莫尔兹比港,并试图在所罗门群岛中的瓜达尔卡纳尔岛建设机场。自此,日美两军开始了长达半年的瓜岛争夺战。美军愈战愈强,而日军则节节败退。1943年2月初,日军最终撤离了瓜岛。

日本陆军投入瓜岛的总兵力是33600人,战死8200人,因营养失调、痢疾和疟疾死亡约11000人,总计19200人亡命该岛。其中,第二师团(仙台)的登陆兵将是10318人,战死和病死7671人;村山磐所在的步兵第四联队登陆时有2458人,死亡1906人。与此相反,美军的损失甚小,仅战死1598人,负伤4709人。

日军在瓜岛的战败,与日美两军武器装备相差悬殊有直接关系,例如,日本士兵普遍使用的武器是1907年定型的38式步枪,该枪全长128公分,枪重3.95公斤,口径6.5毫米,弹仓里一次只能装填5发子弹,撞针需要手动操作,拉一下枪栓打1发子弹。

美军士兵装备的都是自动或半自动步枪,不需要手动操作撞针。在日本兵拉一下枪栓打1发子弹的当口,美军士兵可以连打数十发子弹。也就是说,美军一人可以轻松地打倒数名日本兵。美军最常见的是汤普森短管冲锋枪

(Thompson)，枪身长度85.73公分，枪重4.8公斤，口径11.43毫米，带有可替换式弹匣，一次可装填20—30发子弹，每分钟可打600多发子弹。还有一种M1式卡宾枪（carbine），该枪长度90.4公分，枪重2.5公斤，也带有可替换式弹匣，一次可装填15—30发子弹。再有，就是M1式半自动来复枪，也叫加兰德半自动步枪（garland），其枪身长度为110.7公分，枪重4.3公斤，弹仓内一次可装填8发子弹。这些美式的自动或半自动步枪，在视野狭窄的原始密林或夜间战斗中发挥了巨大威力，使日本兵患上了"自动步枪恐惧症"。

在侵华的战场上，日军普遍使用1922年定型的"大正十一年式轻机枪"。这种俗称"歪把子"的轻机枪，实战中极易出现故障，装弹药也比较费力。后来，日本又研制出96式轻机枪。这种轻机枪俗称叫"拐把子"，它是日本"歪把子"与捷克ZB-26式轻机枪结合产生的"混血儿"。珍珠港事件之后，日军在太平洋战区作战的部队全部换装这种新式机枪。该枪全长105.4公分，重8.85公斤，口径6.5毫米，可使用38式步枪子弹。因其构造简单，极少发生故障，可以快速更换枪管。这种轻机枪可以保持足够的火力持续性。另外，日军还有99式轻机枪，它是另一种"拐把子"，口径7.7毫米，可使用99式步枪子弹，杀伤力比96式的大。

美军的轻机枪主要有两种。其一是M1941式约翰逊轻机枪，口径7.62毫米。这种试用产品，1941年至1944年间只生产了1000余挺，后因性能原因未被推广采用。其二是勃朗宁M1919A6式轻机枪，它是由M1919A4式重机枪改进而成的。该枪全长134.6公分，重14.73公斤，口径7.62毫米，可同时使用M1919A4的250发金属可散弹链，还可使用M1917重机枪的250发帆布弹带。该枪体形硕大、外形怪异、火力凶猛，在空降兵和海军陆战队的机动作战中，体现了独特的优势和卓越性能。其较为轻便的质量和弹链供弹的持续火力，在阵地战中起到了举足轻重的作用，绝对可以压制日军步兵的疯狂进攻[2]。

另外，日军引以为自豪的"97式手雷"，需要用手拉开保险栓，将撞针磕到硬物上才能促使其点火，然后再投掷出去。但美军使用的M2A1型手雷，用手指扣住保险环,再拽开保险栓扔出去,一落地即可爆炸。也就是说,日本兵发现美军士兵后,把手雷撞针往硬物上磕碰使其点火扔出去的时候,美军可以瞬间随意投弹杀伤日本兵。

而同一时期活跃在缅甸战场上的英军,除去使用美式汤普森冲锋枪之外,还普遍使用英式斯登短管冲锋枪(Sten)。这种枪有三种基本样式,其性能和外形均类似于美式汤普森冲锋枪。英军的维克斯重机枪（Vickers）,介于美式M1917和M1919这两种重机枪之间,也是一种弹链式的机枪。此外,英军的米尔斯手雷(Mills)与美军的M2A1型手雷,其构造和性能很相似,外形也有许多相仿之处。

在整个东南亚战场上,日军不但在轻兵器上输给盟军,在重武器装备上也逊色一筹。日军炮兵经常使用96式150毫米榴弹炮、100毫米山炮、野炮和迫击炮等。而美军使用了几乎所有的炮种,包括105毫米榴弹炮、75毫米曲射炮、37毫米反坦克炮、野炮、迫击炮,还有当时最新式的武器——反坦克火箭炮(bazooka),等等。英军则惯用两种轻型迫击炮袭击日军步兵。其一是2英寸迫击炮,射程约460米;其二是3英寸迫击炮,射程约1500米。这两种弯曲弹道的迫击炮,携带和使用都很方便,在原始密林和阵地战等近战中发挥了不小的威力,给日军造成很大的伤亡。

日军上层人物们既不想了解武器的缺点,也不积极改良装备。一直到战败投降,步兵们依然使用着旧式武器,将校们仍旧挥舞着前近代式的日本刀指挥作战。他们经常组织敢死队,以"肉弹攻击"的自杀式袭击方式,来应付盟军的现代化武器装备。

二 缅甸战场上的重武器性能对比

1944年3月,日军由缅甸进攻印度的因帕尔,打算切断中印交通线,并威胁印度。但日军孤军深入因帕尔,几乎全军覆没。1944年夏季,中美英印联军开始从各方面向缅甸境内反攻,节节取胜。中国远征军付出了巨大牺牲,先后攻克孟关、孟拱和密支那等军事重镇。1944年秋后,中美英三国组成的盟军兵分三路,从缅甸西北、西部和东北向缅甸中部挺进。1945年春,经过曼德勒、密铁拉会战,日军终于战败退守仰光。

自1945年1月开始,在伊洛瓦底江至标贝一带,日军投入大量兵力发起反坦克战。盟军占领密铁拉之后,将坦克装甲部队与飞机相结合,构成立体作战态势,于1945年4月9日逼近日军位于伊洛瓦底江、密铁拉南至标贝的前沿阵地。当初纳粹德国曾以立体作战的方式席卷了整个欧洲,现如今盟军利用其战法来对付日军。

美军出动坦克20辆、步兵约1000人、大炮20多门,进攻正面阵地右翼的日军菊兵团(第18师团)的山崎部队。与此同时,在密铁拉南到标贝一线,美军以坦克30多辆和步兵约1500人,进攻日军狼兵团(第49师团)。而此时的美军用坦克60辆、步兵1000人,业已攻破了守卫左翼的日军安兵团(第53师团)的阵地。伊洛瓦底会战,尤其是标贝坦克战后,日军损失惨重,一个师团由10000余人锐减至3000人,第四联队官兵(村山磐的战友们)共战死258人,负伤87人。

在伊洛瓦底与标贝的会战中,美军的坦克是第一杀手锏,起到了决定胜负的关键性作用。美军使用的是M4中型坦克(谢尔曼,Sherman),它是在M3中型坦克(格兰特,grand)的基础上改进而成的。这种坦克在美国坦克设计史上,具有划时代的意义。其装甲厚度为8公分,装有高性能的75毫米速射炮,另有3挺机枪和1门50.8毫米发烟迫击炮,乘员5名,全重30吨,时速40公里,是个狂暴的大家伙。日军使用的主力坦克,最具代表性的是97式中型坦克(tiha)。其装甲厚度只有2.5公分,还不到美军谢尔曼坦克的三分之一。车上装有1门57毫米火炮和2挺7.7毫米机枪,乘员4名,全重15吨,最大时速38公里。

开战初期,在马来半岛和菲律宾战场上,日军的97式中型坦克所向披靡,势如破竹,攻无不克。但到了盟军大反攻时期,这种坦克被美军的谢尔曼坦克逐个炸毁,被打得毫无招架之力。到战争末期,日本又研制了一种最新式的1式坦克(tihe),其装甲最厚部分也仅有5公分,装有1门47毫米火炮,乘员5名,全重17.2吨。这种坦克曾被试验性地投放到菲律宾战场上使用,但仍然败给了美军的谢尔曼坦克。

当时在欧洲战场上,美军的谢尔曼坦克不敌德国的潘特尔坦克(pantell)和提给尔坦克(Tiegel)。而德国的这两种新式坦克,又败给了苏联的T34/85式坦克。也就是说,当时世界上最强的坦克,应该是苏联的T34/85式坦克。它的装甲厚度是9公分,装有1门85毫米火炮,全重32吨,乘员5名,最高时速达到45.3公里。德国为了击破这种坦克,研制开发了雅库特·潘特尔反坦克(Yakut-pantell),装有88毫米火炮。这88毫米的反坦克炮,在距离目标900米处发射,可以穿透30度角倾斜的17公分厚度的装甲车钢板。与当时世界上的坦克相比,日本坦克的构造与性能远远落后。

村山磐所在的步兵第四联队,以反坦克火炮迎击美军的谢尔曼坦克。另外,还使用了联队炮和大队炮。前者为41式山炮,口径75毫米,最大射程6300米;后者是92式步兵炮,口径70毫米,最大射程2800米。日军的主攻武器是94式反坦克火炮,它是一种37毫米的速射炮,其最大射程为6700米。但试验结果表明,这种炮从距离目标300米处发射穿甲弹,连4.5公分厚度的钢板都不能穿透。也就是说,94式速射炮的炮弹能把日军自己的薄皮坦克打穿,但不能打穿美国的谢尔曼坦克。说起来,这真是一种极大的讽刺。

三 日军战败的原因分析

日军在太平洋战争中战败是多种原因造成的,比如,由于轻敌造成作战部署失误,当地人民的抗日活动,大海战后失去制空、制海权,兵员战略物资无以为继,等等。特别是战争后期,日军往往全线溃退,炮兵和坦克兵抛下重武器装备仓皇逃命。这样一来,再次发生战斗时缺乏有效的火力支援,致使日军更加被动挨打,毫无还手之力。

村山磐先生认为:在武力强大的敌人面前,弱小之兵是无可奈何的;在高性能武器装备面前,陈旧劣质的武器绝对无法取胜。这是战争中的永恒法则。抱有"大和魂"的日本兵,以为自杀式的袭击方式是胜利之本,这种愚昧的想法在实战中不攻自破。在以物质的数量和质量为基础的现代化科学战争中,仅靠精神力量是远远不够的。

另一位日本学者林三郎[2]先生也对日军战败的原因做过深入研究。他写道:在日本陆军的许多军校里,从未开设过有关科学技术的教育课程。像古代那样,步兵依然是日本军队的主力,精神力量被看做是取得胜利的最大要素。日美之间国防科学研究的差距越来越大,日本国民的科技水平很低,难以造出精密的武器。缺乏科学精神和轻视科学,是明治以来日本人做事敷衍应付习性的一种体现。总之,国防科学的欠缺的确是战败的主要原因[3]。

国防科学的欠缺是导致日军失败的一个重要因素。第二次世界大战时期的日本军方一味强调精神主义,空喊"日本必胜"的口号,忽视科学技术的作用,消极看待新式武器装备的开发,最终走向了灭亡。殷鉴不远,温故知新。现代战争既是综合国力的较量,又是以科技水平为衡量尺度的竞技,其胜败乃是检验真理的唯一标准。进行一场现代化战争,需要军事理论和作战思想的指导,更需要过硬的武器装备作支撑。为了捍卫国家主权和民族尊严,不但要树立正确的思想意识,还要努力提高科技水平和武器装备的性能。

注 释

①村山磐:1921年生于日本宫城县,日本东北学院大学原教授,理学博士。战前曾是仙台陆军预备士官学校第七期毕业生。昭和十七年(1942)2月应征入伍,在日军步兵第四联队的速射炮中队服役。以小队长身份参加"南进"和缅甸战役,日本战败时为陆军中尉,昭和二十二年(1947)5月底从缅甸回国。战后,

在日本东北大学理学院地理学系攻读博士学位,毕业后曾留学美国、以色列和法国。他还到苏联、朝鲜、中国东北和中蒙边境地区进行考察旅行。受战后民主主义思想的教育和洗礼,对近代以来日本军国主义的侵略行径有较深刻的认识,在其著作中处处都能体现出反省和批判精神。

②林三郎:1904年生于印度孟买,日本陆军大学毕业。曾任日本驻苏联大使馆陆军武官助理,后历任参谋本部俄罗斯课课长、参谋本部编制动员课课长、阿南惟几陆军大臣秘书官等职。

参考文献

[1][日]村山磐:《战争与步兵第四联队:其历史,是荣耀还是悲剧》,步兵第四联队会发行,昭和六十二年(1987)8月15日,第226、237、243—246、257—262、277—281、285页。

[2]三土、郑双雁:《勃朗宁M1917系列机枪的"终结者":M1919A6轻机枪》,《轻兵器》,2005年5月,上半月刊。

[3][日]林三郎:《太平洋战争陆战概史》,岩波书店,昭和二十六年(1951)3月5日初版,第191—192页。

[4]张明金、刘立勤主编:《侵华日军历史上的105个师团》,解放军出版社,2010年1月。

[5]徐平主编:《侵华日军通览(1931—1945)》,解放军出版社,2012年3月。

附记:本章由刘家鑫撰写。原文发表于历史教学社编辑的《历史教学》杂志(2009年7月1日,上半月刊,中学版,第13期,总第578期)。有部分添加和改动。

日军步兵第四联队与中国远征军交战始末

本篇提要：《战争与步兵第四联队》是日本学者、战争亲历者村山磐先生所写的一部战史记录。村山先生介绍了日军在许多重要战役上的兵力部署、作战过程和战果，详细记载了作为日军机动部队的第四联队在缅甸战场上与中国远征军交战的情形。在此基础上，他以中日两军对比的方法，从武器装备、战术、指战员的军事素质等方面，高度地评价了中国远征军。

关键词：中国远征军；盟军；日军；步兵第四联队；缅北之战

太平洋战争爆发后，日军于1942年1月攻入缅甸，同年3月占领仰光，随后迅速向缅甸全境进击，迫使中英联军退入印度和中国境内。一部分日军从萨尔温江上游附近侵入中国云南。1944年3月，日军由缅甸进攻印度的英帕尔（因帕尔），打算切断中印交通线，并威胁印度。但日军孤军深入因帕尔，几乎全军覆没。从此，日军在缅甸战场上由战略进攻转为战略防御。根据与美英盟国的约定，中国再次派出阵容强大的远征军奔赴缅甸，与日军展开血战。有关这一历史过程的研究，在抗战史和第二次世界大战史研究中已不鲜见。值得注意的是，日本学人也很关注此问题，日方的战争亲历者也记载了那段战火纷飞的历史。

村山磐[1]先生是日本东北学院大学原教授,战争期间他曾在日本陆军步兵第四联队中服役。日军甲种师团的一个联队,相当于中国一个旅的编制。第四联队创建于1875年,是日本陆军草创期最早的部队之一,兵员来自日本东北地区。这支部队素质优异能征惯战,是日军的精锐。日本陆军名将石原莞尔曾任联队长,其参加过著名的苏日诺门坎战役。村山在服役期间亲历了日本在东南亚和缅甸的许多战役。战后,他根据亲身体验和各种资料,写下了《战争与步兵第四联队:其历史,是荣耀还是悲剧》[1]一书。在这部著作中,村山先生介绍了日军在许多重要战役上的兵力部署、作战过程和战果。通过这部日方旅级战史资料,我们可以从另一个角度深入了解日军与中国远征军的交战情况。

一 缅北之战与步兵第四联队

昭和十七年(1942)5月1日,日军第18师团(代号菊兵团)占领缅甸中部重镇曼德勒。同年5月7日,日军第56师团(龙兵团)占领缅甸北部重镇密支那。至此,缅北已经看不见盟军的影子,似乎战云远去。但是,昭和十八年(1943)2月中旬,在纵贯缅北中央地带的密支那铁路沿线,日军第18师团和第33师团(代号弓兵团)的某部遭到不明之敌的袭击,多处铁路被炸毁。这简直是晴天霹雳的大事件。密支那的西侧一线是敏金山脉,那里崇山峻岭群峰延绵。山脉西侧还有乌尤河与钦敦江流过。日军一直凭借天险守护着缅北要害地区,万万也没有料到盟军会突然从天而降。

昭和十九年(1944)3月,日军第15军(总指挥牟田口廉也中将是卢沟桥事变的肇事者)进攻印度的因帕尔,遭到中美英印四国盟军的联合围歼,败绩昭然[2]。以此为开端,在中国战区参谋长史迪威中将的指挥下,盟军开始大反攻。史迪威将军率领美式装备的中国驻印军两个师的兵力共32293人,自印缅边境小镇雷多附近的兰姆加训练营出发,从北方挺进缅北。该中国军队与中国本土的军队有所不同,是一支重装备部队,携带汤普森短管冲锋枪、M1式卡宾枪、机关枪和迫击炮等,远远胜过日军的装备。此时,英军空降兵部队也从日军后面夹击,与中国军队形成包抄合围之势。日军第18师团集中兵力防御中国军队的正面进攻,其后方空虚,需要紧急抽调其他部队入缅增援。

村山磐所在的日军步兵第四联队,一直隶属于日本陆军第2师团(代号勇兵团),曾随该师团参加著名的瓜达尔卡纳尔岛战役,但被美军打得落花流水,死伤惨重。战败撤退以后,第四联队在菲律宾重建,并进驻爪哇岛。1944年1月10日,该部队已接到命令,要求转战缅甸。是年3月24日,该部队到达缅北的因道支地区。时任联队长为一刈勇策大佐,联队暂归独立混成旅团长林义秀少将指挥。

第四联队的先遣部队由马来亚直接空运至缅甸的雷格机场,再分乘汽车奔赴战场。先期到达的只是联队指挥机关和第一大队主力。余下的第二大队、联队炮中队、速射炮中队、通讯中队等,作为后续部队。

第四联队到达缅北后的第一次战斗,就是攻击因道支湖东侧的英军阵地。自此,第四联队与英军对峙数月,并多次被英军重创。该联队一直隶属第2师团,但从此时起,多次被当作机动部队转给其他师团代管。比如,3月下旬到达缅甸时暂归独立混成旅团管辖,4、5月间划归第53师团(代号安兵团),5月24日开始又被调拨给第18师团。

第四联队继续北上,奔赴胡康河谷(胡冈谷地)。其行军作战的目的,是接应处于中美英盟军包围之中的第18师团。胡康河谷是一个大盆地,东西宽20—70公里,南北长200公里。这里有大小无数的河川纵横交错,一到雨季就变成了大沼泽,或者化作原始密林地带,是霍乱与恶性疟疾的滋生地。对于日军来说,胡康河谷是个"死亡之谷"。

二 第四联队与远征军的初次交锋

1943年10月30日,专门负责缅北防卫的日军第18师团,在胡康河谷北端的塔奈河附近碰到了中国远征军的侦察兵。这是盟军将从这个方向进行大反攻的前兆。果不其然,中国驻印军的新编第38师(师长孙立人中将),作为盟军的先头部队,率先向日军发起了进攻。作为其后续增援部队,新编第22师(师长廖耀湘中将)也是迅速跟进,猛烈攻击日军。此次,中国远征军来势凶猛,完全出乎日军所料。

进而,1944年2月19日,美军的第5307混成旅共2832人(加拉哈特部队、弗兰克·梅利尔准将)到达战场。该部队在美国组建,大部分士兵都参加过对日作战,有丰富的实战经验,入缅后统归史迪威将军指挥,作战目标是全歼日军的第18师团。

以中国军队为主的盟军部队,3月5日攻下密支那北部军事重镇迈昆(孟关),并一路南下。盟军武器精良,装备先进,连新式武器——反坦克火箭炮都使用了。日军第18师团"知难而退",一边与盟军的精锐部队做殊死搏斗,一边顺次向西南方向撤退。

5月下旬,日军步兵第四联队经过艰苦的昼夜急行军,越过胡康河谷南部的加迈,向缅北进发。此时缅北已进入雨季,云层很低,美军飞机很少,日军可以白天行军。

村上磐看到,行军路上有许多撤退下来的第18师团的残兵败卒,这些人行路踉跄,衣衫褴褛,身形消瘦,面色青黑,如同骸骨。而且都患了严重的脚气,双腿甚至连睾丸都浮肿。曾几何时,他们主攻过新加坡,并逼迫英军投降。谁曾想到,这支所谓的"英雄部队"如今竟然变成了如此可悲的模样。有关这种情形,在黄仁宇先生②的从军记中也有更加形象具体的记载[3]。

5月25日,日军第四联队终于跟中国第38师的前线精锐部队交火接战。但仗还没打多久,第四联队又突然接到了转移阵地的命令。因为日军发现,中国军队在其后面的瑞敦构筑工事,准备控制公路交通,切断日军的补给线。第18师团长命令"第四联队要迅速击败瑞敦附近之敌,确保补给线的安全"。5月28

日，一割勇策联队长将第二大队放在主攻阵地上，第一大队为左翼，联队炮中队为右翼，决定在6月1日下午5点钟发起攻击。

日军联队炮首先炮轰了中国军队的阵地，中方也不含糊，立刻就以强大的火力发炮还击。随着一阵狂轰滥炸之后，日军阵地顿时变得一片狼藉，电话线多处被炸断，致使联队指挥部与各个前线大队无法取得联系，难以相互策应和协调作战。

中国军队的主阵地是555高地，那上面分布着许多独立的碉堡，阵地表面还做了巧妙的伪装。碉堡之间有很深的交通壕连接，整个构成了一座没有死角的圆形阵地。机关枪、轻机枪和迫击炮，从那里连续不断地射向日军。为拿下那个主阵地，日军死伤惨重，第一轮冲锋失败。士兵们都知道，只要往前冲就会被打死，但不往前冲还不行。6月1日午夜12时，第四联队的第三中队和第七中队再次发起冲锋，但仅仅炸毁了中方的4门迫击炮和2挺重机枪，结果还是败下阵来。

村上磐写道，中日甲午战争以来，日军一向使用着前近代式的进攻战术。即，不用迫击炮和其他支援火炮攻打敌军阵地，而是让士兵用旧式步枪上刺刀，指挥官仅用战刀带兵冲锋。这种方法在现代化武器装备的盟军面前是行不通的。

6月2日，在联队长的命令下，村山磐所在的速射炮中队将速射炮1门朝北，1门朝西，猛烈炮轰555高地。与此同时，前线步兵趴在地上，寻找机会继续冲锋。中国军人也很勇敢，他们冒着炮火，从战壕里探出上半身用轻机枪阻击日军步兵的进攻。中国士兵被速射炮弹炸飞，其他的中国士兵又探出身来继续阻击，这些士兵也被炮弹炸飞。不断被炸，还是不断地有新兵从那里射出子弹。中国军队下定决心要死守阵地。下午中国军队抵抗减弱，日军前沿中队再次冲锋，终于拿下了高地。但日军付出了惨重的代价，比如，第六中队的小山尚武小队长，手握军刀战死在距离中国军阵地20—30米远的地方。

阵地内横七竖八,到处都是中国士兵的尸体。战壕里积满雨水,非常泥泞。有的尸体浑身是泥水,还有的伤兵濒临死亡,头部倒向一侧,每一呼吸都有泥水从鼻孔中被吸进吸出。激烈的战斗过后,战场上尸横遍野,惨不忍睹。

村上磐记述了战斗的场景。他认为,这些勇敢的中国军人是在祖国的号召下远征缅甸的,生于同一时代的人们原本无冤无仇,他们相互厮杀,侵夺对方的宝贵生命,这是命运的捉弄,是时代的悲哀。

日军第四联队虽然在局部战斗中取得胜利,但瑞敦方向的中国军队加强了阵容,战场的总趋势对日军相当不利,因而第四联队还是往西面的密林中撤退。经过一个月的战斗,终于救出了第18师团。其间出了几件与第四联队有关的新鲜事,比如,有中国士兵闯入速射炮中队,上演了一场白刃战。

遭到惨败的日军第18师团与其第四联队,沿着胡康河谷西侧敏金山东麓的密林,顶着疟疾性蚊子和山蚂蟥的折磨,一路西撤。行军路上,许多人不是被炸死就是病死。剩下的人疲劳困顿至极,丢盔弃甲,险些饿死,最后终于冲出了盟军的包围网。但片刻都没有休息,就接到转战命令,要求奔赴遥远的东方滇缅边界驰援友军部队。

与此同时,日军第53师团(安兵团)被盟军围困在密支那。第四联队所属第五中队,跟随第18师团的步兵第114联队增援第53师团,在密支那与盟军进行攻防战。1944年5月19日,美军特混部队占领密支那郊外机场。

日军加派水上部队2000余人赶去增援,并于5月30日突破盟军的封锁线,涌入密支那城内,加强了守城的兵力。但第五中队却没有突破盟军阵地,被迫留在密支那的外围,负责保护15座桥梁的安全。得到水上部队的增援后,密支那城中守备队具有两个步兵大队,一个炮兵小队,一个工兵中队(欠缺一个小队),总兵力约为2500人,加上劳工和伤病员共约4600人,外加4门山炮和2门野炮。

增援部队的指挥官水上源藏少将担任了新的守备队长,他与前任队长丸山安房大佐之间发生了暗斗。日本陆军派系相争由来已久,互不相让。往往争得你死我活,两败俱伤。在缅北之战的生死存亡关头也不忘争斗,焉有不败之理[4]。

是年5月下旬,英印军的空降部队到达战场。6月末,美军炮队带来了8门野炮和6门榴弹炮。7月12日,中国远征军的第38师、第50师和第20师,完全包围了密支那。战斗中,日军已死790人,负伤180人。美军特混部队的损失也很大,死伤324人,患红痢疾、伤寒、疟疾和精神病等共1970人。

7月25日,以中国远征军为主的盟军发起了总攻。8月3日,中国军队的第50师攻占密支那。日军死伤数以千计,被俘187人。盟军共战死2207人,负伤4344人。日军一部突围后,第56师团的水上少将,在瓢泼大雨中坐在一棵大松树下用手枪自杀,其部下也大多饮弹自尽。第四联队第五中队的残兵败卒,随日军其他部队仓皇出逃,途中多次被盟军截击围歼,许多士兵用手榴弹自杀,该中队大部分士兵"玉碎",最后只剩下铃木作三伍长和石森忠夫兵长等三人。对此战果,村山磐感到无比的"呜呼哀哉"。

三 在滇缅边境地区的交战情况

1944年5月11日,在云南的中缅边境地区,中国军队集结了16个军的兵力,约72000人开始大反攻。此时的中国军队称作"云南远征军",由卫立煌将军统领,史迪威和郑洞国将军③等负责具体指挥。各个兵团都配备有6—20名美国军人,指挥战斗并负责兵站后援,还有野司机关和医院随行。

日军主力第56师团(代号龙兵团,松山祐三中将)在高黎贡山、拉孟(腊勐)、腾越(腾冲)、龙陵和平戛等地区负隅顽抗。此时的对阵,已呈敌弱我强之态势。例如,守备腾越的日军第148联队2025人,于6月27日受到中国第20集团军49000人的猛烈攻击。从周边高地每天都有2万发炮弹落到日军阵地上,第148联队完全处于孤立无援的境地。日军上层也不下达突围命令,将士们被逼到了绝境，于9月14日弹尽粮绝，全部被歼灭。

　　基于云南方面的战况，日军调遣在缅南的勃生（巴塞因）担任警备的第2师团火速驰援。7月24日，第四联队接到命令，要求其脱离第18师团长的指挥，转入第33军司令官本多政材中将的指挥之下，火速集结到腊戍。已经转移到云南的第四联队，重新复归第2师团，为救出龙陵守备队，前进到距离龙陵西南方向5公里处的芒市（潞西），进攻正在"小松山"构筑阵地的云南远征军第9师（师长张金廷少将）。

　　日军右翼前线部队为第18师团第114联队的第一大队（猪濑少佐），左翼前线部队是第四联队的第二大队（山岸圭介大尉）。9月2日拂晓开始进攻，这两个大队进攻到中国军阵前70米处，中国军队组织200—300人进行数次反击，日军受到飞机轰炸和炮兵的集中轰击，伤亡很大，不得不退回到原地。翌日，再次发起攻击。中国军队以美式装备进行顽强抵抗，日军最终无法占领那座阵地，不得不实施撤退。

　　拉孟原本并不是一个城镇，在战争爆发之前只是个无名的小村落，仅有五六户农民居住。村子附近有座高地，称作"松山"。村东有怒江流过，还有惠通桥（红旗桥），日军占领此地之前，这里是运输英国援华物资的重要通道，在仰光上岸的武器弹药经腊戍越过惠通桥，被运往保山、昆明和重庆。

　　在松山，金光惠次郎炮兵少佐指挥的拉孟守备队正在构筑防御工事，并打算死守阵地。第2师团的救援作战收效甚微，9月上旬时腾越守备队已被歼灭，9月10日金光少佐的拉孟守备队也全军覆没[5]。

　　日军步兵第113联队之一部，与野炮兵第56联队第三大队1280人，扼守惠通桥并守卫拉孟，被约50倍的云南远征军所包围，日军防守120天后全军覆没。

　　中美盟军占领密支那后，做了几个月的休整。11月份时开始南下，以4万兵力攻打位于密支那南部的八莫守备队，日军第33军以第2师团1200人固守八莫。11月末，盟军夺取日军外围阵地。11月30日，日军第33军派遣第18师团的山崎支队（山崎四郎大佐）以3000人马前来解围。在山崎支队的策应下，八莫守备队共有980人杀开血路，突出重围。他们抱着220名阵亡战友的骨灰盒，携带200名伤兵，甩开盟军的追击，进入原始密林，穿过深山峡谷，于12月17日夜间到达南茂坎。山崎支队也苦战两天，于同日夜里回到南茂坎。支队战死130人，负伤320人。

在云南小松山战斗后，第四联队集结到曼德勒东面的眉苗（眉谬）地区，充当缅甸方面军的预备队。12月16日，该部队接到第33军的命令："要求你部火速赶往南渡附近，以主力部队占领南渡北侧的高地，截击从莫茂附近南下的敌军。另将一部分兵力布置于兴威（登尼）与南渡之间，以及南渡河南侧要地，主要警戒南坎方向的敌军动向。"因此，第四联队12月17日乘坐汽车或徒步行军离开眉谬，19日联队本部到达南渡，25日联队集结完毕后倾注全力构建阵地工事，小心翼翼地侦察中国军队的动向。28日完成了排兵布阵，等待再次与云南远征军交手。

此刻的云南远征军，物力和兵力远胜于日军，可以随时打击日军[6]，或者从日军阵地侧面背后攻击，逐渐渗透到前沿来。此刻，第四联队又接到转移的命令，要求急行军到滇缅边境的南卡去。部队走在边境线的崇山峻岭间，为了避开盟军飞机的轰炸和扫射，夜里急行军，一到天亮就转到灌木林里去睡觉，夜幕降临时开始做饭，之后立刻开拔。盟军飞机如果发现炊烟，就会扫射。越走山势越高，气温也随之降低，一到半夜就降到零度以下，路面落满霜雪。

昭和二十年（1945）1月12日，第四联队集结到南卡附近，在第56师团长指挥下，马上进入前线阵地。19日，约有600名盟军将士带着火炮打到洛伊坎高地北侧的河谷，与第四联队守军展开肉搏战，并占领"勇山"阵地。20日，占优势的盟军部队，向日军第一大队正面阵地和日军"决胜山"阵地实施猛烈炮轰，下午2时"决胜山"被盟军攻破，联队不得不收缩战线。

远征军的炮火猛烈无比，联队阵地被炮弹炸得飞沙走石，眼前一片昏暗，伸手不见五指。在炮烟弹雨中,日军官兵们不是被炸断身体,就是被活活地埋在战壕里压死。他们躲在战壕里听天由命。不知中国军队到底向日军发射了多少发炮弹,反正最让村山磐吃惊的是盟军源源不断的炮弹补给能力。

尽管受到猛烈地炮击,第四联队于23日再度攻击了盟军的侦察机着陆场,24日还击退了进攻"青叶山"阵地的约300盟军,25日夜袭并重创该部盟军。但29日下午1时,日军遭到300盟军的偷袭,第一大队的右翼阵地被占领。日军马上组织反击夺回了阵地,30日,盟军400人在飞机大炮的掩护下,再次夺得阵地。两军的阵地争夺战,反反复复,可谓艰苦卓绝的殊死搏斗。其间,第56师团给第四联队送来了许多遗留在前线阵地的军需品。然而,第四联队根据第33军的命令,连夜9时实施撤退,又折回到腊戍方面去了。

至此,日军步兵第四联队与中国远征军交战结束。此后该联队主力再次归建第2师团,它之所以总是被当作机动部队反复调拨给其他部队指挥,就是因为它的兵源来自日本东北地区,士兵蛮勇好斗,且坚忍凶顽,执行命令不打折扣。后来,在缅甸战场的大反攻中,该联队的某些小股残余部队还分别参加了曼德勒、密铁拉、伊洛瓦底和标贝坦克战等一系列会战,被美英联军打得一败涂地,最后被赶出缅甸。1945年8月,在越南西贡向盟军投降。

中国远征军(包括驻印军和云南远征军),在缅甸大反攻中付出了巨大牺牲,多次消灭或重创日军主力部队。他们正义在身斗志昂扬,敢打猛冲勇于进攻,如攻克孟关、孟拱和密支那等军事重镇,取得了举世瞩目的战果,弘扬国威,光荣返国。以中国远征军为主的中美英三国盟军从缅甸西北、西部和东北挺进缅甸中部,消灭了缅北日军步炮兵的大批有生力量,重新打通了滇缅公路和中印公路,保证了美英盟国援华战略物资的顺利运送,并保卫了中国西南大后方的安全,为打败日本法西斯做出了重大贡献。

结　语

在《战争与步兵第四联队》这部旅级战史中,村山磐先生比较客观地记录了其所在的第四联队与中国远征军交战的情形,并从两军对比的视角进行描述分析,他高度评价了中国远征军。我们从中可以看出如下几个特点:其一,他非常重视中日两军武器装备相差悬殊的问题,认为中国远征军武器先进火力强大,而日军的装备则显得简陋过时。其二,他还认为中国军队的战术灵活多变,而日军的战术过于保守,不适应现代化战争的需要。其三,他觉得中国远征军士兵的军事素质高战斗力强,积极主动英勇顽强,而日军则消极被动士气低落。其四,或许是日本人以胜者为尊的习性所使然,作为一位有良知的学者,同时也是亲历战争的下级军官,他对中方的军事长官乃至战胜国中国抱有敬佩之意。另一方面,他厌恶唾弃日军某些将校的愚蠢鲁莽,对日本军国主义秉持批判之态度。

注　释

①村山磐:1921年生于日本宫城县,日本东北学院大学原教授,理学博士。1942年2月应征入伍,在日军步兵第四联队的速射炮中队服役。陆军中尉军衔。自入伍至日本投降,曾随日军第2师团和第18师团等部队转战东南亚和缅甸。详见拙稿《简析日军在太平洋战争中战败的武器因素》一文(《历史教学》2009年第13期,上半月刊,第69页)。

②著名美籍华人学者黄仁宇先生,青年时代从军当前线观察员,曾任国军师部参谋和郑洞国将军副官等职。他参加了中国远征军的缅甸大反攻,还在一年半之内写下8篇战地通讯,发表于《大公报》等刊物上,战后以《缅北之战》之名结集出版。他在该书的"加迈孟拱战役"一节中,多次提到过日军第四联队,并详细记载了该联队随同日军第56、53师团增援加迈(孟拱)等史实。村山磐的

战史记录，有些部分写得模糊隐晦，但其基本史实还是能够得到充分印证的。

③郑洞国将军曾任中国驻印军副总指挥。在其回忆录《我的戎马生涯》一书中，他详细叙述了日本陆军的甲种王牌师团——第18师团等主力部队被远征军全部歼灭或重创的战例。另外，他还多次言及日军另一甲种王牌师团——第2师团及其下属第四联队参加缅北作战之事。诸如此类史实，大致都可以从其他文献中得到进一步的证实。

参考文献

[1][日]村山磐：《战争与步兵第四联队：其历史，是荣耀还是悲剧》，步兵第四联队会发行，昭和六十二年（1987）8月15日，第254、256、262、264—265、267—268、270—274、276—277页。

[2][日]林三郎：《太平洋战争陆战概史》，岩波书店，昭和二十六年（1951）3月5日，第158、162页。

[3]黄仁宇著：《缅北之战》，新星出版社，2007年4月，第98—107页。

[4][日]今西英造：《昭和陆军派阀抗争史》，传统与现代社，昭和五十八年（1983）3月15日，第237页。

[5]日本防卫厅战史室编纂，天津市政协委员会译：《日本军国主义侵华资料长编（下）：《大本营陆军部》摘译》，四川人民出版社，1987年5月，第330—334页。

[6]郑建邦、胡耀平整理：《我的戎马生涯：郑洞国回忆录》，团结出版社，2008年10月，第196—239页。

附记：本章由刘家鑫撰写。原文发表于《历史教学》杂志（2009年9月16日，下半月刊，高校版，第18期，总第583期）。略有改动。

关于美军首次空袭东京后日本采取的"措施"

本篇提要：太平洋战争期间，美国为打击日本的嚣张气焰，鼓舞本国士气，于1942年4月18日突然空袭了日本首都东京。遭到美军飞机轰炸后，日本军政当局并没有积极采取有效的措施以防范后来的大规模空袭，而是竭力控制媒体，隐瞒事实真相，蒙骗民众恫吓百姓，封锁消息封杀舆论，以求达到继续维持军国主义统治之目的。

关键词：美军；杜立特中校；空袭东京；日本军政当局；大坪中佐

一　美军首次空袭东京

太平洋战争爆发后，一段时期以来，日军连战连胜，势如破竹。美国为了打击日本的嚣张气焰，鼓舞本国的士气，决心对日本本土进行一次空袭。经美军参谋长联席会议决定，在罗斯福总统的支持下制订了行动计划，组成了一支经过改装的B25双引擎远程轰炸机编队。指挥官吉米·杜立特陆军中校，是一位多次打破飞行速度的优秀飞行员。轰炸机由"大黄蜂号"航空母舰运至日本东部海域时起飞，对日本本土实施轰炸。完成任务后，绝大多数飞机在中国境内降落。飞行员中，有三人在跳伞或降落时失事身亡，八人被俘。包括杜立特在内的其余飞行员安全着陆，并辗转到达国民党军控制地区[1]。

被胜利冲昏了头脑的日本军政当局怎么也没有料到，1942年4月18日，首都东京和其他多座城市突遭美军飞机的轰炸。日军防空部队虽然立即投入迎击，但未能发现单独行动并低空飞行的美军飞机。美军从容果断地完成轰炸东京的预定任务后，安全脱离日本上空。然而，当天下午日本东部军司令部却谎报战果，说是击毁敌机9架。两天后，日本大本营也发表战报，掩饰说"各地的损失极其微小"。根据战后的调查统计了解到，在这场空袭中，进入日本本土的16架美军飞机，一架也没有被日军击落。日本民众死亡约50人，负伤400多人，被炸毁和烧毁的房屋有一百数十户，半毁房屋也有数十户[2]。

美军首次空袭东京之后，日本内务省立刻采取行动，禁止报道一切有关空袭的消息，力图隐瞒被炸状况，竭力掩饰受害规模。实际上，与后来B29轰炸机对日本本土的大规模空袭相比，本次对东京的空袭显得微乎其微[3]。但日本军政当局事先未做好任何防范措施，致使美军飞机轻易闯入日本领空，在本土内也未能击落美军飞机。对此，不光是日本民众有疑问，就连日本军部自身也受到了巨大的震惊。其后，作为报复手段，军部开始投入中途岛战役。结果日军遭到空前的惨败，此后的战局继续朝着不利于日本的方向转变。

二 新闻媒体隐瞒真相

有关这场空袭，日本官方的神经异常地过敏，内阁情报局严格限制报刊对此事件的报道。空袭后第二天的《朝日新闻》上，以"一亿民众面对首次空袭斗志昂扬"为大标题，分别报道了两条消息，一是"敌机燃烧、坠毁、逃散/民众防空奏凯歌"，二是"水桶救火/女人守护我们的家/大街小巷洋溢着精神抖擞的群众"[4]。从标题就可以看出，在官方的规制下，新闻媒体在隐瞒事实的真相，撒谎浮夸，口是心非，粉饰太平。

除此之外，从当时的杂志上很难找到与此相关的记载。只是在一个多月后出版的妇女杂志上，有一小段采访记录，题为"活跃在敌机的炸弹之下/街区主妇的防空实战记/防空必胜的心得体会"[5]。另外,还有一份妇女杂志报道了一则消息,即"在敌机的炸弹下保护帝都/防空有功人员座谈会"的情况[6]。这类报道的措辞,往往被处理得相当谨慎。其结论也如出一辙:在军政当局的指导下,平时的防空演习和训练发挥了巨大的作用。

约一年之后,1943年的四月份,由日本教育学习社出版了一个小册子,名为《四月十八日/敌机空袭体验记录》[7]。这份材料①,记录了日本厚生省外围团体家庭安全协会主办的"空袭防护体验演讲会"的情形。据其"后记"称,这个演讲会是在空袭之后不久召开的。但上面没有具体注明是什么时间、在哪召开的。演讲者的名字倒是罗列了几位,但根据当时的所谓《军机保护法》的规定,这些人的住址和所在地名都被隐去了。因为,日本官方认为,一说出具体地名,就会被敌方探知空袭的受害地区。

从该材料的内容上判断,对那场突如其来的空袭,日本民间人士心有余悸,并对军政当局抱有许多疑问。所谓的空袭体验演讲会,在官方的约束和监视下,无外乎谈一谈基本常识,相互交流一下经验,彼此心照不宣地倾诉一下挨炸的经历而已。众人演讲结束后,由内务省防空局指导课长馆林三喜男进行总评,他说道:"假如大家认为下次空袭也与这次一样的话,那可就大错特错了。我们必须要在各种场合严阵以待才行。"也就是说,他要求人们今后进一步地搞好防空训练。

最后,演讲者们向参会的军政当局代表提出了质询,希望他们解答一些问题。防卫总司令部的陆军参谋中佐大坪义势以及东京市的中川防卫课长进行答疑。正是这个"大坪中佐"的解释和表态成为问题的焦点,让听众们着实地难以接受。

三 军方代表欺骗恫吓

针对听众的提问,大坪中佐这样说道:"目前情况下,由于物质的原因,真正能够防止炸弹的防空洞,大家是造不出来的。其实不搞那么复杂,炸弹一般也是炸不着的。炸弹平时也不会总是跟着你的。你们就这样想,挨炸的往往是前世没干好事吧!(笑声)。炸弹落下来的时候,不用进防空洞,稍微躲开点,趴在地上就可以了。"他还说道:"只有一点需要注意,在日本,遇到敌机空袭,绝对要跟燃烧弹作斗争。如果没有这个决心,日本就要亡国了。因此,纵然是被炸死了,抑或是变成了幽灵,也要想着灭火!"

大坪中佐是在贬低被无辜炸死的人们。另外,他的意思是说,迄今为止,日本民众在官方的强迫下,费了九牛二虎之力才挖好的防空洞,炸弹一落下来,就会不堪一击的。大坪中佐的信口胡诌让听众为之愕然,他的大放厥词又使人们心生愤怒。

其后,有一位经历过空袭的人很客气地恳求道,关于那次空袭,从防止间谍的角度,或许不能介绍得太多,但作为以后的参考,至少要告诉我们被烧毁的房屋数以及死伤者人数。对此,大坪中佐的答辩更加令人生厌。他信口回答说:"首先,日本民众必须要改掉的毛病是胡乱讲话。不管怎么回事,不了解事实真相,你们先要把嘴闭上。先不说通报真相是好事还是坏事,我希望你们的嘴绝对要有把门的。"

然后,大坪中佐继续胡说道:"其次,是为何不通报事实真相的问题。我们很想都告诉给日本国民,但在日本还有一些崇拜外国人的日本人。还有逗留日本的外国人,英国人和美国人,全都被关在什么地方了。还有第三国人。不光这些,还有外国人式的日本人,日本管这叫泄密。因此,对日本国民是不能说的。从敌方来讲,无论如何都想要知道真相,日本就是不说出来,对方就越发地吃不住劲了……""我这三年多在做防止间谍的工作,我们必须要做最坏的打算,那就是秘密被泄露给了外国人。空袭的真相,只有在拜托人家发动更有效的空袭时才会通报的。所以,真相不可通报,国民不可按自己的想象乱讲话,要一声不响地按照政府的安排来行事。"

这意思是说,谁想了解空袭真相,谁就会泄密,就不是日本国民了。日本军政当局嘴上说,国家之事要仰仗着日本民众的协助,但实际上他们并不信任民众,反而贬低侮辱民众,把日本民众当作"高度国防国家"中的俘虏或奴隶看待。针对想要了解真相的"俘虏臣民"的要求,他们在用蔑视民众的霸道语气大声地恐吓民众:不要乱讲话,要学得乖一些,规规矩矩地听从我们军政当局的安排,否则,对你们没什么好处。②

此外,大坪中佐还对军部防空不利进行了辩解,企图彻底推卸掉当局应负的责任和义务,让日本民众自己承担战争灾害的后果,让老百姓为军阀惹来的战祸买单。这位军方代表的答疑,与其说是答疑,倒不如说是训词,与其说是训词,倒像是在恫吓。小册子《四月十八日/敌机空袭体验记录》,暴露出了日本军人傲慢不逊的态度和卑鄙无耻的本性。

四 官方极力封锁消息

在那一段时期,情报局对所有的报刊发出了严厉的指令。比如,在朝日新闻社总社存有《查阅报告》档案,在其第四号[8]中,记载了有关这次空袭的问题,说是有些场合某些文稿必须禁止发表,还列举了情报局在联席会议上出示的检查稿件方针。在该方针中,有如下一些内容:"1.有关受灾程度的,要以官方公布的为准;2.描述受灾状况时,不可加进悲伤感;3.受灾地点不可具体描述细部;4.受灾者的狼狈状态;5.有关运送死伤者情况的照片;6.尸体的照片;7.有关敌机空袭的流言蜚语;8.其它一切有利于敌国的事物",等等。

在战争时期,这个检查稿件的方针一直被贯彻始终。因此,在战时的报纸和杂志上,与这一方针相抵触的报道、照片一律未获准发表。所以,看一看战时的报纸、杂志、单行本书籍,那些大放厥词的都是大军阀、高级官员、尤其是内务省官僚,剩下的就是他们那些惯于溜须拍马的朋友,以及善于阿谀奉承的所谓的文化人。

空袭约一年之后，1943年的3月份，情报局发了一个极密文件，题为《四月十八日之处理要领》[9]。其大意是："今年四月十八日，是美军飞机空袭我国本土一周年。不难想象，国内外都会将此事当作宣传材料。因此，鉴于波及内外之影响，我方决定不给敌方以可乘之机，禁止将当天作为纪念日，不可大肆宣扬此事。"由此可见，美军空袭东京后，日本官方在蓄意封锁消息，极力封杀舆论，掩饰受火真相。

结　语

美军杜立特轰炸机编队首次空袭日本东京，虽然比不上后来美军对日本本土的大规模轰炸，但这次空袭的意义非常之重大，它给不可一世的日本法西斯当头一棒，振奋了美国乃至全世界人民的精神。因而，它成为太平洋战场上盟军反败为胜的一个信号弹。

在日本侵华乃至整个"二战"过程中，日本民众一直被蒙蔽欺骗。日本的新闻媒体随声附和，歪曲事实真相；军阀官僚昏庸腐朽，愚昧无知；军方人员特别是中下级军官狂妄自大，自欺欺人。在遭到美军的空袭后，日本军政当局首先想到的并不是从军事部署上采取更加有力的防范措施，而是处心积虑地琢磨怎样才能更好地封锁住消息，不让民众了解空袭的实情，掩饰空袭灾害带来的不利影响，以达到他们继续维持军国主义统治的罪恶目的。

注　释

①该文献封面上的题目，写的是"四月十八日/敌机空袭体验记录"。而其扉页部分却被改为"四月十八日/敌机空袭防护的实相"，并且还加了个副标题"防空血战胜利的记录"。可见，日本军政当局极尽隐瞒欺骗、夸张吹嘘之能事，根本没有考虑到会在历史上留下笑柄。

②大坪义势中佐还出版过《国家综合实力战：防止间谍讲话》（防卫总司令

部,1941年)一书,他在该书的封面上强调了一句话,叫做"不防止间谍,就没有国防。国家综合实力战的最大要素,就是要防止间谍"。如同其在演讲会上的答辩一样,该书也透着盛气凌人威慑民众的气氛。

参考文献

[1]天津市政协委员会主编:《日本军国主义侵华资料长编(中):《大本营陆军部》摘译》,四川人民出版社,1987年5月,第203页。

[2][日]山中恒:《生活中的太平洋战争》,岩波新书(新红版78),1989年7月20日,第113、116、117—119页。

[3][日]早乙女胜元:《东京大空袭:昭和二十年3月10日的记录》,岩波新书(青版775),1971年1月28日。

[4][日]《朝日新闻》(时事新闻版),1942年4月19日。

[5][日]《主妇之友》杂志(6月号,社会时事栏),1942年6月1日。

[6][日]《妇人俱乐部》杂志(6月号,社会时事栏),1942年6月1日。

[7][日]厚生省家庭安全协会编:《四月十八日/敌机空袭体验记录》,教育学习社,1943年4月15日。

[8][日]朝日新闻社东京本社整理部查阅课编:《查阅报告、第四号》(极密),1942年4月,第2页。

[9][日]内阁情报局编:《四月十八日之处理要领》(极密、情企乙第45号),1943年3月29日,第1页。

附记:本章由刘家鑫、李月撰写。原文发表于吉林大学《史学集刊》(2010年12月,增刊)。略有改动。

蚍蜉撼树谈何易
——从日方资料再看诺门坎事件

本篇提要：日本学者村山磐先生是一位战争亲历者，他所写的《战争与步兵第四联队》是一部很有价值的旅级战史资料，书中记录了日军在许多重要战役上的兵力部署和作战过程，其中还详细介绍了"诺门坎事件"，描述了日本关东军与苏蒙军交战的情形。村山先生积极评价了苏军指战员的军事素质、战术指挥以及武器装备，指责了关东军的狂妄自大、盲动好战和自食恶果。

关键词：诺门坎事件；苏军；日本关东军；抗日战争；中蒙边境

中国抗日战争期间，1939年5月，在中国东北和蒙古人民共和国边境的诺门坎（现名诺门罕）地区发生了苏日两军武装冲突事件，史称"诺门坎事件"或"哈拉哈河战役"[1]。对于该事件的历史真相，我国国内已有许多学术研究成果。值得关注的是，日本学人或战争的亲历者是怎样记载和解释这一问题的。

日本学者村山磐[①]先生编写了《战争与步兵第四联队：其历史，是荣耀还是悲剧》[2]一书。村山先生既是学者，又是战争的亲历者。该书是他根据各种资料、实地考察和亲身感受而完成的。这本战史著作详尽地记述了诺门坎事件的始末，可以让我们从一个新的角度重新审视该事件的发生过程以及相关细节。

一 第一次诺门坎事件

村山磐先生写道，从日本出兵西伯利亚到九一八事变发生前的一段时期内，苏日关系相对比较稳定。但九一八事变后，在日本的操纵下建立的伪满洲国与苏联和蒙古人民共和国边境接壤，日本关东军负责伪满防务。由此，关东军急剧加强了兵力部署。

苏联方面，从1933年开始的第二个五年计划，将工作重点放在了远东地区的经济建设上。也由此增强了对日防务。这期间，日本拒绝签署苏日互不侵犯条约，两国围绕"北满"的东支铁路问题发生纠纷，所有这些都造成了苏联对日本的不信任。同一时期，日本军部根深蒂固的对苏不信任感再度风起云涌，从而引起两国间的军事紧张态势。在这种情势下，双方都以对方犯境为理由，终于在中蒙边境诺门坎地区发生了武装冲突。

原本伪满洲国的西侧边境存在着未划定的地带，特别是有关诺门坎周边地带的问题，双方意见相左，也未就划定边界进行任何协商。然而，在边界未确定的情况下，日本军方不是积极地与对方磋商解决，而是根据所谓的《满苏边境纠纷处理纲要》[2]的指示精神，朝着全面战争的方向实施行动。而关于战斗之结果，上级司令官曾明确表示由他们负责，前线部队不管是非曲直，只管投入战斗并全力取胜。这就是说，对有争议的边境地点，驻屯在当地的日军指挥官可以随便认定边境线。不必事先汇报，也不必等待批复，这必然会导致战斗的发生。这份《处理纲要》极其危险，它由辻政信参谋[3]起草，关东军司令官植田谦吉大将签署，并于第一次诺门坎事件发生前的四月份对外公布。

1939年5月11日拂晓（关东军方面称是12日），外蒙军队约700余名士兵越过关东军作为边界的哈拉哈河，担任警备的伪满洲国军予以击退。外蒙军是否为非法越境，关东军与苏联方面的说法有很大的出入。这实际上是日军借机发难、故意挑起的战端。

外蒙古一方,由蒙古人民军政治部副部长达西扎别古(音译,Dashizebegu)陆军大校发表声明说:"1939年5月11日,日本侵略者在火炮和飞机的掩护下,以500人的骑兵大队从诺门坎和布尔多·欧勃(音译,Burudo-obo)方向侵入蒙古人民共和国领土,且于哈拉哈河河畔不宣而战。"毫无疑问,蒙古方面将此事件看作是日本的入侵行动。

根据日方的资料来看,第二天5月12日再次发现外蒙军越境现象,驻屯海拉尔的日本陆军第23师团曾派遣小股部队(山县支队)进行对抗。然而,该部队到达现场时,外蒙军已经撤退到哈拉哈河的对面。局限于边境的战斗似乎已经结束,但其后外蒙军又曾三次实施越境。第23师团长小松原道太郎中将,于21日再次组成山县支队,准备发动攻击。

该山县支队由如下几个部分构成:骑兵搜索第23联队(东八百藏中佐)、步兵第64联队的第1大队(田坂丰少佐)、一个炮兵中队、师团汽车队、伪满洲国军兴安骑兵团和第12飞行团。该飞行团中有小型侦察机6架、战斗机41架和轻型轰炸机10架。

在5月27日的战斗中,山县支队遭遇到苏军机械化部队的猛烈抵抗。苏军是基于1936年缔结的《苏蒙相互援助条约》而进入战场的。日本方面以步兵为主力,并将其部署在苏蒙军的正面,东八百藏的搜索联队想断其退路,迂回到侧面实施攻击。然而,苏军的坦克部队和炮兵部队的攻击异常猛烈,日军步兵主力疲于应战,尤其是迂回到侧面的东联队反倒被切断后路,受到坦克部队的包围攻击,最后全军覆没。

蒙古军第六骑兵师团长丹兰达尔(音译,Dan-Randall)扑向正俯身用望远镜观察前方的东联队长,二人搏斗时用手枪向其腹部打了两枪使其毙命。东联队的士兵被机枪扫射后扎堆死在一起,或横七竖八地倒下,在着火的汽车上被烧焦,现场惨不忍睹。

日军出动兵员近2000人,战死159人,负伤119人,失踪12人。激战5昼夜,损失惨重,于31日不得不实施撤退。当时,关东军已经无力再扩大战斗。通过这次战斗,已经可以看出,日军的战术及武器装备远远落后于苏联远东军。但问题是,其后日本军方并未总结经验吸取教训,也从未认真考虑改良武器装备的问题。一向奉行精神主义的日军,无法与机械化的苏军相抗衡,在苏军面前完全丧失了抵抗能力。

二 第二次诺门坎事件

村山磐先生在《战争与步兵第四联队》一书中,继续描述了"诺门坎事件"的演变过程和最终结局。他将该诺门坎事件分为了两个阶段。如上所述,第一阶段是从1939年5月11日至5月31日之间发生的。相对而言,这是一场由日本关东军与苏蒙军的武装冲突而引起的小规模战斗。那么,诺门坎事件的第二阶段,指的是从1939年7月至9月间发生的大规模战役,这才是一场真正你死我活的实力较量。

从1937年(昭和十二年)开始,在中苏边境地区不断发生局部军事冲突。比如,1937年6月中苏边境北部地区的"干岔子事件",1938年7月中苏边境东部地区的"张鼓峰事件",等等。在这些事件中,日本关东军不是败北就是难以取胜。在苏联远东军面前,关东军明显处于劣势。因此,关东军焦虑万分,总想找个机会向苏军进攻,挫败对方的锐气。而且,日本军部容忍其战争思路,从而爆发了大规模的诺门坎战斗。

另一方面,苏联了解到日本正在进行着侵华战争,无力展开针对苏联的全面战争,出于阻止日本强化防共协定的考虑,也要实施大的动作给日军以重大打击。再有,英法两国位于法西斯德国的背后,德国与英法的对决又是难以避免。苏联先是与英法两国结盟用以牵制德国,而在背后又与德国联手以谋求本国的安全。

在这种情势下,1939年6月27日早晨,日本关东军以确保制空权为目的,派出了一个由130多架飞机组成的大编队，重点轰炸了位于外蒙古塔木斯库的苏蒙军的空军基地。至此，第二次诺门坎事件以大规模战役的形态展开了阵容。据日方公布的数据显示，日军击落或击毁苏蒙军飞机100多架，取得了重大的战果。这样一来，反倒让苏联察觉到日本有真正发动攻势的企图，从而导致了苏联大幅增兵诺门坎地区的结果。

此时，日军中央参谋本部害怕事态的进一步扩大，表现出了慎重的态度。作战课长稻田正纯在电话里听完战果汇报后大发雷霆，怒吼道："蠢货，什么战果不战果的！"稻田指示关东军司令官"要谨慎行事"。可以想像，这种说法是经过了认真考虑的。而关东军方面则强烈反对中央参谋本部的态度，强词夺理地反驳说"轰炸是一种报复措施！"从而强硬论占上风，前线部队强行投入了作战。

日军第23师团和安冈正臣中将指挥的安冈支队（包括坦克团、野炮联队和工兵联队），以7月1日发起总攻为期限，在诺门坎地区集结，企图实施突袭计划。他们满以为日本握有制空权，可以直接渡过哈拉哈河，突入左岸的苏军阵地，将对方一举歼灭。如此，从7月2日到7月5日，日军发起了攻击。7月2日夜里，第23师团主力按预定计划到达左岸。对此，苏军进行了顽强的抵抗，并投入了数百辆坦克和装甲车实施反击。

苏军使用的是BT8式快速坦克，这是从1931年到1938年之间继BT1式之后改进研制的新式坦克。在当时最先进的BT8式坦克上，装有76.2毫米坦克炮。为对付这种坦克车，日军使用了89式中型坦克。它上面装有90式的57毫米的坦克炮，其射程距离是5600米。但它在性能上，仍然无法与苏军的BT8坦克相媲美。

日本兵最拿手的战术是夜袭，加之在三八式步枪上插上刺刀冲锋肉搏。而苏蒙军士兵使用的是PPD34式轻机枪，这种机枪带有圆盘形弹鼓，可以近距离扫射来犯之敌，迎头痛击日军。许多日本兵都是在肉搏战开始之前就被对方射杀了。日军的89式中型坦克在苏军BT8坦克面前却被打得全无招架之力。

战场的另一方面,安冈支队攻击了位于右岸的苏军阵地,但却"偷鸡不成蚀把米",50辆89式坦克被击毁,损失惨重败下阵来。在7月4日的战斗中,装甲第三联队长吉丸清武大佐战死。从7月5日开始,日军再次发动进攻。但这次,又被苏军的BT8坦克和重炮给拦腰截断,未能取胜。7月10日以后,战场陷入胶着状态。

苏军方面,在G.西特仑(音译,G.shiterun)司令官领导下组成方面集团军,其中包括两部分:朱可夫将军指挥下的第一军团,还有外蒙军团。其所属部队共有57万人,498辆坦克,385辆装甲车,542门火炮,515架战斗机。为了战胜日军,他们准备了约55万吨弹药等作战物资。8月20日早上,苏联空军150架飞机组成编队猛烈轰炸日军阵地,紧接着就开始了地面部队的全线进攻。苏军又补充加强了最新型的BT8坦克群,在这些坦克和装甲车的掩护下,苏蒙军大部队施展巧妙的战术,逐步压迫日军阵地。他们最晚于23日形成了一个大的包围圈,如期切断了日军第23师团的退路。

对此,关东军实施增援,先是投入园部和一中将指挥的第七师团(北海道师团)的主力,继而又于8月25日再次投入安井藤治中将的第二师团(仙台师团)和第四师团(大阪师团)等,谋求重整旗鼓卷土重来,但为时已晚。第七师团虽为日军中的王牌部队,但失败得最惨。第二师团行动迅速,先期到达前沿阵地,也被打得落花流水。第四师团懒惰厌战,磨磨蹭蹭到达前线时,日苏间已经达成停火协议,从而避免了被歼灭的命运[4]。

8月29日,抵抗到最后的日军左翼被击破。8月31日,日军完全被驱逐至外蒙古认定的边境以外地带。但是,苏蒙军并没有再穷追猛打濒临崩溃的日军,也没有越过他们所说的哈拉哈河东岸边界。苏蒙两国的目的,仅仅是将日军从境内驱逐出去而已。

隶属日军第二师团的步兵第四联队,驻屯"北满"宁安地区,联队长是新到任的杉野岩大佐。该部接到应急增兵的命令后,于8月30日到达海拉尔,第二天乘汽车抵达诺门坎东北部的将军庙。9月15日晚间,第十中队的熊谷将校斥候③,带人侦察哈拉哈河东岸的苏蒙军前沿阵地。不经意间,遭到苏蒙军机枪的扫射,井上慎太郎一等兵中弹阵亡。第二天9月16日无战斗迹象,第四联队接到停战命令后迅速实施撤退。

在防卫厅战史室的资料中,记载着诺门坎事件日军的损失情况:战死8440人,战伤8766人,被俘将士约4000人左右,具体人数不很明确(意指日方的记载与事实不符)。但问题不在于人数的多少,而是日本军方没有正确地对待这些被俘人员。据说普通士兵都被送去强制劳动,构筑战壕;而将校级军官,则全部被迫用手枪自杀。

村山先生愤怒地指出:强迫别人自杀的始作俑者,是关东军首脑之一的辻政信④参谋,正是这个无耻之徒独断专行胡乱挑起战端,扼杀了近万个将士的宝贵生命[5]。这些被俘人员大都是在战斗中不幸负伤,部队绝地突围时被遗留在阵地上,或者是不省人事,万般无奈之下才成了苏蒙军的俘虏。日军如此这般的战术,是建立在完全不顾士兵的死活、轻视生命、草菅人命基础之上的。别说是怜惜人命,就连其战术方法都是不讲科学的蛮干行为。

结　语

蚍蜉撼树谈何易,多行不义必自毙。在诺门坎事件中,狂妄骄横的日本关东军受到苏军机械化部队的毁灭性打击,从此一蹶不振,不敢再与强大的苏军交手。一向奉行精神主义的日军,无法与军事现代化的苏军相抗衡。日本军方那些不可一世的少壮派们被打怕了,其嚣张愚蠢的"对苏开战论"也不得不黯然收场。

诺门坎事件,是苏军与日军进行的第一场真正意义上的现代化战争。通过这场战役,暴露出了日军的战术和武器装备的落后程度。此事对日本政府和军方来说都是一个重大打击。尽管如此,日本军方上层既没有对新的战术进行深入研究，也未对武器装备做任何重大改良。日军仍旧拿三八式步枪当作宝贝，有勇无谋地突入到太平洋战争当中。

注　释

①村山磐：1921年生于日本宫城县，日本东北学院大学原教授，理学博士。昭和十七年(1942)2月应征入伍，在日军步兵第四联队的速射炮中队服役，参加"南进"和缅甸战役。战后攻读博士学位，留学欧美，受民主主义思想的教育和洗礼，对近代以来日本军国主义的侵略行径有较深刻的认识，在其著作中处处都能体现出反省和批判精神。

②日本关东军司令部制定了《满苏边境纠纷处理纲要》，其中有这样的明文规定："在有争议的边境地区，希望防卫司令官自主确定边界，万一发生冲突，不论兵力多少，必须取胜"，以及"期待积极果敢的行动，其结果与其派生出来的事态处理问题，依仗上级司令部，万望专心前线的战斗，务必取胜"，等等。

③斥候：侦察兵之意。将校斥候，相当于校官级情报参谋。

④辻政信(1902—1961)：日本战前陆军军官，生于石川县，陆军士官学校第36届毕业生，陆军大学在学期间参加侵华战争。1937年任关东军参谋，1943年获大佐军衔，1945年2月调任缅甸方面军参谋。其人貌似秀才，实则极具呵斥、煽动之能事，为极端法西斯主义分子。有其行踪之处，必生战乱。在战前日本军界，此人地位不高，却臭名昭著，被称为"乱世的奸雄"。1961年4月，其从越南进入老挝后失联，至今不知所终。有传闻说，其被当地武装人员打死。

参考资料

[1][日]林三郎：《太平洋战争陆战概史》，岩波新书(青版59)，昭和二十六年(1951)3月5日，第21—26、189—192页。

[2][日]村山磐：《战争与步兵第四联队：其历史，是荣耀还是悲剧》，步兵

第四联队会发行,昭和六十二年(1987)8月15日,第187—195页。

[3][日]秦郁彦:《昭和史的军人们》(乱世奸雄、辻政信),文艺春秋社,昭和五十七年(1982)6月25日,第160—171页。

[4]萨苏:《国破山河在》(不怕吃败仗的大阪兵团、记日军中的另类第四师团),山东画报出版社,2007年7月,第281—286页。

[5][日]今西英造:《昭和陆军派阀抗争史》(100名政治型军人一览表),传统与现代社,昭和五十八年(1983)3月15日,第239页。

附记:本章由刘家鑫、朱小青撰写。原文发表于内蒙古师范大学《语文学刊》(2011年7月5日,第7期,总第369期)。略有添加与改动。

"日本浪人"历史成因述略

本篇提要：近代中日关系史上的"日本浪人"群体，是日本明治时期浪漫主义思潮所孕育出来的"弃儿"。中日甲午战争以来，他们影响了日本政府对华政策的制定和实施；在中国辛亥革命时期，他们起到了某种积极的作用；从五四运动之前开始，他们倾向于日本的扩张主义政策；在日本大举侵华之前，他们彻底蜕变为日本帝国主义的帮凶、走狗和马前卒。

关键词：日本浪人；近代中日关系史；明治时期；中日甲午战争；辛亥革命

在近代中日关系史上，有一部分被称为"日本浪人"[1]的武士群体。这些日本浪人离开日本本土来到中国，以各种职业为掩护，渗透到中国社会的各个方面。这些人等，武的开设武馆道场，腰挎日本刀，争强斗狠，到处炫耀那点所谓的"武功"；文的办商店会社，经营书籍、药品和杂货。表面上，他们装束怪异，猖狂张扬，杀气腾腾；或一副文士商人模样，彬彬有礼，虚情假意，笑里藏刀。实际上，他们来中国的真正目的是参与侵华活动。

中日甲午战争以来，世界形势变幻莫测，中日关系扑朔迷离。在那风云激荡的年代里，日本浪人充当了日本军国主义的鹰犬，策划制造了种种阴谋，犯下了累累罪行。那么,近代史上的日本浪人是怎样形成的,这一群体走过了怎样的历程,又发生了哪些变化呢?笔者依据日本学者的研究成果,概述一下日本浪人的历史成因问题。

一 何谓"日本浪人"

从明治维新到"二战"结束,在日本国内和国际的各种条件下,受历史、地理和思想文化等方面的影响,产生了日本浪人群体。他们惹人注目地活跃在近代中日关系史的舞台上。近年来,专家学者们对日本浪人的问题比较重视,也已积累了许多显著的研究成果。譬如,冈部牧夫先生在《日本史大事典》[1]中,用很大的篇幅解说了日本浪人的情况。

冈部先生首先给日本浪人下了定义:"所谓'大陆浪人'指的是从明治初年到中日战争日本战败投降这一时期,以中国为中心,居住、游荡在大陆各地,策划了种种阴谋的一群日本人。"他历数了最具代表性的日本浪人,如明治时期(1868—1912)的岸田吟香、荒尾精、横川省三、石光真清,大正时期(1912—1926)的西原龟三,昭和时期(1926—1989)的小日向白朗、甘粕正彦等人。这样的定义,可谓极其简明,准确公允。列举的历史人物们也都比较著名,具有明显的典型性和代表性。

他详细地指出:日本浪人们的行动是多样化的,无论是侵略还是友好,其中也有抱着某种政治理想的人等。在当时,他们希望将自己的想法影响作用于日本对外政策的制定与实施,使日本成为亚洲的强国。如果单纯强调"浪人"这一侧面的话,他们之间也包含着一些国家意识稀薄的投机分子以及地痞无赖。另一方面,又不包括官吏、军人、普通日本移民和有识之士。然而,这其中的一部分人,对外办理公务,有固定的工作,但暗地里却在策划阴谋活动。因此,仅从职业上将其与日本浪人加以区分,那也未免过于轻率。在此,权且将怀有各种志向的非正式的活动家都归纳在日本浪人里。

冈部先生继续写道：明治维新后，日本的破落武士阶层和富于冒险的企业家们来到中国大陆，从这些人之中产生出了日本浪人的原型。他们以港口城市的日本商铺为跳板，侦查中国各地的风俗习惯、政治经济情况，在军部直接或间接的支持下，从事谍报工作，比如调查中国的军事地理，收集各个经济区域的情报。日本浪人大多和玄洋社[②]、黑龙会[③]、东亚同文会[④]等国家主义团体或亚细亚主义团体有关联。在中日甲午战争和日俄战争中，日本浪人发挥了很大的作用，他们从事翻译、间谍，积极参与了各种破坏活动。

他进一步解释道，中国辛亥革命后，有的日本浪人给中国政府机构或军阀当顾问。随着时代的推移，其作用也开始变得多样化，在日本政府或省部、军方、政党、企业等特定资金的援助下，积极从事收集情报和争夺权益的活动。尤其是陆军的各个特务机关，驱使日本浪人从事谍报和策划阴谋。比如，南满洲铁道株式会社（满铁）是日本经略中国内地的支柱，他们就豢养了一大批日本浪人。但是，随着中国国民革命的发展壮大，军阀割据局面被打破，日本浪人的活动空间和必然性越来越窄小。特别是九一八事变之后，一直到中日战争全面爆发，日本的对华政策转变为在占领地建立汉奸傀儡政权，日本的行政部门直接派遣官吏或顾问，日本浪人也就被纳入到了这种体制之中。

最后，冈部先生总结分析说："近代的中日关系是不平等的，日本的政策取向是占领、统治中国，日本浪人就是在这种政策和体制下滋生出来的在外日本人的'畸形儿'。其言行时常在挑动着青少年们的浪漫与幻想，煽动异国情调和施展抱负的念头。进而，鼓吹蔑视中国的思想观念。从精神史的角度上来看，这些都是绝对不容忽视的。"

二 历史纪实文学中的"日本浪人"形象

渡边龙策先生在其《近代日中民众交流外史》[12]一书中，以历史纪实文学的方法介绍了日本浪人的来龙去脉，生动地描述了他们的诸多故事。这本书非常有助于考察日本浪人的历史成因,对于初步了解日本浪人为"何许人"能够起到很大的作用。

在该书中,渡边先生首先说明了日本浪人产生的历史背景。他写道,日本在明治维新后,成功地走上了国家近代化的发展道路,并且跻身到帝国主义列强的行列,积极推行"大陆政策",图谋吞并朝鲜、侵略中国。1894年,在中日甲午战争中,日本打败了清帝国。十年后,日本又在日俄战争中取得胜利,把沙俄势力赶出了中国东北三省,并取而代之。从那以后,日本进入了侵略中国的高峰期。在同一时期,中国的革命派、变法派和许多留学生齐聚东京,图谋举事。

然后,他揭示了日本浪人产生的原因。他认为,受日本对外侵略扩张氛围的刺激,许多日本青年自我意识过剩,妄自以天下为己任。这种人逐渐增多,他们想冲出狭窄的岛国,自由自在地驰骋在广阔的中国大陆上。这其中,包括了各种类型的人物。他们有的追求自己的梦想,其中不乏企图侵略中国的人;也有许多想法单纯的志士,他们在日本国内没有固定职业、难以生存。这么一群日本人,渡过浩瀚的黄海,来到了憧憬已久的中国大陆。无论是好人还是坏人,他们都被囫囵吞枣、不加区别地称之为"日本浪人",并且逐渐地为人们所不齿。可以说,他们是明治时期的浪漫主义思潮所孕育出来的"弃儿"。

他还列举了很多的例子,介绍了日本浪人们的活动情况。比如,山中峰太郎就曾中断了在陆军大学的学业,来中国参加了辛亥革命运动,成为孙中山的一名重要参谋;山田良政在上海的一个公司里工作,甲午战争爆发后从军,在军队中当翻译。孙中山在惠州举行起义时,他帮助革命军,受到清军的包围,最后战死。还有,宫崎寅藏(号滔天)是日本浪人中的一个杰出代表,他无私地援助了孙中山领导的中国革命运动。在当时,侵略中国的思想意识普遍存在于日本浪人和军人的心里。但道不同不相为谋,他坚持走自己的革命道路。第二、三次革命时,他又来到中国,以实际行动积极响应孙中山的号召,尽全力支持了中国的民主革命。可以说,像宫崎滔天这样的人,才是日本浪人的正面典型代表。

还有,在日俄战争期间,陆军大佐青木宣纯的"特别行动班",在日军实施的"土匪策略"中大显身手;陆军中佐花田仲之助的"满洲义军",也活跃在东北三省。这些信息,都极大地刺激了当时日本青年的好奇心,促使他们要到中国大陆来实现自己的理想。特别是,横川省三和冲祯介因间谍嫌疑而被沙俄军队逮捕,在哈尔滨被处决。这些人的活动,以及跟日本人有关的土匪团伙的猖獗,都极大地刺激了日本年轻人对中国内地的向往。还有内田良平的黑龙会和头山满的玄洋社系统的活动,更是大大地加强了他们来中国施展才华的决心。"军事浪人"川岛浪速曾经三次策动过满蒙独立运动,小日向白朗(中国名尚旭东)在军阀混战时期指挥土匪团伙,伊达顺之助(中国名张宗援)跟中国军阀张宗昌结为义兄弟,等等。这些日本浪人不顾文明开化的时代潮流和气息,不但亲自参与各种行动,还把那些所谓的"英雄豪杰"吹嘘得玄而又玄,唆使后辈青年做着天真烂漫的黄粱美梦。

渡边先生描写的这些人等,都可以被称为日本浪人。虽然没有严格的标准,但还是可以把他们分成以下几种不同的类型,比如:北方型、南方型、壮士型、尖兵型、后方型、思想型、行动型,等等。那么,在他们身上,到底是什么因素在起作用呢?其心理动机又是什么呢?最直截了当的答案,那就是幕末维新以来的政治环境所孕育的几代人的影响力,还有江户时代三百年的武士社会氛围所熏染出来的所谓"豪侠"之气。

三 从学术角度透析的"日本浪人"

比之渡边龙策的历史纪实作品,中村义先生从纯学术研究的角度考察了"日本浪人",更加详细地分析了其历史成因和流变,其总论式的研究引起了学术界的广泛关注。首先,中村先生在《关于近代日中关系史中的"支那·大陆浪人"》[3]一文中,根据日本浪人产生、发展、变化和终结的特点,将其划分为如下几个历史过程：

（1）明治二十年（1887）前后是其诞生期。日本国内自由民权运动高涨，国际上欧美列强进一步压迫亚洲各国，日本知识分子对日本本国抱有深刻的危机感。在此形势下，为了达到抵抗欧美并帮助邻国之目的，日本浪人应运而生。

（2）辛亥革命前后是其黄金时期。有感于邻国的义举，日本浪人们四处奔走。在近代日本的对华政策上，他们给日本政府施加了很大的压力。这是日本浪人们的辉煌时期，他们一方面对中国革命起到了积极的作用，另一方面也给日本社会带来了巨大的影响。

（3）第一次世界大战时期是"浪人万岁"和变质期。日本提出对华"二十一条"要求，中国爆发了五四运动，中日两国的政治条件都发生了很大的变化。浪人阶层不断扩大，同时也开始分裂。他们甚至于想独自解决满蒙问题，这与辛亥革命时期的做法已大相径庭。浪人们无视中国革命的发展，丝毫不顾及中国统一的趋势，开始转为支持日本的扩张主义。

（4）从昭和初年到昭和十年（1926—1935）是其堕落时期。从这个时期起，人们开始鄙视日本浪人。其理由是，日本浪人早已不再是辛亥革命时期献身于中国革命的同情者和协助者，他们已然变成了日本帝国主义侵略中国的帮凶、走狗和马前卒。更有甚者，他们自己本身也变成了扩张主义者。

接着，中村先生又从行为模式和内在精神的角度，总结了日本浪人的正面性格特征，比如：（1）自发性浪人，这种人往往不追求固定的工作和收入。（2）将自己与国家结为一体，怀有强烈的使命感，主张关注亚洲问题、实行东亚经纶。（3）儒教式的志士仁人，主张富贵不能淫、威武不能屈，具备恻隐之心和侠义精神，富有浩然正气和进取精神。

中村还列举了他们的出身范畴，例如：造反士族的末流人物（没落士族）、壮士、民权运动的残余势力、退伍军人、民党人员和新闻记者等。按照他们的行动特点，可以将其分为以下几种类型：①革命浪人（宫崎滔天），②商业浪人（荒尾精),③军事浪人(川岛浪速),④教育浪人(根津一),⑤新闻媒体浪人(中岛真雄),⑥万能浪人(头山满),等等。

最后,他客观地指出:在日本浪人们当中,有人为中国革命提供了必需的资金和武器,还有人直接地影响了日本高层的对华政策。当然,中村也承认了这样的历史事实。譬如,有人为了日本的国家利益、确保日本人的生存空间和资源而主张侵略中国。尤其是到了抗日战争时期,那些通晓中国社会情况、掌握重要信息的日本浪人,很快就成为日本军部的特务、间谍或打手,他们积极地参加了侵略中国、称霸亚洲的行动。

中村先生对日本浪人的时期划分、性格特征总结、出身范畴划定、类型定义都是比较客观的,尤其是对浪人两面性格的判断和剖析也是比较公道中肯的。

结　语

在中国辛亥革命的后期,日本浪人们就像近藤勇⑤那样,越来越成为国家权力的走狗。他们逐渐失去了与中国民众的连带感,变为日本军国主义的帮凶、走狗和马前卒,甚至堕落到日本地痞流氓的地步[4]。其实,在日本浪人猖獗一时的时候,就已经有日本学者明确提出:"真正的浪人"就要像真田幸村⑥和后藤又兵卫⑦那样,"不能失去国士的心术和志士的风格"。其言外之意,就是对当时日本浪人在中国的丑恶行径,表示不能首肯和苟同,并希望他们要以古人为楷模,为后世留下令人敬佩之风范。

自中日甲午战争至"二战"结束,日本浪人扮演了极不光彩的角色。他们逆历史潮流而动,祸害中国半个多世纪。公正客观地讲,萌芽时期的日本浪人既是"先天不全"又是"发育不良";发展时期的他们具有很大的盲目性和冒险精神,甚至还带有一定的积极意义;随着时代的变迁,他们不但改变了行动取向,而且从精神实质上也发生了蜕变。最终,在滚滚向前的历史洪流中,臭名昭著的"日本浪人"被彻底扫进了历史的垃圾堆。

注　释

①"日本浪人"一词,在日语中被称做"支那浪人"或"大陆浪人"。

②玄洋社:日本明治时代成立的超国家主义团体。1881年由原福冈藩士头上满等人创建,参加要求开设国会的运动。后逐渐右翼化,与军队勾结,积极参与侵略朝鲜和中国的活动,成为政界的黑幕势力。日本战败后,1946年被解散。

③黑龙会:1901年由内田良平等人创建的国家主义团体。与玄洋社一起,同为右翼两大势力。鼓吹大亚细亚主义,为侵略中国暗中积极活动,是日本政府实施对外殖民侵略政策的走狗。

④东亚同文会:日本主张所谓东亚各民族大同团结的国家主义团体。1898年成立,以当朝重臣近卫笃麿公爵为核心。在此基础上,1900年成立了国民同盟会,翌年更名为东亚同文书院。

⑤近藤勇(1834—1868):武藏地区人,擅长剑术。日本德川幕府末期,加入流浪武士队。进京后,被幕府所收买,组织暗杀了许多尊王攘夷(维新)派志士,后被明治新政府军逮捕斩首。在日本人的意识当中,该历史人物是不仁不义的、反面人物的化身。

⑥真田幸村(1567—1615):日本安土桃山时代的武将。仕于丰臣秀吉和丰臣秀赖,"大坂之阵"中战死。在日本人的普遍认识上,该历史人物是侠义者,是正面人物的形象。

⑦后藤又兵卫(1560—1615):日本安土桃山时代的武将。曾奉仕于黑田长政,积极参加文禄之役、关原之战。后应丰臣秀赖之邀进入大坂城,在"大坂夏之阵"中战死。

参考文献

[1][日]下中弘编:《日本史大事典》(第4卷,冈部牧夫解说),平凡社,1993

年8月18日,第603页。

[2][日]渡边龙策:《近代日中民众交流外史》,雄山阁出版,1981年6月5日,第11—17页。

[3][日]山田辰雄编:《日中关系150年》,东方书店,1993年6月,第65—77页。

[4][日]三石善吉:《后藤朝太郎与井上红梅》,竹内好、桥川文三编:《近代日本与中国》(下卷),朝日新闻社,1974年8月,第27—45页。

附记:本章由刘家鑫、周鹤撰写。原文发表于《长春师范学院学报》(2011年1月20日,第1期,总第130期)。略有改动。

日本近代"中国通"历史成因考辨

本篇提要：日本近代史上的"中国通"，往往被当作日本浪人来看待。可以说，在中国人的心目中，日本的中国通就是日本帝国主义的帮凶、走狗和马前卒。然而，通过考辨其历史成因得知，真正的中国通有别于日本浪人，他们是一些精通汉文化的、高层次的知识分子群体。应该说，只有具备汉学或中国学素养的文人学者，才有资格被授以这种称呼。

关键词：日本近代史；中国通；日本浪人；汉学；中国学

在日本近代史上，有一部分被称为"中国通"[①]的知识分子群体。所谓"中国通"，原本指的是江户时代（1603—1867）具备汉学素养的那些日本知识分子。一般来说，明治维新（1868）以后，日本通过设立引进西方学术的高等教育机关（如东京大学等）培养人才，也向欧美派遣留学生来培养新型的知识分子。从那以后，中国通的数量逐渐减少，但并没有完全消失，而是在反对欧化、振兴亚洲的风潮之下，以某种形式继续存在，如舆论界的论客、自由著书人、游记散文家，甚至是"日本浪人"[②]，等等。

中国通人物们亲历了长达半个多世纪的风云变幻的历史时期，他们在历史的潮流中发生、发展乃至产生变化，还有些人蜕变为容忍侵略的旁观者甚至是帮凶。那么,日本近代史上的中国通是怎样形成的?其源流和原型又是什么呢?笔者依据日文版相关资料和日本学者的研究成果,试图考辨一下中国通的历史成因问题。

一 从"汉学"到"中国学"的流变

笔者查阅了各种日文版的语言大辞典和历史大事典,发现"中国通"一词均未以独立词条的形式出现于辞典之中。即便是有,也大都把它放在"日本浪人"这个词条里面来加以解释。例如,冈部牧夫先生在《日本史大事典》[1]中概括解释日本浪人时,对中国通一词也做了如下的说明:"……日本浪人大多和玄洋社、黑龙会、东亚同文会等国家主义团体或亚细亚主义团体有关联。但是,在清政府对外国人实行严格控制的情况下,依然出现了精通汉语和中国风俗习惯的所谓'中国通'。日本浪人在中日甲午战争、日俄战争中从事翻译、间谍、破坏等活动,他们发挥了很大的作用……"渡边龙策先生在其《近代日中民众交流外史》[2]一书中,描写了许多日本浪人的故事,详细考察了日本浪人的来龙去脉,并且涉及了普遍存在于日本浪人中的"中国通"的问题。

此前,大家普遍认为,中国通只是日本浪人中的一部分,是从日本浪人中衍生出来的。但事实并非如此简单。至少在明治时期以前他们是独立存在的,又是纯粹学术研究性的,不涉及政治的,只是后来随着时代的发展而被卷入社会潮流中去的。笔者认为,要想验明中国通的正身,首先要理清"汉学"和"中国学"的关系和流变问题。

据《新编、东洋史辞典》[3]的解释,"汉学"是汉代的学问和学风的意思,特别是指后汉的注释家们理解经书的态度。魏晋时期,是以老庄思想为学术基础的。宋元明时期的哲学是程朱理学和阳明学,当时的学者又在此基础上,解释了经书的意义。然而,无论在时代上还是在训诂上,经书本来就体现了汉儒的精神。近些年来(第二次世界大战以后),在日本学术界有许多人主张批判宋学,呼吁复兴汉学。在日本,相对于江户时代的"国学"来说,中国的学问主要指的是汉学。也就是说,在日本,"汉学"这个词是汉土(中国)学术的意思,但这也只不过是个抽象的概念而已。这是有关汉学之词义的一般性解释。

那么,所谓的"中国学",又该是什么意思呢?

"中国学"是指与中国事务相关的所有的学术研究,通常以哲学、宗教、文学、语言、历史、美术等中国的整个人文科学为对象,不包括自然科学的研究事项。自古以来,日本就极其敬畏中国,学习中国的政治制度和思想文化,并且不断地受到其影响和滋养。但是,日本的接受是有所选择的,或是仅仅限于实用,或是止步在有利于自己的领域里,难以称之为真正的学问。从19世纪末开始,西方的实证主义科学入主日本。逻辑演绎、比较分析、归纳整理、系统规范等方法,影响到了"中国学"的命运。这样一来,"中国学"在日本才变成了真正的科学研究。它从以往的汉学脱胎而来,又受到了西方学术方法很大的影响。

笼统地讲,日本的"汉学"指的是明治以前日本人对中国传统文化的研究,而"中国学"是进入明治中期以后才出现的一种现象。可以说,中国学是在原有汉学的基础上,用科学的方法加以改进,使之脱胎换骨,然后再继承下来的汉学新形态。它还与当时中国的风俗人情研究、甚至汉语相结合,也成为一个引进了新的研究对象的学问领域。那么,在此"中国学"之基础上而出现的"中国通"又将会是怎样一种情况呢?

二 "中国通"的形成与变异

日本学者三石善吉先生考察了中国通产生的社会历史背景,尤其侧重分析了中国通的变化过程。在其论文《后藤朝太郎与井上红梅》[4]一文中,三石先生首先整理了战前知识分子们对中国通的介绍和评价。据他的考证,最早见于给"中国通"一词下定义的,是记者鹈崎鹭城的文章。在大正二年(1913)10月号《中央公论》的一篇随笔中,鹈崎写道:"所谓中国通,多指擅长汉语、爱好诗文的中国学学者。"

鹈崎还说道,随着时局的变化,"旧中国通",即"中国学学者打破了中国通这一阶层,扩大了其范围,特别是志士浪人扩大了其基础,开拓了其新的发展领域"。鹈崎把新形式的中国通,分为外务省派、陆军派、实业派和浪人派四种,并且断定:"现在大多数的中国通,一提到中国问题,就妄自揣摩中国形势,针砭对华政策。其实,他们大多数人都如同群盲摸象。"意思是说,这些实务型的所谓的中国通们,仅仅了解中国问题的表面皮毛,并不理解其真正深刻的涵义。他们难以跟擅长汉语、爱好诗文的学者型的中国通相提并论。

三石先生还介绍了记者小山松寿的《厦门通信》一文。这篇文章刊登在明治三十三年(1899)9月号的《太阳》杂志上。文中写道,小山曾与驻厦门的上野领事谈论过日清贸易问题,他对这位领事赞不绝口:"这样的领事,以中国通自居是当之无愧的。"三石还写道,在明治四十四年(1911)11月号的《日本和日本人》杂志上,汉学家稻叶君山③将山路爱山④的"现代中国论",断定为"所谓的中国通,其对华观是很危险的,更让人讨厌的是那些半吊子中国通的中国论"。显而易见,稻叶认为山路的对华言论和观点不是"通",而是"半通",是以一知半解的中国知识装模作样地谈论中国问题,是不知天高地厚的做法。

三石先生做了如下的分析:原来中国通就是指汉学家,或者是其发展延续下来的中国学学者。但是,中日甲午战争与义和团运动以后,日本帝国主义明显地走向了"摆脱东亚的坏朋友,与西方文明国家共进退"[5]的道路。日本对华政策逐年强硬化,使得东亚的政治格局乃至国际形势都发生了新的变化。新的环境与土壤,必将酝酿出新式的中国通。

明治二十三年(1890),荒尾精⑤受日本军方的委托,在上海成立了日清贸易研究所,从事翻译和搜集中国情报的工作。一时间,研究所成了志士和浪人们的"水泊梁山"。这说明,甲午战争与义和团运动之后,中国通的概念打破了原有的界限,向其他领域伸展了根须。虽然鹈崎鹭城十分鄙视"群盲摸象"式的假冒伪劣的大多数中国通,但其中国通分四派的观点,预示着中国通已经不再是中国学学者一家独占的标签了。

三石先生借用语言学家六角恒广的话,进一步地指出:一方面,日本资本主义的侵略性不断扩大。另一方面,因为中国政局不稳,康有为、孙中山等人流亡日本。同时,在日本人对中国的关心不断高涨的情况下,涌现出了宫崎滔天⑥、平山周⑦、内田良平⑧等所谓的日本浪人或中国通[6]。他还客观地指出:中国通人数的不断增加和新闻媒体业的发展,又造成了中国通整体素质的下降。这在1911年的中国辛亥革命时,表现得最为明显。日本浪人式的中国通们,就像近藤勇那样,越来越成为国家权力的走狗。他们逐渐失去了与中国民众的连带感,变为日本军国主义的帮凶、走狗和马前卒,甚至堕落到日本地痞流氓的地步。

三石先生观点的主旨是,日本近代(1853)以前的旧中国通,大都是正统的中国问题研究者,或中国趣味式的高级知识分子。但是,到了明治时期,大多数的日本知识分子都把兴趣转向了欧美,特别是以甲午战争为契机,中日两国的国际地位发生了根本性变化后,他们实际上走向了"脱亚入欧"的道路。随着时代的变迁,日本汉学逐渐衰微,旧形态的中国通逐年减少、后继乏人。在为数甚少的后继者当中,还埋伏着变质的隐患。

依照三石先生的观点来判断,旧中国通的形态就是汉学家,乃至是其延长线上形态已经发生变化的继承者即中国学学者。而且还可以说,作为时代,日本从近世封建主义社会过渡到了近代封建资本主义社会;作为一种学术,近世的"汉学"逐渐流变到了近代的"中国学";在此之后,作为其载体的新中国通,也在其雏形期间便发生了变异现象。

三 锁定真正的"中国通"

通过如上考辨,可以类推出从事汉学或中国学研究的人,应该就是我们要搜索的"中国通"。可以断定,真正的中国通,乃是具备汉学或中国学素养的文人学者,是高层次的知识分子。这些原型的、正宗的中国通,是在动荡的历史背景下出现的。他们亲历了日本近代的政治思想与国家政策的发生、发展和形成的全过程。他们是以江户时代的汉学为源流,以反对欧化、主张刷新传统汉学的"新中国学"为主要宗旨的人们。

如此说来,我们是否还能像先前那样,在日本帝国主义形成后,仍将中国通和日本浪人相提并论,而忽视这两者之间的区别呢?不可否认,中国通里的一部分人与日本浪人之间,确实有一定程度的相似性和关联性,甚至是同流合污性。但从另一个角度上来看,"半吊子中国通"毕竟不是中国通的主流,那些冒牌的中国通不具备思想文化性和学术研究性,他们只不过是用一些中国知识武装起来的轻薄浮浅的日本浪人而已。

一言蔽之,这个文人派的中国通,才是真正的中国通。也就是说,只有专业研究中国问题的人,才可以"担当此任",也才有资格被授以这种称呼。因而,笔者认为,寻常意义上所讲的日本近代"中国通",有别于那些祸害中华的日本浪人。两者本质不同,应该适当地区别看待。人们根据印象将两者混为一谈的说法,有失妥当和公允。在日本的各种辞书事典中,将两者放在同一词条里进行解释的做法,也缺乏科学严谨性。

注 释

①"中国通"一词,日文原文叫做"支那通"。而"支那"这一词汇,曾是古印度对中国的美称。在近代以前的日本,这个词汇并没有什么恶意。但是,自鸦片战争、特别是中日甲午战争后,日本人频繁地把中国叫做"支那"。从那个时候起,这个词就开始含有蔑视中国的意思了。抗日战争前与抗战期间,这种称呼尤其突出地显现了日本人蔑视中国的心理意识。

②"日本浪人"一词,在日语中被称做"支那浪人"或"大陆浪人"。

③稻叶君山(生卒年不详)：日本右翼历史学家,曾任日本陆军大学教官。1921年发表《对支一家言》,鼓吹"中国顽迷愚昧论",否认日本帝国主义侵略中国的事实。

④山路爱山(1864—1917)：日本明治时期的著名评论家,生于东京,介入民友社。作为《规模新闻》社的记者,发表过许多政治评论、史论和文学评论。标榜国家社会主义,著有《现代金权史》等。稻叶对山路的妄自菲薄,不免给人留下文人相轻的印象。

⑤荒尾精(生卒年不详)：日本明治时期的亚细亚主义者。1883年毕业于日本陆军士官学校。1886年辞去军职,来到汉口开设"乐善堂"。1890年,受日本政府和军方委托,在上海设立了"日清贸易研究所"。以做贸易为掩护,组织收集中国各地的情报。此人兼具中国通与日本浪人的两重特性。

⑥宫崎滔天(1871—1922)：生于熊本县。日本近代史上的著名志士,积极援助孙中山的革命活动和辛亥革命,是最具积极意义的革命浪人。著有《三十三年之梦》。

⑦平山周(1870—1940)：犬养毅的门生,与宫崎滔天同时结识孙中山,长期支持中国的革命事业,也是一位著名的革命浪人。

⑧内田良平(1874—1937)：日本右翼社会活动家,头山满的弟子,国家主义者。生于福冈县,1901年组织黑龙会,主张侵入中国大陆,并为吞并朝鲜暗中竭力活动。其人是最具消极意义的日本浪人。

参考文献

[1][日]下中弘编：《日本史大事典》第4卷,平凡社,1993年8月18日,第603页。

[2][日]渡边龙策：《近代日中民众交流外史》,雄山阁出版,1981年6月5日,第11—17页。

[3][日]京都大学东洋史辞典编纂会编：《新编、东洋史辞典》,东京创元

社,1980年3月31日,第171、370页。

[4][日]三石善吉:《后藤朝太郎与井上红梅》,竹内好、桥川文三编《近代日本与中国》(下卷),朝日新闻社,1974年8月,第27—45页。

[5][日]福泽谕吉:《脱亚论》,富田正文、土桥俊一编《福泽谕吉选集》第7卷,岩波书店,1981年3月25日,第221页。

[6][日]六角恒广:《近代日本的中国语教育》(序言),不二出版,1961年5月。

附记:本章由刘家鑫、李月撰写。原文发表于《长春师范学院学报》(2011年5月20日,第3期,总第132期)。略有改动。

第四篇

影视寻踪

刍议抗战题材影视剧中的日语语言问题

本篇提要：近年来，我国文艺界编拍了许多抗日战争题材的影视剧，其中不少优秀作品还取得了广泛的公众效应。然而，在某些剧目中存在着若干不符合日语语言习惯的问题。笔者以几部家喻户晓的剧目为例子，分别从日语的人称代词、日语的脏话、日语的敬称以及日本人的姓名等几个方面，深入分析探讨了其中的盲点或误区，并提出了一些具体中肯的建设性意见，以期为我国今后的抗战题材影视剧创作提供有益的参考。

关键词：抗战题材影视剧；日语语言问题；人称代词；日语敬称；日本人的姓名

近些年来，为了更好地纪念伟大的抗日战争，怀念那些民族英烈们，国内文艺界创作了不少文学作品和剧本。抗战题材的影视剧作品更是层出不穷，争奇斗妍。许多优秀的作品展现在国人面前，为我们上着一堂堂的爱国主义教育课。然而，在这些抗战剧中也难免会出现一些瑕疵，特别是在日语的使用上存在着几多明显的通病。笔者将以几部热播的抗战剧为素材，考察一下其日语语言习惯问题，并尝试提出一些有益的建议。

一　人称代词的问题

　　影视剧《亮剑》拍得很成功,可称之为经典之作。该剧描写八路军将领李云龙率部在晋西北地区顽强抗战的故事,歌颂了中国共产党领导下的抗日武装在艰苦的环境中抗击日本侵略者的英雄事迹。然而,值得指出的是,这部片子在日语语言上存在着很多问题。比如,饰演日军高级指挥官筱原师团长的演员,虽然其扮相很接近日本高级军官,但日语却说得不太理想。比如,其反复使用"わたし"(日语汉字写做"私",为第一人称"我"之意)和"あなた"(日语汉字写做"貴方",为第二人称"你"之意),而且多用"です"和"ます"等敬体接尾助动词。这些都是不太符合其军人身份的语言表达方式。

　　日语的"わたし"和"あなた"这两个人称指示代词,是一种比较恭谨客气的说法。特别是"あなた"(你)这个词,在一般情况下,应该用于一个妇女对自己丈夫说话时的场合。该剧中,作为一名日军高级将领,讲话时应该态度坚定强硬,尤其是对下属发话时,更是应该使用简体命令式的词语,而绝对不会用那么和蔼可亲的口吻。这位演员所使用的日语,属于日常较为平和的会话,甚至很多都是妇女用语,体现不出日本男子特别是日本军阀狂妄傲慢的气质。其日语的语音语调,不像日语,听来让人感到很别扭。

　　在《亮剑》中,倒是有一位传达电报内容的年轻人,其使用的语言表达非常正规,是一口地道的日语。还有,该剧中,表现日本战败投降后八路军李云龙抢在晋绥军楚云飞之前接受日军投降的场景时,饰演日军投降代表山田少佐的那位年轻人的日语非常流畅,其语音语调纯正地道,绝对是一口标准的"関東語"(日本的普通话)。作为一名懂日语的观众,听来感觉很舒畅。但不知这两位是否日本演员,抑或是请日本人配的音。

　　影视剧《雪豹》拍得也很好,表现了八路军的抗战精神和中国军人的英雄气概。主角周卫国,家仇国恨集于一身,面对日本鬼子怒目而视,一脸杀气,用

日语斥责日军官兵,但这位演员的日语也很成问题,他也使用了许多敬体式的日语,每句话的接尾词总是使用"です"和"ます"。尤其是,他还用了"わたしたち"(我们)和"あなたたち"(你们)等复数人称代词,这些都是不符合战地情景和军人身份的语言。发话人的心情和表情,与其使用的语言不相匹配。此时,应该使用简洁坚定的,甚至粗俗的语言才合适。如"ぼく、おれ、われわれ"("我、老子我、我们")和"きみ、おまえ、おまえら"("你、你小子、你们这帮家伙")等等。而且,每个句子的接尾词也都应该使用"だ"等简体接尾形式。

客观地讲,许多演员说的日语吐字含混不清,语音语调不像日语。笔者认为,在没有把握的情况,应该充实配音,或者干脆不讲日语,直接使用汉语表达倒是爽快利落。反正观众知道这是在看戏,能起到寓教于乐的作用,体现出爱国主义精神即可。

二 日语脏话的问题

在许多抗战剧的戏里,总有吃了败仗后气急败坏的日本军官的形象。他们经常随口骂人为"ばか"(日语写做"马鹿",汉语译做"八嘎",意思为"傻瓜",该词源于秦末赵高在秦二世面前指鹿为马),但这个词不应该用于这种场合。其实,此时他们真正想骂的应该是"ばかやろう"(日语写做"马鹿野郎",汉语译做"八格牙鲁",意思为"混蛋")这句脏话。又如,日军军官在训斥下属、皇协军和便衣队长,扇他们耳光子的时候,也是随口就骂他们是"ばか"。这个场合骂"ばか"则是比较准确的。

中国老百姓的顺口溜说得好,日语的"米西米西"是吃饭,"八格牙鲁"是混蛋。日军指挥官被八路军游击队打败了,其表情很难看,感到愤恨加遗憾。本来想骂对方是"八格牙鲁",往往错骂了"八嘎",到头来反倒是把自己给骂成了傻瓜,这是不合乎剧情常理的。总之,日语的"ばか"(八嘎)与"ばかやろう"(八格牙鲁),是两个不同意义的词汇,绝对不能混为一谈。这两个词使用不当,会产生微妙的问题。因而,很有必要正本清源,分清原委,真正理解其基本语义,加以区别后准确恰当地使用。

按照日本人的语言生活习惯,在这种即气愤又懊恼的情况下,应该骂"ちくしょう"(日语写做"畜生",汉语可以译做"畜生"或"混蛋")才合适。此外,还有个词叫做"あほう"(日语写做"阿呆、阿斗",该词源于蜀汉后主刘禅),这个"あほう"与"ばか"意义相近,也是"傻瓜"的意思。在今后的影视剧中,可以适当增加使用这两个词。

三　日语敬称的问题

在影视剧《红雪》中,中国年轻女护士将日本中年男医生称为"松岛君",这种称谓方式非常有悖常规。而且,在为数众多的片子中,日本的夫人管自己的丈夫也叫成了"某某君",这更是不符合日本人通常的语言表达习惯的。在日本的社会上,把医生、教师、政治家、律师、法官和检察官称做"先生"(日语的"先生"二字,中文应该译做"老师"),女人管年长的男子至少应该叫做"某某さま"(日语的"さま"写做"様"或不写汉字,中文可译为"某某先生"之意),而不应该称作"某某君"。

在日本人的社会里,长幼有别,上下有尊卑,人际关系的秩序非常讲究。在日语里,"君"这个字有多种用途,其中常被当做普通敬称来使用。它用于双方比较熟悉,两者关系相当密切,长辈对晚辈,上级对下级,同学之间,尤其是年轻人之间。一般只限用于男性,不用于女性,更不应该用于下级对上级,晚辈对长辈等场合。特别是,年轻女子对年长男子称"某某君",这是非常无知可笑的编排。笔者观许多影视剧,频频发现错误使用"某某君"的情况,因而不得不特别指出,希望得到众多方家的注意。

再如,在影视剧《水上游击队》里,日军大队长渡边中佐(后来升任联队长,佩戴大佐军衔标识)在与其下属对话时,多次被下属佐佐木少佐称为"渡边君"。不仅如此,佩少尉军衔标识的下属也称其为"渡辺君"。更有甚者,在其他几部影视剧中,少将或校官把中将称为"某某君"。这样的编排非常外道,实乃缺乏常识之举。

　　日军部队里面等级森严,军衔越高越有威严,作为下属的官兵,在长官面前必须毕恭毕敬,不可随意造次,谁都不能信口胡诌。下级军官对上级军官,要称其职务名或军衔,比如,要把校官叫做"联队长、大队长、中队长",或是"大佐、中佐、少佐"。而把少将以上的指挥官则称为"旅团长、师团长",或笼统地尊称为"将军"。这种场合,是绝对不能用一个"某某君"就可以打发过去的。在称谓上不尊重长官的结果,将会受到严惩。因而,影视剧中的"某某君"这一日语敬称,应该慎重使用才是。

四　日本人姓名的问题

　　在一些抗战剧中,日本人的姓名被搞得很不可思议。比如《夜幕下的哈尔滨》里,日军少将玉旨雄一与其侄子玉旨一郎的姓氏就很成问题。经查证,在日本人的12万姓氏里找不到"玉旨"这个姓氏。笔者在日本留学多年,有几次曾遇到过姓"玉置"的日本人。这里的编导或许是想使用"玉置"这个姓氏,但受汉语读音的影响,错弄成了"玉旨"。

　　另外,影视剧《敢死队》中,有一位日军高级军官,被称做"雄本"。但日本人中有"熊本"一姓,而没有姓"雄本"的。这里的"雄本"当为"熊本"之笔误。"熊本"一词不光用于姓氏,还用于地名。日本全国行政区的43个县中,就有一个叫做"熊本县"。

　　影视剧《雪豹》中,日军少佐叫"山本青木"。日本人有姓"山本"的,也有姓"青木"的,这两个都是很普遍的姓氏。姓"山本"的人数众多,可谓日本的一个大姓。姓"青木"的人也不在少数,这个"青木"也是当作姓氏来使用的,而不是作为名字来使用的,还没听说过谁家给孩子取名叫做"青木"。把日军少佐叫

"山本青木",太不符合日本的实情。而在《激战江南》剧中,把日军少佐叫做"三本太郎"。日本人中有姓"三本"的,但为数甚少,属于极小姓。此处也是受汉语字音的影响,误将"山本"写成了"三本"。

另外,影视剧《护国大将军》中,出现了日本驻清国公使馆武官"友贺八郎"这一历史人物,而实际上应该是"有贺八郎"。经查证发现,日本人有"有贺"这个姓氏,而无"友贺"之说。热播剧《辛亥革命》中,把一个日本人叫做"大酒保",但日本人中没有这个姓氏,正确的姓氏应该叫做"大久保"。影视剧《永不磨灭的番号》中,有一个日本人的姓氏被弄成了"伏部",这也应该是"服部"的笔误。

再有,《亮剑》中,把日军中的一支部队称作"路野联队"。日军部队中的"联队"建制,相当于国军的一个旅,往往以指挥官的姓氏为联队的简称,这里的"路野"应该是该联队长的姓氏。经查发现,日本人有姓"路三野"的,没有姓"路野"的。而姓"鹿野"的日本人,笔者以前也曾偶尔遇到过。据推测,可能是编导想给这个联队起"鹿野"这个简称,但粗心大意错写成了"路野"。笔者认为,我们编写拍摄影视剧,应该尽量符合日本的实际情况,不应该给日本人胡乱起姓名。

结　语

笔者对近年来热播的抗战题材影视剧中的日语语言问题,咬文嚼字,说三道四,难免出现不妥之处。尽管如此,我还是想提个建议。首先,编导及演员要花点力气,深入细致地研究一下这方面的问题,充分了解日本的历史文化和语言习惯,尽量圆满地表现出抗战题材作品的精神实质。其次,编拍与日本有关的影视剧,不要自作主张,最好是请日本人或有关专家来把关,避免一些不该出现的问题,尽量减少低级错误。衷心期待文艺界编拍出更多优秀的抗战题材影视剧,让观众既牢记历史又得到充分正确的精神享受。

参考文献

[1]大连外国语学院编:《日汉大辞典》,辽宁人民出版社,1979年。

[2]史群编:《日本姓名词典》,商务印书馆,1982年。

[3][日]梅棹忠夫等监修:《日本语大辞典》,讲谈社,1995年。

[4]上海译文出版社编译:《日汉大辞典》,上海世纪出版集团、上海译文出版社出版发行,2002年。

附记:本章由刘家鑫、付贝贝撰写。原文发表于长春电影制片厂、电影文学杂志社编辑的《电影文学》杂志(2012年2月20日,第4期,总第553期)。略有改动。

简析抗战题材影视剧中的若干问题

本篇提要：目前的电视屏幕上播放着许多抗战题材的影视剧，其中一些优秀的作品可谓家喻户晓、好评如潮。然而，在表现与日本相关的内容时，有些剧目出现了若干个问题，非常值得仔细斟酌。笔者依据多年在日本生活的亲身体验以及对日本问题的研究，简析这些剧目中不太符合日本的生活习惯以及社会历史文化的问题。文中将以几部著名的剧目为例子进行分析探讨，并尝试提出一些具体的建议，当做今后此类抗战题材影视剧创作之参考。

关键词：抗战题材影视剧；生活常识；基础知识；历史事实；军衔标识

近些年来，我国文艺界创作了不少与抗日战争有关的文学作品和剧本。以此为基础，影视界编拍出了许多抗战题材的影视剧。其中，有许多优秀的影视剧作品已经耳熟能详、家喻户晓，在民众中产生了巨大的社会效应，起到了良好的教育作用。然而，在某些抗战剧中也难免出现了一些盲点和误区。笔者将以几部热播的抗战剧为素材，从与日本相关的生活常识等角度，简略考察一下其中的若干问题，并尝试提出几点建设性的意见。

一 生活常识的问题

在某些抗战题材影视剧中，出现了日本式地板——"榻榻米"草席的场景。比如，在影视剧《红雪》第2集中就有这样的镜头：日军特务机关长林义秀少佐，与其上司尾田大佐商讨对付抗日双龙队的问题。这位林少佐脚穿军靴，双手插在裤兜里，站在"榻榻米"上走来走去。"榻榻米"草席，是日本人日常生活起居的铺地物件。无论是房子的主人还是客人，进入这种日式房间时，首先要脱掉鞋子，把鞋放在"榻榻米"的下面，只穿袜子站到"榻榻米"上，而不能直接穿着鞋子踏在上面，更不能像在中式的房间里散步那样穿着军靴在上面来回走动。没在日本生活过，不了解"榻榻米"的用途，容易出现这种常识性的失误。

接着，《红雪》剧中的尾田大佐向林少佐发出了指令。之后，这位林少佐仍然是双手插在裤兜里，呈立正姿势回答"哈伊"（表示接受命令和指令，相当于汉语的"是"或"好的"）。这种动作与姿势也很成问题。首先，日本人根本就没有双手插裤兜这种习惯，也没有在上司面前走来走去的资格，更非日本职业军人应有的动作方式。作为一名日本军人，他应该是双手下垂，呈立正姿势，毕恭毕敬地回应长官的命令，行军礼后微微倾身鞠躬，再后退两三步，然后转身离去。在其他一些片子中，有的演员饰演日本人时翘着中国式的二郎腿，或皱着中国式的眉头，这就更不是日本人应有的姿势、动作和表情了。

在《智者无敌》等剧中，许多群众演员扮演日本民众的形象。那些饰演日本男人的演员，虽然都穿着和服，但丝毫也看不出日本男人坚韧庄重的姿态，没能演出那种内在的精神气质。真实的日本男人形象，应该是腰板挺直正襟危坐，从内向外透着一股凶狠蛮横的气息。那些演日本妇女的演员，和服穿戴随便，行为举止散漫。从她们的走路坐卧姿势，一点都看不到日本女人谨慎小心的影子。历史上真实的日本女人，走路时要把两手牵在一起，或是双臂下垂两手按住和服下摆，身体略微向前倾斜，鞋底近乎蹭着地皮，一溜小跑往前行进。

编演人员不甚了解日本的生活常识，往往以中国式的思维判断日本的事情，将中国式的常识和习惯生搬硬套地用在日本人身上，容易造成一些失误或不自然。因而，要认真学习日本的社会历史文化，反复观看日本的原版影片，仔细揣摩日本人的姿势、动作和神态。只有充分了解真实情况，努力克服自身缺陷，才能演好日本人的角色。

二 基础知识的问题

在抗战题材的影视剧中，经常出现日军军官的办公室或作战指挥室的场景。通常情况下，在这里的背景墙上悬挂日本国旗或军旗，旗子四角处还写有"武运长久"的字样，也有时悬挂日皇裕仁身着大元帅服的大幅照片。影视剧《51号兵站》中，日军驻上海宪兵司令部的背景墙上，本应悬挂日皇照片的那个位置上，却挂上了日本近代作家夏目漱石的照片。裕仁是当时日本的国家元首，也是发动侵华战争的罪魁祸首，而夏目漱石则是一位顶尖级的文学大师，日军司令部里是绝对不可能挂文化人照片的。很显然，该剧背景墙上的领袖肖像被搞错了。这一致命硬伤，反映出相关人员基础知识欠缺的问题。

另外，字幕的错误也反映出这种问题。比如，日本国歌的名称应该叫《君之代》，但《敢死队》等剧中错写成了《军之代》。日本投降的日期应该是八月十五日，而《激战江南》大结局的片尾字幕上，却误写为"一九四五年八月二十五日，日本天皇宣布无条件投降"。另外，日本战败投降时，虽然已经立了秋，但实际上天气仍很暑热，当时的人们穿着背心短裤，欢天喜地迎接抗战胜利。但是，许多剧目都忽视了这一细节。剧中人物大都穿着长裤长褂，完全没有炎热夏天的感觉。这样的场景处理非常缺乏季节感和历史真实感。

在抗战题材影视剧中，经常出现国军指挥部大门的镜头。其标识牌子上，有时被写成了"国民党××兵团司令部"或"国民政府××军××师部"等字样。其实，这些写法都是错误的。准确地说，应该写做"中华民国国民革命军××军××

师部"。即使是八路军的指挥部,其标识牌上也应该写成"中国国民革命军第十八集团军第八路军××师××团部"。再有,某些影视剧中,八路军指战员的臂章上只有"八路"两个字,这不太符合历史事实。有些影视剧里的新四军指战员,其臂章上写着"新四军"三个字,这是比较客观正确的。因而,八路军指战员也应该佩戴"八路军"这三个字的臂章。

另外,《智者无敌》剧中出现的日本市井上的招牌也有点问题。我国民国时期出现了横写文章的现象,尤其是文章的标题要从右往左写。但这只是中国社会上的变化,并不能代表日本也是如此。日本自古,书写文章方法跟中国一样,是从上往下竖着写。但近代以来奉行西化政策,书写文章时可以像洋文那样横着写。从一些史料看,抗战前期日语的横写语句,有从右往左的现象。但抗战中期开始,逐渐改为从左往右书写。那以后,从左往右的书写形式成为习惯。该剧中将"雲峰の温泉"写成"泉温の峰雲",并把"東京新宿ホテル"写成"ルテホ宿新京東"。这些都是很值得商榷的。同为20世纪的30年代和40年代,日本与中国在许多方面是不相同的,绝不能按照中国的习惯,想当然地使其张冠李戴。

三 历史事实的问题

《智者无敌》是一部歌颂隐蔽战线英雄的抗战剧,大致是在史实的基础上编拍的。剧中人物有真实的,也有虚构的。如日军主管情报部门的影佐祯昭和今井武夫两少将,都是著名的反面历史人物。剧中多次提到的武田将军,应该指的是武田毅雄少将。武田原名王毅雄,生父为中国人。以记者身份出场的西里龙夫,历史上也确有其人。而剧中的主人公中村功少将,却是一个虚构成分太多的人物,其原型人物名叫中西功。

中西、西里和武田等人都是日籍中共秘密党员。他们有的利用日军情报官员的身份,有的打入日本军政界高层,做着与其身份正好相反的工作,向延安和莫斯科提供了许多重要的战略情报。另外,还有佐尔格和尾崎秀实等人,也利用身份或职务之便获取军事情报。后来,他们大都涉嫌共产国际谍报案,被日本特高课逮捕。佐尔格和尾崎等人被杀害;中西和西里等人也曾被判极刑,日本战败后才得以获释;而武田则神秘失踪,至今下落不明。

《智者无敌》剧,在某种程度上忽视了史实。比如,硬是将主人公改名为中村功,让其当上少将,还将武田的身世之谜牵强附会在他的身上;此外,还虚构了一名风尘女子并浓墨重彩地描画了一名美女间谍,以及煞有介事地渲染神秘预言,等等。窃以为,该剧人物的身份设置有些缺乏情理,剧情安排也过于离奇曲折,委实让人难以接受和理解。

目前的影视剧,或多或少地存在着不符合史实的问题。这些改编很容易误导观众。既然意图再现历史,理应大致符合历史事实,这是一个最基本的原则。允许适当夸张和发挥想像,但不应脱离史实太远。在借用历史事件和历史人物时,首先应该尊重历史,不应该随意篡改和编造。否则,久而久之,容易变成了伪历史。如此,对于一个民族来说,那将是一个极大的悲剧。因而,影视文艺界人士很有必要增强历史的责任心。

四 军衔标识的问题

影视剧《永不磨灭的番号》拍得很成功。该剧既描写了抗日壮士们勇于牺牲的英雄主义精神,又不乏滑稽和幽默的情趣,但片子中也出现了一些问题。比如,日军中下级军官不但把日军少将或中将称作"某某君",还在军衔或职务称谓上多次出现失误。比如,叫做"山下"的这个人物,佩戴着两条横杠两个三角星的领章,属于中佐军衔,相当于国军的中校。把他称做"师团长"是不合乎常理的,应该说这是一个明显的失误。

一般来说,侵华战争时期的日本陆军,每个甲、乙级师团的总兵力都在3万人以上,大致相当于中国的一个军,师团长一职也理应由中将级别的人担任。作为中将军衔标识,其领章上理应有两个金色的五角星。而《番号》剧中的所谓

"山下师团长",其实只是个大队长,相当于国军的正营级或副团级,指挥兵力相当于国军的半个团,最多不超过一个团。师团长一职,是绝对不会由"山下中佐"这样地位的人来担任的。

影视剧《水上游击队》中的渡边中佐,不但向其下属佐佐木少佐发布命令,还直接让另外两个大队也一起参与其军事行动。这也是违反常识的做法。因为中佐这样地位的军官,只能指挥一个大队的兵力。在无上级特殊授权的情况下,无权指挥或命令其他大队。他只能请求上级指挥官发令,邀请其他大队友军的配合或增援。影视剧《火线》中,日军山田大队的指挥官为大佐军衔,由他直接向少佐及尉官发令,这样的安排也不太符合日军的组织建制。大佐军衔的军官应为联队长,相当于国军的旅长级别。

影视剧《亮剑》中,皇协军的指挥官被同行的日本军官称作"钟团长"。然而,这位"钟团长"的领章标识上只有两个横杠一个三角星,这显然是营级(少校)指挥官的军衔标识。既然是"团长"级指挥官,那么就应该佩戴两条横杠三个三角星(上校),至少也要佩戴两条横杠两个三角星(中校,副团级)的军衔标识。诸如此类失误还有很多,此处不再赘言。笔者认为,编拍抗战题材影视剧,应该本着认真细致的原则,注意掌握相关的基础知识,注重细节上的编织,这样才能构建出更加完美的影视艺术作品。

结 语

一部伟大的文学作品是一个民族留下的精神财富,一部优秀的影视剧作品也是如此。抗战题材的老电影里,有许多堪称中国电影的传世之作。比如,《地道战》和《地雷战》等影片,时至今日,人们看多少遍都不感到厌烦。又如,饰演侵华日军军官的方化等老演员的形象,永远印在了观众的心坎儿里。那些老电影中的红色经典,其思想性、艺术魅力和社会教育意义,影响了我们一代人乃至后世子孙的审美观、价值观和世界观。我们今天的影视剧,也应该朝着那个方向发展。要精益求精,努力减少各方面的失误,使作品具有跨时代的感召力。要在人们的记忆中,在民族文化发展史上留下巨大的价值。

参考文献

[1]方知达、梁燕、陈三百:《太平洋战争的警号:记几位反法西斯战士在日本偷袭珍珠港前后的情报活动》,东方出版社,1995年11月。

[2]李庆山、王小慧编著:《158个国家军队授衔内幕》,中共党史出版社,2008年3月。

[3]张明金、刘立勤主编:《侵华日军历史上的105个师团》,解放军出版社,2010年1月。

[4]徐平主编:《侵华日军通览(1931—1945)》,解放军出版社,2012年3月。

附记:本章由刘家鑫、孟琪撰写。原文刊登于《电影文学》杂志(2012年5月5日,第9期,总第558期)。局部内容有重大修改。

探析宫崎骏动画电影中的自然生态观

本篇提要：日本动画电影巨匠宫崎骏，在其多部作品中揭示了人类与自然生态的连带关系，指出了危及社会健康发展和人类生存环境的诸多弊端。其最著名的代表作《风之谷》和《幽灵公主》，即是体现这一思想观念的两部作品。宫崎骏以自己的动画电影作品告诫我们：人类是自然界中的一分子，必须积极地融入自然，与其他的成员和谐相处。

关键词：宫崎骏；动画电影；自然生态观；《风之谷》；《幽灵公主》

宫崎骏，日本当代著名动画电影艺术家。宫崎骏的名字在日本国内尽人皆知，在国际影视艺术界也是声名远播。他的动画作品具有高超的艺术性，并且兼具正确的思想性和积极的社会性。其作品大都以人生、生存、生命、环境以及梦境为主题，用丰富的想像力和优美的画面，带领观众走进一个个神秘的艺术世界。同时，他又直面当今社会的各种问题，指出危及社会健康发展和人类生存环境的诸多弊端，努力唤起观众的深刻思考。

一　宫崎骏其人

1. 艺术成就

1941年1月5日，宫崎骏出生于日本东京。宫崎骏幼年时体弱多病，不擅长体育运动，但其绘画技艺却出色超群。1958年，日本上映了动画片《白蛇传》。在日本电影史上，这是第一部长篇彩色电影动画片。这部作品，改变了宫崎骏的一生。他迷上这部片子，对动画电影及漫画产生了浓厚的兴趣。高中毕业后，宫崎骏考入东京的学习院大学就读。1963年大学毕业，他进入东映动画电影公司工作。1964年，他认识了人生中最重要的工作伙伴——高畑勋。此时的宫崎骏，走出了创建"幻梦帝国"的第一步。

宫崎骏的长篇漫画《风之谷》，在德间书店的杂志上连载成功。1984年3月，他的动画电影《风之谷》上映。该影片，集中体现出宫崎骏动漫作品的各种艺术特色。精良的制作，独具匠心的视角，丰满的人物形象，戏谑诙谐的对白。这些，都使宫崎骏名声大噪。他被观众誉为"国民动画家"。1986年《天空之城》和1988年《龙猫》的上映，更为他积攒了人气。1989年《魔女宅急便》公映后，当即成为日本最卖座的影片。2001年上映的《千与千寻》刷新了发行纪录，在国内外都受到了高度的评价。2004年公映的《哈尔的移动城堡》，成为日本电影史上第二大卖座的影片。2008年公映的《悬崖上的金鱼公主》，2010年的《借东西的小人阿丽埃蒂》等作品，也是好评如潮，口碑极佳。

2. 作品主题

宫崎骏的作品大致可以分为三种内容，即"毁灭的世界""人类的觉醒"和"未来的憧憬"。宫崎骏创作适合少年儿童口味的动画电影作品，一以贯之，以为己任。他曾说过"动漫就应该是属于孩子的东西"。他站在儿童的视角创作，构建出完美的宫崎艺术世界。他希望通过自己的艺术和思想成果，让孩子们对这个世界充满无限的憧憬和希望。

但是，宫崎骏的作品并不单单是创作给孩子看的。他的作品大多关心着各类社会问题，比如生态平衡问题，人类日益严峻的生存环境以及人类与自然的共存问题，等等。他教育成年人要重新认识自然，在发展社会经济的同时要多关心一下环境问题，努力保持生态平衡。也就是说，他把环境保护论和人文主义基调融进了许多作品当中。

在宫崎骏的所有作品里，都蕴含着其自己的思想观念。这一思想贯彻始终，并且辩证地发展着。他的世界观、历史观、人生观和艺术观，也有着明晰的脉络。为建构完美无缺的宫崎艺术世界，这些思想观念都发挥着应有的作用。这个宫崎艺术世界也许是虚幻的，并非真实存在的，但它却是为这个社会的健康发展和人类理想的未来而服务的。

二　自然生态观

1.《风之谷》解析

宫崎骏的动画作品《风之谷》，表现了人类毁灭与自然救赎这一主题。该作品故事的背景设定在未来世界，剧本源自于漫画的前三分之一。其中，人与人，人与生物之间的关系成了全剧冲突的核心。观众放眼望去，只见黄沙遍地，奇形怪状的植物、昆虫充斥其中；取代牛马而使用水上飞机、飞艇，等等。宫崎骏以其丰富的想象力，构建出了完全有别于现实世界的末日后的影像世界。作品的故事情节，正是在这样的背景下展开的。

在毒气弥漫的人类家园中，不仅人与人之间充满着无休止的争斗与侵略，而且人与昆虫之间也纷争不断，相互争夺着生存领地。其中的"多鲁美奇亚人"野心勃勃，为了彻底征服世界，他们挖掘出"培吉特人"领土上的最终兵器，一种史前文明遗留下来的庞大机器人——"巨神兵"。而不甘心失败的培吉特人为了报仇，便以"王虫"为诱饵，引诱其来消灭。他们声东击西，趁机占据了多鲁美奇亚人的领地——"风之谷"。古人生产的巨神兵，被当作毁灭世界的武器，背负着悲惨的命运。它们体型巨大,力大无比,但其心智却很纯洁。

科技文明原本无错,错就错在把它运用到了歪门邪道上,诸如战争等破坏人类和平以及人类赖以生存的环境,等等。多鲁美奇亚人想用巨神兵来摧毁大地的守护者——王虫,而王虫代表着自然。这又是一次人类与自然的对峙。人类有意无意地破坏了自己的世界,王虫却只是敏感地想要保护自我,并非有意要挑起战争。王虫在无形中默默守护着大地,而人类却把它一直当作自己的"假想敌",这对人类来说真是莫大的讽刺。

该影片的最后,宫崎骏给出了一个浪漫式的结尾:自然以宽容之心,给予人类重生的机会。菌类、昆虫和人类和平共处,世界再一次恢复平静。主人公"娜乌西卡"是一位使者,她在人类与自然这两者之间不断地斡旋、调停,希望人类与自然能够和谐共存。在她身上,作者倾注了自己的思想理念。寻找人类与自然的共生之道,乃是宫崎骏动漫作品创作的初衷,也将是他毕生的追求。归根结底,宫崎骏对人类与自然的未来依然满怀希望。

电影动画片《风之谷》,重点描写了目前人类所面临的环境问题。通过该作品,宫崎骏表达出焦虑与不安。消失的森林,一望无际的黄沙荒原,被污染的水源。在这样的环境里,人类是无法生存的。无休止的欲望、贪婪与占有欲,又将人类进一步推向了与自然对立的边缘。而自然却是仁慈和宽容的。人类选择了自我毁灭,但自然并没有放弃人类,她正在缓缓地恢复。蓝天绿地与鸟语花香,正是自然赐予人类最好的礼物。

2.《幽灵公主》解析

时隔五年,宫崎骏的顶峰之作《幽灵公主》问世。该作品表现的是人类与自然、贪婪与爱意的主题。宫崎骏思索和追求的是人类与自然的共存之道,但没有人能够完成这一命题。即使他呕心沥血,也仍然不会得到答案。于是,他将这个沉重的命题抛给观众,让人们从各自的角度进行审视。他唯一能够做到的就是一个叙事者,用动漫作品来表达自己的愿望。

《幽灵公主》故事的历史背景,设定在日本14世纪至16世纪的室町时代①。其时,日本的炼铁技术开始成熟。随着制铁业的快速发展,人类几近疯狂地开发自然。炼钢炉轰鸣林立,大地的绿色越来越少;天空中灰色的浓烟,占据了鸟儿自由翱翔的领地。人类泯灭了敬畏自然之心,抛弃了与自然和平相处之路,大规模地掠夺自然资源。宫崎骏再现了这一"历史"时刻,展开思考人类与自然共存的重大命题。

"铁镇"位于麒麟森林附近,领主名叫"幻姬"。为了摆脱贫穷落后的局面,铁镇的人们跟随领主,在麒麟兽栖息的地方开采铁矿石,建立炼铁厂。生活于森林中的各种生物,被掠夺了生存的空间,必然会把他们当做敌人,大战一触即发。这时,出现了另外一位带有悲剧意味的主人公"阿达西卡"。在自然与人类之间,这位阿达西卡也是一位沟通者与调节者。他理解幽灵公主"小桑"保护森林的心情,但同时又想帮助人类摆脱贫困的境地。在这个出场人物身上,宫崎骏寄托了自己的理念与愿望。

与《风之谷》不同的是,《幽灵公主》中的自然,已不再是宫崎骏动画中宽容温婉的形象,而是变成了无情反击报复人类的残暴形象。这揭示出人类与自然之间相互排斥、相互杀戮甚至水火不容的紧张关系。领主幻姬,正是我们人类自身发展的缩影。人类通过无穷的力量将文明推向一个又一个高峰,而对于自然来说,她就是魔鬼的化身。

在《幽灵公主》中,作者不再奢求自然再一次宽恕人类所犯下的罪恶。面对这个人类与自然永恒无解的命题,宫崎骏终究只是一个叙事者。通过该作品,宫崎骏最想传达给观众的是:人类到底应该怎样对待自然生态,应该以怎样的姿态面对人类以后的发展道路。这,也正是宫崎骏抛给观众的一个沉重课题。

在人类的不断索取中,自然生态慢慢腐坏。同时,它又缓慢地复苏,并宽恕着人类。自然并不是救世主,它只是在与人类被动性的斗争中公正地进行裁决,而人类终究只是在贪婪与善意之间寻找平衡点。人类与自然的博弈,终究只是一个从掠夺到复仇,然后再到请求宽恕的循环过程。人类社会,就是在这样的过程中行进到今天这一步的。

三 思想实质

1. 自然生态观

宫崎骏曾经说道,他希望看见杂草接管这个世界,他觉得那将是一件多么令人兴奋的事情。他热爱自然,以自然为中心的世界观在他的影片中淋漓尽致地表现出来;他敬畏生命,却又苦于无法为人类与自然的和谐相处找到一个连接点。

自然,总是作为神的化身出现在宫崎骏的作品当中。它们有思想,有感情,有共同能力,并通过各种方式表达着喜怒哀乐。自然就像慈爱的母亲那样,毫无保留地给予我们这些自然之子爱意与关怀。有时也像严厉的父亲那样,当我们任性懈怠之时,毫不留情地申斥我们。客观事实上,人类只不过是自然的一部分,是宇宙万物中的微小存在。人类没有必要征服打败自然。而相反地,人类应该把自己当做自然的一部分,与其他成员和谐相处。这才是我们对自然应有的态度。宫崎骏呼吁观众,要重新认识自然生态的重要性。

2. 环保意识

宫崎骏作品的故事情节,往往是围绕着人类社会的爱,人类与自然生态,等等。而其中的暴力与贪婪等负面的内容,不是其主要意图,更不是要着力表现的对象。作为动漫作者,宫崎骏的力量是有限的。他不能直接地改变社会的现状,他只能通过作品,唤醒人们对理想的追求,倡导人类与自然和谐相处。他的动漫作品,教会了我们要对自然心存感激之情。

人类为了自己的生存,严重地破坏了其他生物的生存空间。由此,受到了自然的惩罚,自食其苦。在逐渐醒悟的过程中,认识到只有重视保护生存环境,人类社会才能有一个美好的明天。宣传"我们赖以生存的星球环境"之弥足珍贵,强调"人类与自然和谐相处"的重要性,唤醒人们的环境保护意识。这,也是宫崎骏作品的思想实质之一。

结　语

宫崎骏的动画电影作品,不仅描写了单纯的大自然,还提出了人类与自然万物的深层关系问题,比如自然给人类带来的影响,人类对自然的掠夺和攫取。他特别侧重于发掘造成这种局面的社会根源,比如人类与自然的紧张、疏离、对立和冲突关系的根源;他还深入探究造成这种情况的诸多形式,如人类征服和掠夺自然的思想、文化、科技、经济、生活方式和社会发展,等等。宫崎骏以沉重的心情揭示了与此相关的问题。

探寻人类与自然的共生之道,不仅是宫崎骏作品所要追寻的,也是当今国际社会的重大课题之一。改善自然生态环境,融洽人类与自然的关系,已经到了刻不容缓的时代。人类和自然应该是休戚相关、荣辱与共的。人类不是自然的主宰者,而是自然的产物。应该从属于自然,保护自然,以生态系统的整体利益为最高价值。如何维系人类与自然的和谐共生,以及整个生态系统的平衡,是动画电影艺术家宫崎骏孜孜以求的永恒课题。

注　释

①室町时代(1338—1573):是日本历史上"中世史"中的一个时代划分,名称源自于京都附近的室町,它是幕府的所在地。1336年,将军足利尊氏建立了室町幕府。为了对抗后醍醐天皇的南朝,他还建立了北朝政权。日本史称"南北朝时代"。两个朝廷对立的局面,一直持续到公元1392年。最后,南朝被北朝所统一。从"应仁之乱"开始,日本进入了"战国时代"。虽然战乱持续,但内外通商繁盛,农业、手工业技术也有所提高。从室町时代开始,日本的炼铁技术发达起来。

参考文献

[1][日]宫崎骏文,支菲娜编译:《宫崎骏:思索与回归:日本的动画片和我的出发点》,《北京电影学院学报》,2004年第3期。

[2]秦刚:《感受宫崎骏》,文化艺术出版社,2004年。

[3]田瑞平:《宫崎骏动画电影研究》,南京师范大学文学院硕士学位论文,2005年。

[4]李金梅:《宫崎骏动画电影的生态意识:兼论现代社会语境中人类与自然的关系》,《电影评介》,2007年第22期。

[5]秦璋颖:《宫崎骏动画电影中的生态意识》,重庆师范大学硕士学位论文,2010年。

[6]《令迪士尼刮目相看的动画大师:宫崎骏(组图)》,新浪网、新浪校园。http://edu.sina.com.cn/y/k/2005-09-19/153944112.html

[7]《宫崎骏的X轴与Y轴:人类与自然,贪婪与爱意:整体性品读〈幽灵公主〉》;http://group.mtime.com/FirstClub/discussion/1502382/2/

附记:本章由苏梦婕、刘家鑫撰写。原文发表于内蒙古师范大学《语文学刊》(2013年9月15日,第9期,中旬刊,总第428期)。略有改动。

从日本的校园剧看其学校教育状况

本篇提要:历年来,日本电视剧中的校园剧数量颇多、题材广泛,真实地反映了日本的学校教育状况。笔者以几部典型的校园剧为例,从学生的天堂、教师的立场和师生关系再定位等三个方面,详细分析剧中的人物性格与剧情,并深入探讨日本学校教育状况的问题。

关键词:日本校园剧;学校教育状况;学生与教师;师生关系

日本电视剧(以下简称"日剧")以短小精悍著称。其大多数剧目,按照季度出品,一周一集,边拍边上映,一般控制在10集左右。我国电视剧的题材,大多是谈情说爱、家长里短、后宫争斗、抗战、内战加谍战等等,而校园剧却较少。与之相比,日剧的题材比较广泛一些。其中,校园剧数量颇多,题材也较为广泛,真实地反映了日本的学校教育状况。

一 学生的天堂

学生是校园的主角,校园是学生的天堂。在校园里面,学生邂逅着形形色色的人物,经历着各种各样的事情,逐渐地成熟起来。校园剧也大多围绕着学生这一主人公而展开,如实地描述着他们的学习生活情况,表达着他们的喜怒哀乐。

在"学习"这一主题之外,校园生活里还充盈着"青春""友情"和"爱情"这样珍贵的字眼。比如日剧《野猪大改造》,就是这样一部积极向上、充满阳光的青春校园剧。该剧描述了这样一则故事。在这座校园里,桐谷修二备受欢迎,草野彰性格乖僻。"野猪"小谷信子是个转校生,常受人欺负。桐谷与草野二人齐心合力,将野猪逐步改造成了人气王。在改造过程中,主人公们的热情、友情和爱情,都逐渐膨胀,相互碰撞。

剧中的学校举办文化节,野猪班的同学们一起制作了"鬼屋",并在鬼屋的出口处设置了一面镜子。野猪在镜子的下方写道:"在此时此刻,能够遇到与你牵手的那个人,便是一个奇迹,所以即使走出黑暗,也请不要松开。"这句话就是这部剧想要告诉观众的,"请珍视那个对你来说很重要的人"。能认识到这一点,或许就是所谓的成熟。

在大家眼中,校园如此的美好。对大部分学生来说,校园如天堂一般。但对某些学生来说,校园却是个地狱,让他们生不如死。比如,校园里的"欺凌问题"便是最糟糕的问题。在现实日本的教育界里,这是一个难以根治的顽症,也是日剧的主要题材之一。

既然是戏剧文艺作品,就免不了要被艺术加工甚至夸张放大。如1994年的日剧《人间失格:如果我死了的话》,讲述了一个以名门私立学校为舞台,以"欺凌问题"为议题的复仇故事。主人公大场诚,转入新的学校,不懂校内的"潜规则",成为被欺凌的目标。校园邪恶势力欺负,老师施加压力。在双重夹击之下,不幸自杀身亡。

以这种剧情作为结局,显然是一个悲剧。2011年的《世界奇妙物语》也描写了校园内部的"欺凌问题",但该剧则与《人间失格》剧相反,一改阴暗灰霾的风格,凸显出了"奇妙物语"的特点。此剧讲述的是,日本政府秘密开发"被欺凌者"机器人,以此替代人类小孩。该机器人,有着常人的外貌,特意做出一些事情,将欺凌的目标转移到自己身上,代替人类成为被欺凌的对象,从而使人类小孩免遭身心痛苦。

从《人间失格:如果我死了的话》到《世界奇妙物语》,观众不仅看到了人类科学的巨大的进步,也看到了日本在克服欺凌问题上所做出的努力。他们由袖手旁观、无所适从,到主动面对、设法解决。在心理上,完成了从消极向积极的姿态转变。在方法上,充分利用了人类科技进步的成果,将自然科学有效地运用到人文社会科学领域里。

二 教师的立场

说到教师这个话题,笔者想起日剧《黑板》。《黑板》系列片里的三位老师,其各自的形象充满着时代的气息,故事情节也极富代表性。该剧讲述的是,同一个学校的三个年代(分别是战后的日本,泡沫经济时期的日本,现在的日本)的三位老师与其学生们。该剧是以三个篇幅的步骤先后展开其剧情的。

第一篇,在战争年代,主人公白滨老师教导学生要为国捐躯,并和学生一起被卷入时代的浊流之中。历尽劫波之后,又与学生携手寻找答案。同学会上,白滨坦白地说道,自己在战场上,不顾一位少年的苦苦哀求而将其杀害的往事。痛陈了杀人之后的罪恶感,并为误导学生们参战之事真诚地道歉。"我要以这副狼狈样,以这副杀了人,断了胳膊,苟且活下来的姿态站在讲台上接受你们的批评指责,这才是对你们未来的教育"。白滨老师勇于承认错误,敢于承担责任,始终不忘教育学生。这样的老师,才是真正的教师。

第二篇,是直面校园暴力的教师形象。后藤顶着"暴力教师"的批评声,竭尽全力保护学生。那些学生,正处于与无形之敌的较量之中。20世纪80年代,日本经济欣欣向荣,教育界却经受着暴风雨般的考验。严厉的校规和过度的应试压力,激发了学生的逆反心理,导致校园暴力层出不穷。不管是校领导还是同班同学们,都视不良学生为瘟疫。但是,后藤老师却从不放弃他们。不管那些学生做了多么过分的事,他都是加以教导,尽力挽救。为了教会学生一些道理,他偶尔也会采用暴力手段。为了保护学生,他会立即挺身而出,甚至不惜性命。"孩子不听话,你们就要抛弃吗?我可不想"。后藤的这句直白,道出了当教师的真谛。

第三篇,发生在2011年的现代日本,讲述的是师生之间信赖关系的故事。在这个时代,谁都能走进校园,但不愿意去学校的人却越来越多。很多人认为,现在的师生之间已不再有信赖关系。本篇的主角龙泽老师,打破了这一僵局。班里有个学生,上初三了还不会背九九乘法口诀。龙泽老师将他带到家里进行补课,因而被班里的学生所误会,甚至被卷入了刑事案件。在接受审讯时,为了守护学生的秘密,她始终只有一句话"我保持沉默"。保护学生,遵守约定,不惜自己落下嫌疑。这样做,反倒使师生之间的信赖关系得以重建。

日剧中的教师形象不胜枚举。从1979年到2011年,《3年b组金八老师》在荧屏上活跃了32年之久。该剧人气极高,堪称校园剧的一座里程碑。主角金八老师也备受观众喜爱,被亲切地称为"国民教师"。无疑,金八老师是教师形象中的认真派人物。

而《麻辣教师》里的鬼冢英吉,却是"暴力教师"的代表。该老师毕业于三流大学,曾是湘南飞车党的老大。喜欢女高中生,投身教育界。本来动机不纯,又看似轻浮暴力,但骨子里却善良温柔。他用暴力加真诚的处事手段,成功地解决了学生的一系列问题。

此外,还有《极道鲜师》里的黑帮传人山口久美子。这位山口老师,本是任侠集团的内定第四代继承人,因对教育事业情有独钟,满怀希望走上讲台,面对的是令全校闻风丧胆的问题班级。但是,她用自己独特的方式,帮助班里的同学解决了接踵而至的难题,不仅成为学生们认可的好老师,还成了值得信赖的好朋友。

除了"暴力教师"之外,性格怪异的教师也不少。《女王的教室》里的阿久津真矢,一张刻板的面具脸,从来不苟言笑,对学生严厉无比。她的真正用意,是帮助孩子们增强独立解决问题的能力。她对学生的关心,丝毫不亚于周围人眼中的"正常的老师"。

日剧中的教师们性格各异,各具独特的教育方式。被人称奇,抑或备受争议。但是,他们对学生的爱毋庸置疑。他们都在自己的岗位上传道授业,以自己独特的方式发挥着作用。作为教师,不仅要给学生传授知识,更要教会他们如何做学生,如何做朋友,如何做一个人格高尚、心理健全的人。如此,才是名副其实的教师。

三　师生关系再定位

在《黑板》系列剧的第三篇中,涉及了师生之间信赖关系的问题。师生原本是教与学的关系。但在这里,观众可以清楚地看到,传统的教与学的关系已是问题百出。在接近片尾时,校长总结性地说道:"无论身处哪个时代,都会遇到它特有的问题,且师生也在与其不断抗争着。如今,我们迎来了最艰难的时代。在我当老师那会儿,经常有老师请学生去自己家里做客,还有老师在学生家里喝酒喝得酩酊大醉。但是,这样的事放到现在,便不得了了。"当然,也有很多人会立即反驳道,"那都是30年前的事了","现在提倡人人平等"。

日剧中的家长们,都有某种神经质,随随便便地插手孩子在学校的事务。自己的孩子不能受一点委屈,稍不合意,便立即向校方提出抗议。教师们压力山大,精神紧张,整天担惊受怕,"家长那边要是投诉的话,可就麻烦了"。在孩子教育的问题上,老师和家长本应是互相协作的关系,但如今这种平等却渐渐失衡。面对家长,教师怀有各种忧虑,甚至千方百计地讨好。而对待学生,也畏手畏脚,无法将大部分精力花在教学上。这种近乎变形的师生关系,主要源于家长的过分干预。教育是一项巨大的工程,学校、家庭和社会各有分工。家长和学校应是平行关系,不应过多干预对方的领域,只需做好辅助工作。

家长的过度干预，是影响师生正常关系的一个原因，却不是唯一的原因。在日剧中，还有一个"师生恋"的话题，往往被人大做文章。2011年，富士台上映了《是你教会了我最重要的一切》。该剧目就涉及了这一敏感的话题。两位高中教师，本应步入婚姻的殿堂。某日，男方喝醉了酒，糊里糊涂地留一女生在家过夜。事后知晓，那晚什么也没发生。但是，由此引出了对爱的本质的拷问，嫉妒产生的自我厌恶，家庭间的爱恨情仇，矛盾纠纷接踵而来。历经苦恼与磨难，两位主人公才逐步找到了各自的人生方向。

在该剧中，有个学生向一位老教师发问道："为什么老师和学生就不能谈恋爱呢，老师也是人啊。遇到特别好的女孩子，会喜欢上也是很自然的吧。怎么就成坏事了呢？"心里抱有类似疑问的人，应该不在少数。这位老教师和学生之间的一段对话，给了我们一个十分浅显易懂的回答。

"不管是什么关系，喜欢上一个人并不是坏事。只是，喜欢上学生的老师便不能再继续当老师了。""这是为什么？""教师的原则就是平等看待所有人，如果开始主观地看待某个人的话，首先他就失去了做老师的资格。""这都是些场面话吧，人，谁没个好恶啊。""话虽如此，这好恶的最终底线就是爱情啊。"

这最后的一句话，解答了许多人的疑惑。老师在作为老师的同时，还是个鲜活的人，有自己的情感，有自己的好恶。因此，要求老师绝对平等地对待每位学生是很困难的。但是，若是真的对某个学生的喜爱超出了底线，那么，在该老师的身上便出现了公平的问题。必要之时，他应该考虑在教师这一职业上重新做一次选择。

结　语

综上所述，日本的校园剧以其短小的容量，精悍的内容，生动地展现了校园里的现象，让观众看到了学校教育的状况。校园，无论是如天堂般令人向往，还是如炼狱般令人生畏，都不仅仅是校园剧的产物。学生真切地活在其中，它可以一秒天堂、一秒地狱。他们校园生活内容的精彩程度,丝毫不会输给编剧的想像。教师,有性格温润的,也有行为荒诞的。在电视剧里,在现实社会上,他们爱学生的方式各异,但其初衷都是相同的。

作为学习生涯中的一环,校园是个无可替代的存在。"无论身处哪个时代,都会遇到它特有的问题,且师生也在与其不断抗争着"。学校里的生活,是学生对生活的一场全方位的学习和模拟,也是他们走向社会服务社会的一个前奏曲。学校里的工作,是教师服务社会实现自我价值的场所,也是教师对人生的再理解和再认知。教师与学生,既是一种传道授业和修习专攻的关系,更应该是一种思想交流情感对话的朋友与伙伴之关系。

参考文献

[1]朱嫣、李铭:《那些无法超越的日剧》,大连理工大学出版社,2011年。

[2][日]井上由里子:《黑板:与时代抗争的教师们》(剧本),TBS(东京放送系统电视台)放送,2012年。

[3][日]白岩玄:《野猪大改造》,河出书房新社,2004年。

[4][日]安达奈绪子、白户富美加:《是你教会了我最重要的一切》(剧本),扶桑社,2011年。

[5]吴楠、贝蕾:《日语行业影视人生》,大连理工大学出版社,2012年。

附记:本章由任琰琪、刘家鑫撰写。原文发表于青年文学家杂志社主办的《青年文学家》杂志(2014年2月28日,下旬刊,总第498期)。略有改动。

附录一　论文合作者一览

[1]刘峰:天津理工大学外国语学院2004级硕士研究生,2007年3月毕业,获文学硕士学位;北京大学历史系博士毕业,历史学博士学位;中央财经大学外国语学院副教授。

[2]霍虹:天津理工大学外国语学院2005级硕士研究生,2008年3月毕业,获文学硕士学位;天津理工大学外国语学院学生办公室主任,讲师。

[3]黄燕:天津理工大学外国语学院2005级硕士研究生,2008年3月毕业,获文学硕士学位;江苏工程职业技术学院素质教学部,讲师。

[4]杨海鹰:天津理工大学外国语学院2005级硕士研究生,2008年3月毕业,获文学硕士学位。

[5]白兵:天津理工大学外国语学院2005级硕士研究生,2008年3月毕业,获文学硕士学位;辽宁省渤海大学外国语学院亚欧语系,讲师。

[6]王瑛:天津理工大学外国语学院2005级硕士研究生,2008年3月毕业,获文学硕士学位。

[7]刘彩霞:天津理工大学外国语学院2006级硕士研究生,2009年3月毕业,获文学硕士学位;河北工业大学外国语学院日语系,讲师。

[8]李冰:天津理工大学外国语学院2007级硕士研究生,2010年3月毕业,获文学硕士学位。

[9]周鹤:天津理工大学外国语学院2008级硕士研究生,2011年3月毕业,获文学硕士学位。

[10]李月:天津理工大学外国语学院2009级硕士研究生,2012年3月毕业,获文学硕士学位;唐山市曹妃甸工业区钢铁电力产业园区建设指挥部、经贸发展和投资招商局,科员。

[11]付贝贝:天津理工大学外国语学院2010级硕士研究生,2013年3月毕业,获文学硕士学位;北京市柳沈律师事务所,日语商标代理人。

[12]朱小青:天津理工大学外国语学院2010级硕士研究生,2013年3月毕业,获文学硕士学位;天津农学院国有资产管理处,研究实习员。

[13]姚智蕊:天津理工大学外国语学院2011级硕士研究生,2014年3月毕业,获文学硕士学位;大宇宙信息创造(中国)有限公司系统集成事业部,技术支持工程师。

[14]孟琪:天津理工大学外国语学院2011级硕士研究生,2014年3月毕业,获文学硕士学位;天津一汽夏利汽车股份有限公司生产技术部,日语翻译。

[15]苏梦婕:天津理工大学外国语学院2012级硕士研究生,2015年3月毕业,获文学硕士学位;北方国际集团天津新的纺织品进出口有限公司业务部,国际业务助理。

[16]乔丽霞:天津理工大学外国语学院2012级硕士研究生,2015年3月毕业,获文学硕士学位;天津日樱教育咨询有限公司教务部,日语教师。

[17]彭祥彬:天津理工大学外国语学院2013级硕士研究生,在学中。

[18]任琰琪:天津理工大学外国语学院2013级硕士研究生,在学中。

附录二 近现代日本年号与公元对照表
嘉永六年~平成二十七年(1853~2015)

[1] 嘉永~庆应

日本年号	公元纪年	日本年号	公元纪年
嘉永六年	1853年	嘉永七年(安政元年)	1854年
安政二年	1855年	安政三年	1856年
安政四年	1857年	安政五年	1858年
安政六年	1859年	安政七年(万延元年)	1860年
文久元年	1861年	文久二年	1862年
文久三年	1863年	文久四年(元治元年)	1864年
文久五年(庆应元年)	1865年	庆应二年	1866年
庆应三年	1867年	庆应四年	1868年

[2] 明治

日本年号	公元纪年	日本年号	公元纪年
明治元年	1868年	明治二年	1869年
明治三年	1870年	明治四年	1871年
明治五年	1872年	明治六年	1873年
明治七年	1874年	明治八年	1875年
明治九年	1876年	明治十年	1877年
明治十一年	1878年	明治十二年	1879年
明治十三年	1880年	明治十四年	1881年
明治十五年	1882年	明治十六年	1883年
明治十七年	1884年	明治十八年	1885年

续表

日本年号	公元纪年	日本年号	公元纪年
明治十九年	1886年	明治二十年	1887年
明治二十一年	1888年	明治二十二年	1889年
明治二十三年	1890年	明治二十四年	1891年
明治二十五年	1892年	明治二十六年	1893年
明治二十七年	1894年	明治二十八年	1895年
明治二十九年	1896年	明治三十年	1897年
明治三十一年	1898年	明治三十二年	1899年
明治三十三年	1900年	明治三十四年	1901年
明治三十五年	1902年	明治三十六年	1903年
明治三十七年	1904年	明治三十八年	1905年
明治三十九年	1906年	明治四十年	1907年
明治四十一年	1908年	明治四十二年	1909年
明治四十三年	1910年	明治四十四年	1911年
明治四十五年	1912年		

[3]大正

日本年号	公元纪年	日本年号	公元纪年
大正元年	1912年	大正二年	1913年
大正三年	1914年	大正四年	1915年
大正五年	1916年	大正六年	1917年
大正七年	1918年	大正八年	1919年
大正九年	1920年	大正十年	1921年
大正十一年	1922年	大正十二年	1923年
大正十三年	1924年	大正十四年	1925年
大正十五年	1926年		

[4]昭和

日本年号	公元纪年	日本年号	公元纪年
昭和元年	1926 年	昭和二年	1927 年
昭和三年	1928 年	昭和四年	1929 年
昭和五年	1930 年	昭和六年	1931 年
昭和七年	1932 年	昭和八年	1933 年
昭和九年	1934 年	昭和十年	1935 年

续表

日本年号	公元纪年	日本年号	公元纪年
昭和十一年	1936年	昭和十二年	1937年
昭和十三年	1938年	昭和十四年	1939年
昭和十五年	1940年	昭和十六年	1941年
昭和十七年	1942年	昭和十八年	1943年
昭和十九年	1944年	昭和二十年	1945年
昭和二十一年	1946年	昭和二十二年	1947年
昭和二十三年	1948年	昭和二十四年	1949年
昭和二十五年	1950年	昭和二十六年	1951年
昭和二十七年	1952年	昭和二十八年	1953年
昭和二十九年	1954年	昭和三十年	1955年
昭和三十一年	1956年	昭和三十二年	1957年
昭和三十三年	1958年	昭和三十四年	1959年
昭和三十五年	1960年	昭和三十六年	1961年
昭和三十七年	1962年	昭和三十八年	1963年
昭和三十九年	1964年	昭和四十年	1965年
昭和四十一年	1966年	昭和四十二年	1967年
昭和四十三年	1968年	昭和四十四年	1969年
昭和四十五年	1970年	昭和四十六年	1971年
昭和四十七年	1972年	昭和四十八年	1973年
昭和四十九年	1974年	昭和五十年	1975年
昭和五十一年	1976年	昭和五十二年	1977年
昭和五十三年	1978年	昭和五十四年	1979年
昭和五十五年	1980年	昭和五十六年	1981年
昭和五十七年	1982年	昭和五十八年	1983年
昭和五十九年	1984年	昭和六十年	1985年
昭和六十一年	1986年	昭和六十二年	1987年
昭和六十三年	1988年	昭和六十四年	1989年

[5]平成

日本年号	公元纪年	日本年号	公元纪年
平成元年	1989年	平成二年	1990年
平成三年	1991年	平成四年	1992年
平成五年	1993年	平成六年	1994年

续表

日本年号	公元纪年	日本年号	公元纪年
平成七年	1995年	平成八年	1996年
平成九年	1997年	平成十年	1998年
平成十一年	1999年	平成十二年	2000年
平成十三年	2001年	平成十四年	2002年
平成十五年	2003年	平成十六年	2004年
平成十七年	2005年	平成十八年	2006年
平成十九年	2007年	平成二十年	2008年
平成二十一年	2009年	平成二十二年	2010年
平成二十三年	2011年	平成二十四年	2012年
平成二十五年	2013年	平成二十六年	2014年
平成二十七年	2015年		

参考资料：

[1][日]松尾章一监修:《现代用语的基础知识》(别册附录),自由国民社,1980年。

[2]上海译文出版社编译:《日汉大辞典》,上海世纪出版集团、上海译文出版社出版发行,2002年6月第1版。

彭祥彬　任琰琪　编写

后　记

　　曾记得四十五年前,笔者上初中时,班主任王宗智老师时常督促我们要珍惜时间,努力学习。彼时,他常说的一句话,笔者至今都还记忆犹新。"子在川上曰:逝者如斯夫。"那时,我等小儿,年少无知,贪玩且顽皮。发小们在一起聊天嬉笑时,经常模仿王老师的姿势,学着他的腔调和口吻,摇晃着脑袋,把他说过的话当笑料。然而,流年似水,光阴似箭,岁月无情催人老。事实诚如圣人所言,近乎半个世纪的时光犹如白驹过隙,转瞬即逝!

　　自结束日本留学归国就教,至今已逾十数年。刚回国那会儿,觉得自己还很年轻,也很聪明,有的是时间和精力,还能在学术上有一番作为。可是,这才过了多久,成果没出多少,一个年轻的洋博士就已然变成了两鬓斑白的老教授,已经不得不开始考虑退休养老之事了。现在想起来,越发觉得那时的自己太想当然,自以为是,很天真,也很傻帽。

　　怀想过往,我记忆中的六口之家,有父有母,有弟也有妹。然而,十余年内半数作古。两个弟弟离心离德分家而去,活着与死了无异。原先既吵吵闹闹,又其乐融融的情景已一去不复返矣!支离破碎,独木难支,一个家庭将要在这尘世之中销声匿迹、烟消云散了。也难怪呀!世事难料,人生无常。生者必灭,盛者必衰。定数如此,人力难及。

　　二十多年前,笔者日本留学时期,租住在一间破旧的木板屋里。小屋,掩映在高大的松树和青翠的竹林之中。有位朋友见状,颇为感慨,还饶有风趣地给我起了个外号,叫做"从前有座山,山里有个庙,庙里有个刘老道"。这外号挺长,挺别致。我和朋友们听后,都大笑不已。无疑,她给我的定位是很准确的。

平生,笔者最喜读唐人柳宗元的那首《江雪》诗,时常想像着那种稀声静谧的景象,那种虽孤寂但却悠然自得的意境,崇拜古人那种消极避世、与世无争、简约质朴的隐逸生活。"千山鸟飞绝,万径人踪灭;孤舟蓑笠翁,独钓寒江雪"。现在重吟此诗,别有情趣,心情爽快,真切地感受到了一种心灵的安宁与平静。

国外的学人发论文、出专著,有时也出论文集,同样受重视。但是,国内注重专著,尤其是核心期刊论文,而轻视论文集。像本书这样的论文集,是难以获得出版资助的。为了给自己这些年的工作做一个总结,也为了激励自己,振作精神,恢复元气,在科研上重新崛起,还是坚持编写出来了,并且决意自费付梓面世。

在编写过程中,曾得到本校外国语学院院长许建忠教授和院党委书记于景明同志的鼓励。有领导们的赞许做后盾,我感到这就足够了。早年的弟子刘彩霞,一直协助我做着筛选与组稿的工作。本书中,彩霞与我合作的论文数量最多。两位小徒弟彭祥彬和任琰琪,暑假期间减少休息,从家乡早早返津,全力帮我校对书稿。

此外,还有许多想说的话,作为本书的后记不太应景,就另择时机吧!

刘家鑫

2015年8月23日(处暑)